花田

失婚女王

Shi Hun Nv Wang

战青衣 著

江西高校出版社
JIANG XI UNIVERSITIES AND COLLEGES PRESS

图书在版编目（CIP）数据

失婚女王 / 战青衣著．— 南昌：江西高校出版社，2013.2
ISBN 978-7-5493-1719-6

Ⅰ．①失…　Ⅱ．①战…　Ⅲ．①长篇小说—中国—当代　Ⅳ．①I247.5

中国版本图书馆 CIP 数据核字（2013）第 005977 号

失婚女王
战青衣　著

责任编辑	邱建国
封面设计	杨　青
排版制作	邓娟娟
出版发行	江西高校出版社
社　　址	江西省南昌市洪都北大道 96 号
邮政编码	330046
总编室电话	（0791）88504319
编辑部电话	（0791）88595397
发行部电话	（0791）88517295
网　　址	www.juacp.com
印　　刷	南昌市红星印刷有限公司
经　　销	全国新华书店
开　　本	890mm × 1240mm　1/32
印　　张	8.5
字　　数	255 千
版　　次	2013 年 8 月第 1 版第 1 次印刷
书　　号	ISBN 978-7-5493-1719-6
定　　价	19.80 元

赣版权登字－07－2013－14

CONTENTS 目录

SHIHUN NVWANG

第一卷 相遇

第二卷 相亲

第三卷 往事

第四卷 抉择

失婚女王 Shi Hun Nü Wang

目录

第五卷 纠缠

第六卷 逃离

番外

第一卷

相遇

1 你能把玩具给我吗

穿着一身“宝姿”连衣裙的郁筱梦夹在排队的人群中，闻着油腻腻的炸鸡翅味，感觉头昏脑涨。她看着生意异常火爆的肯德基，无奈地叹了口气。郁筱梦实在是不明白这种高热量的油炸食品有什么好的，可是女儿郝林林简直是嗜之如命，还指名要儿童套餐，因为她尤其喜欢套餐里附赠的小玩具，喜欢的程度足以让郁筱梦害怕肯德基又出新玩具。

怨归怨，气归气，她还是乖乖等了半个多小时，总算排到了收银台前，她直接点了一份儿童套餐。

服务员手指翻飞地点好餐，却在配餐的时候退了回来，告诉郁筱梦玩具没有了。

“不是吧？你刚刚怎么不说啊？”郁筱梦有点恼火，她穿着十公分高的高跟鞋，站到现在只觉得脚指头都疼得慌。女人天生爱遭罪，为了一个“美”字，成天跟踩高跷似的将脚挤在高跟鞋那狭小的空间里，痛并快乐着。只要上面风光无限，谁管十个指头挤成一团地在哭爹喊娘呢？

“刚刚还有的，但最后一个怜小猫被那边那位先生买走了。”服务员说着，眼睛向隔了两个收银台的位置看去，眼珠子里跳着两抹不安分的小火苗。

郁筱梦顺着她的视线看去，一个身材高挑的男子正拎着一包肯德基套餐，转身往门外走去。

想起女儿千叮咛万嘱咐的殷切模样，郁筱梦银牙一咬，追了上去，终于在那男子跨出门时成功地将他截住：“先生、先生，不好意思。”

男子转过身来，微微有些吃惊，问：“有事吗？”

真是音质不错的男中音！郁筱梦心里暗赞。

“不好意思，打扰你了。”郁筱梦露出一个笑容。对方不光声音好听，还是一个地道的帅哥，对于郁筱梦这种从事设计工作的人来说，看到美好的事物总归是赏心悦目的。这是职业病，改不掉。

“哦，是这样。”郁筱梦将目光转向男子手里拎着的袋子，“我刚刚听服务员说您买了儿童套餐？”

男子看看袋子，点点头：“是啊。”

“额……那个，我也想买儿童套餐的。”

“哦！那边点餐。”男子朝收银台的位置一指，转身想走。不知道是他没听明白呢，还是郁筱梦表达得过于含蓄，他似乎真的没明白郁筱梦的意思。

郁筱梦连忙拉住他：“不是……我点了，可是没有玩具了。服务员说，最后一个被您买走了！”

“主要是我女儿想要。她很喜欢肯德基的儿童玩具，这个小猫系列的快要凑齐了，就差一只怜小猫了。”郁筱梦解释道，然后继续笑。她承认自己长得不算漂亮，但尚算可人，尤其笑起来的时候，含糖量还是很高的，至少能给自己加个一两分。

男子恍然大悟地点点头，表示理解。他有一张很阳光的脸，看不出年纪，五官立体而生动。从他的着装来看，郁筱梦猜测，他应该是在某个大公司就职的白领，收入应该还不低。毕竟，不是所有群体都能买得起近两万一双的Geox男鞋的，而且，还是设计精良的高档款式。

郁筱梦觍着脸说：“先生，你能不能把套餐里的玩具给我呢？我女儿她真的很喜欢。”

话音刚落，郁筱梦就听见一句清晰而有力的回答：“不行！”

未等她回过神来，男子已推门离去。

这什么人啊？冲他笑了半天竟然还如此不解风情，真是枉费了那张长得不错的脸。郁筱梦半是郁闷半是恼火地回到了车上，她想了半天，都不知道怎么跟郝林林解释。自从她和前夫郝仁军离婚后，这一年多来，女儿郝林林的脾气也变得古怪了许多。这也不能怪孩子，一直在一个屋檐下生活的爸爸妈妈突然分开了，然后她每周只有周末才能看到爸爸，这对一个才四岁的孩子来说，有点难以理解。

她想了想，跑去超市买了一堆郝林林平时爱吃的东西和一些新款的玩具，回去逗女儿开心。

次日一上班，于乐乐就凑了过来，告诉她销售部一直空缺着的总监位置，终于有主了。

于乐乐咂吧着嘴说："听说是一个极品的帅哥呢！在香港大学本硕连读后，在BOA负责市场销售。"

郁筱梦用手里的派克笔敲了敲于乐乐的额头，打断了她的满脸不着边际的想象："乐乐，下个季度样品确认下来没有？"

"额……"

"姑娘！你用点心好不好啊？"郁筱梦直摇头。她真心地希望于乐乐能将对帅哥的关注力转移一半到工作上，这样就不至于频频出错总是挨训了。

于乐乐吐吐舌头，缩回了自己的办公室。

不一会儿，有电话过来，是人事部的，通知郁筱梦去开会。郁筱梦知道，肯定是宣布新销售总监走马上任的事。

当她踩着十公分高的鞋匆匆忙忙地走到会议室门口时，被一个从反方向过来的人撞得几乎摔倒。她不由发出一声低呼，手机脱手而出摔在地上，人也晃晃悠悠重心不稳，好在对方手快，一把扶住了她。

"你没事吧？"对方开口，声音倒是颇为悦耳、好听的男中音。只是，听起来有几分耳熟。郁筱梦以为是公司哪位同事。

没等她站定，来人已看清她胸前挂着的工作牌："设计部？设计部的人走路都不长眼睛的吗？"

郁筱梦恼火地抬起头，看向面前的人，这不是昨天在肯德基遇见的那个小气男人么？同时，对方也认出了她，两人异口同声地发出一声惊呼——

"是你？"

随着这异口同声的惊呼，会议室里众人的视线都被吸引了过来，大家只见一脸惊讶的郁筱梦仰着脸看着正扶着自己的新销售总监——何煦。而何煦也是一脸说不上来的表情，仿佛是吞了一只苍蝇般，一把丢开郁筱梦。

郁筱梦理了理衣服，用质疑的眼神看了一眼何煦："你也是GR的?我怎么没见过你?”她一边说着,一边弯下腰捡起地上的手机。昨天索要玩具未果,她还在心里发誓,千万别让她再在街上看见他,否则肯定要拿自己的高跟鞋将他砸上几下,解恨过瘾。

何煦没吱声,踏进会议室。当听见何煦是新任销售总监时,郁筱梦长叹一声,在她的心里,已经给这个何总监下了定义,就是又小气,又没礼貌,看来以后的相处,还真是个问题。

会议结束没多久,于乐乐就摸清了何煦的个人资料,并火速向郁筱梦汇报。郁筱梦觉得于乐乐不去香港做专职狗仔,简直是屈才了。

何煦,男,三十一岁,香港大学研究生毕业,有四年 BOA 服装集团市场销售总监经历,长得像韩国影星李敏镐,更重要的是钱多、未婚。

于乐乐说到这个“钱多、未婚”的时候,特意顿了顿,还拉长了尾音;眼睛里闪着无限憧憬的光芒,好似一颗一颗闪烁的小星星;口吻中充满着无限的向往,仿佛那个何总监是根极好吃的棒棒糖,又或者,是块浇满了巧克力酱的冰激凌,只待人上去舔一口。

“乐乐……”郁筱梦实在看不下去了,她一字一顿地说,“下、季、度、样、品!”

于乐乐的脸色顿时灰败了下去。

看着垂头丧气地走出办公室的于乐乐,郁筱梦无奈地摇了摇头。

2 男人,真叫人头疼

果然,如郁筱梦所料,何煦真的不是盏省油的灯。仅仅半个月,当何煦又一次敲开她办公室门的时候,她已经记不得这是第几次和他剑拔弩张怒目相对了。

与其说是敲门进来,不如说是撞门进来,何煦先是将一团揉得皱皱巴巴的衣服扔到郁筱梦的面前,接着一个巴掌拍在办公桌上,怒不可遏地说:“郁筱梦,郁总监!请你好好看看你们这一季的设计。是不是你们设计部江郎才尽啦?这么烂的设计,你也好意思出样品、打海报?你要是做不来,请你趁早走人,不要耽误 GR 的发展!”

他的声音中气十足，巴掌拍得又相当有力，震得郁筱梦桌上的键盘都跳了起来。电脑旁边放了一个摇头娃娃的照片框，里面搁着一张郁筱梦同女儿郝林林的大头照，此时更是被震得左摇右摆上颠下跳晃得厉害。

“何总监……我跟你说了多少次了，我们开发设计部只负责开发出合适的款式，只要上面认可，就可以上市场做推广。至于卖多少，那就是你们的问题了。请你不要将你们销售部的问题推给别人！我郁筱梦敢打包票，这季的衣服款式绝对没问题！”郁筱梦毫不示弱字字清晰。她生平最讨厌的事情，就是有人质疑自己的设计。

看着一脸自信的郁筱梦，何煦气得直瞪眼，他拿起桌上的衣服，抖开来：“郁总监，你看看，这样的设计，你敢说上市场有人愿意花钱买？”

“何总监，我们和你以前就职的BOA不一样，我们走的路线不一样，风格也不同，针对的消费人群也不一样。BOA是上市公司，他们家一直做的是高端女装，而我们GR走的是亲民路线，主打青春风格，今年的走势就是要跳跃要出彩要不一样。我个人觉得这个设计很好，一定会卖得不错。请您放低姿态，适应我们公司的路线，OK？”

“行，我跟你打赌，郁筱梦，就赌这一季的销售肯定会低于二季度和三季度。你要知道销售部二、三季度的销售可是……”

没等何煦说完，郁筱梦手一挥：“好吧。二、三季的销售不是你做的，你负责的这一季的销售额下降，我郁筱梦给你们销售部写季度经营分析，承担全部责任。但是，如果你赌输了呢？”

何煦倒是没想到郁筱梦比他还爽快。“输的肯定是你！郁总监！”他突然笑了，嘴角扯出一个好看的弧度，“其实我倒是希望你赢，毕竟牵扯到公司利益以及我个人能力问题。不过如果照这个设计，希望真的很渺茫。”说真心话，他笑起来真的很帅，难怪GR从前台到管卫生的大妈个个被迷得七荤八素的，对他赞不绝口。

可惜，此刻他的对面，是郁筱梦。

“好！”郁筱梦报以一笑，“那请你记好，如果你输了，欠我一个赌注。何……总……监！”

看着何煦几乎是摔门而出的身影，郁筱梦坐到椅子上直揉太阳穴。这个何煦，还真是让人头疼，小气无礼不谈，还莫名的自大。身经百战的郁筱梦碰到这样的角色，虽不至于束手无策，却也头疼不已。

周末，照例是前夫郝仁军陪女儿的日子。郁筱梦将女儿郝林林交给郝仁军后，便驱车前往 H 市的福利院。

自从离婚后，她每逢周六周日，就会到福利院做义工。

一年多前，她还是副总监时，意外地撞见了丈夫郝仁军的出轨。

对天发誓，她真的不是故意的，但事情就是这样凑巧:工作一贯严谨认真的她，偏偏在下午那么重要的一个会议前，发现自己早上整理的材料竟然还落在家里，这是她第一次在工作上发生这种失误，却是第三次成功捉奸。

第一次，是郁筱梦带着女儿郝林林从娘家回来。捉奸成功的前提，是她忘了告诉郝仁军自己那天会从娘家回来。

第二次，是郁筱梦从桂林出差一周后回来。捉奸成功的前提，是她出差的时间提前了一天结束。

第三次，就是这一次了……

当郁筱梦看着赤裸裸的一对男女手忙脚乱地扯着衣服或者毯子遮盖着自己的羞处时，定了一分钟，然后转身，关上门。她从头到尾都没说一句话，径直去了书房，拿了材料，去公司开会。

她记得那时快过年了，H 市已经到了温度最低的时候，很冷，呵气成冰。她抱着材料袋，走到路上拦了一辆的士。不知道是冷的，还是被刚刚那一幕刺痛了，直到坐上车好一会儿，她还是抖得厉害。

下午开会的时候，坐在下面的郁筱梦满脑子跑马，郝仁军跟那个女人在床上拧得跟麻花一样的镜头，变成相片，一张一张，在她脑子里“自动播放着”，郁筱梦很想按下“停止”键，可偏偏停不了。

等轮到她发言的时候，坐在旁边的于乐乐用胳臂肘使劲地捅了她三下，郁筱梦才从“自动播放”中猛然清醒。

再后来，郁筱梦快刀斩乱麻，和郝仁军离了婚，女儿郝林林跟她，周末的时候由郝仁军接过去。

离婚后的好长一段时间，郁筱梦的状态相当差，凄凄惨惨的她开始了严重而漫长的失眠，常常是夜里一两点醒，到六七点又昏昏欲睡。这几个小时里，她唯一能做的就是听着身边女儿匀长的呼吸，起起伏伏。她越是想睡，却越睡不着，过去所发生的一切，总是无止境地在脑海里一遍遍地重演着。

她去药房配过安眠药，吃了也没什么效果，医生又推荐吃褪黑素，依旧没效果。她有些抓狂，每天凭空少了几个小时的睡眠时间，当早上六七点她想睡的时候，已经该起身上班了。那段时间，她连车都不敢开，怕路上打瞌睡，郝林林的接送彻底托付给了父亲郁有德，然后自己选择提前半小时挤公交。早上七点半那一班的公交车上，常常能看到她蜷在座椅上，抱着包，埋着脑袋随着车身的摇摆晃晃悠悠地打瞌睡。

在听从了心理治疗师的建议后，郁筱梦选择了去福利院做义工，周六周日两天，风雨无阻。一做就是一年多，郁筱梦也没想到自己竟然能坚持下来，但不可否认的是，她的失眠真的好了，工作也进入了一个前所未有的良好状态。

从车里出来，郁筱梦就看见另一位义工何阿姨，何阿姨的年纪不小了，和郁筱梦的父亲一般大，郁筱梦第一次来做义工的时候，她就在这儿了。她和这里的医护人员以及孩子都很熟悉，孩子们亲切地叫她“何奶奶”。

郁筱梦刚来做义工的时候，常常不得要领，何阿姨就一点点地教她，很小母亲就去世的郁筱梦，在她这也找到了母亲一般的温暖。

今天郁筱梦一下车，福利院那个外号叫做“小毛球”的孩子就朝着她跑了过来。“小毛球”刚刚两岁，因为天生没有肛门，所以一出生就被父母抛弃了。虽然已经做了人工肛门的手术，但他的身体还是比较弱。郁筱梦很心疼这个小孩，每次来，都要抱他好长一段时间。

何阿姨跟着“小毛球”过来了，看到郁筱梦，就打招呼：“筱梦，你来了？我还以为你今天不来了。”

“哦，把林林送到她爸爸那儿耽误了一会儿。”郁筱梦边说着边抱起“小毛球”。

“要是太辛苦，一个星期来一天就行了。”何阿姨说。

郁筱梦笑笑:“在家也没什么事,过来还能帮帮忙。”

“筱梦,你最近脸色不太好啊?”

“身体还好,这两天为工作的事熬了点夜。”都是那个何煦,因为跟何煦的打赌,郁筱梦的心里也是忐忑不安。这几天她将已经进入样品制作的图稿拿了出来重新分析,又仔细地看了各大品牌提前发布的流行趋势,从中找出有价值的线索,最后确认自己定下的这些设计在销售上不会有问题,市场应该打得开,才放了心。

“哎,烦死了,公司新来了一个同事,总是和我针锋相对的,又自大,又小气,还很没礼貌。”郁筱梦一边逗着怀里的“小毛球”,一边轻声抱怨。在何阿姨面前,她总是能轻松自在地卸下自己女斗士一样的面具。

“肯定是个男同事吧?”何阿姨笑道。她陪郁筱梦在福利院的花园里走着,一旁还有三三两两的孩子欢叫着跑过。

郁筱梦点头:“嗯,臭男人!”

“职场上的女人,总是吃亏的。其实筱梦啊,你真算是个女强人了。一个人带孩子,还工作,干得又这么好。阿姨很佩服你呢!”

郁筱梦苦笑起来:“我也不想啊!可是我发现,女人真的要有自己的事业。当初我结婚的时候,不过是部门的主管,然后我老公第一次出轨,我就想,我是不是对工作太投入,对家庭的照顾少了?可是后来我发现不是。我将重心移到了家庭中,可我老公还是接二连三地出轨。离婚了,算是真想明白了,男人对你好不好,不在于你对家庭付出多少。情感出轨、肉体出轨对他们来说太正常了。哎,女人,将婚姻视作自己的唯一,可男人不是这样认为的,外面的世界太精彩,事业、女人,他们样样都想要。

所以啊,何阿姨,我现在已经是百毒不侵了。天大地大,不如工作事大。一心一意上班挣钱,带好孩子,就是我的全部目标!况且,谁说女人一定要婚姻呢?不过是个围城罢了。”郁筱梦说。

郁筱梦和何阿姨说说笑笑,又走到草坪上带孩子们一起玩,全然没有注意到,福利院的围墙外,缓缓驶过一辆白色的雷克萨斯 RX350。戴着墨镜的何煦看着草坪上穿着一身休闲装带着孩子玩得热闹的郁筱梦,露出讶异的神色。

3 可怕的黑锅

钻石王老五永远都是抢手而吃香的。何煦也不例外。

郁筱梦不是个八卦的人，但于乐乐是，而且很专业。

于乐乐和郁筱梦的感情很好，两人是大学同学，毕业后同时应聘进 GR 集团，又因为相同的专业，分到了一个部门。虽然郁筱梦现在已经是于乐乐的上司了，但这丝毫不影响她俩的感情，同学情加好友情再加同事情，所以两人的关系自然非比寻常，要说是情同姐妹，那肯定还得是孪生姐妹。

二十八岁的于乐乐至今未婚，不是她不想结婚，而是她眼高于顶，以钓金龟傍大款为己任，一直没找到合适的，她择偶的口号就是——要嫁就嫁有钱人。于乐乐觉得，人生在世就那么几十年的时间，要是没钱，你怎么去吃好的用好的穿好的外带玩好玩的？所以，雄厚的经济实力，是必须的。带着大把的钱去及时行乐也是她生存的宗旨，她可不想去经历那种“人在天堂，钱在银行”的悲惨。就像电影《嫁个有钱人》里那样，于乐乐看对象的标准，也是唯一的一个标准，就是钱要多！钱多多！越多越好！不怕钱多，只怕不够多！

于是，摆在眼皮子底下的钻石王老五何煦格外入得了于乐乐的法眼，要不是郁筱梦经常对她耳提面命，要她以工作为重，于乐乐恐怕是巴不得直接调入销售部，黏在何煦身边才好。

不过，她虽然人在设计部，却真正地将心溜去了销售部。何煦的所有信息，于乐乐都是第一手掌握的，甚至公司哪个部门哪个未婚女性对何煦有所行动，她都知道得一清二楚。

郁筱梦觉得，只有过分无聊和空虚的人才会做出这种事。

私底下，郁筱梦很是纳闷，于乐乐的家境不赖，父母都是事业单位的工作人员，郁筱梦也见过，算是知书达礼的人家，怎么生了个女儿，就这样认钱不认人呢？

这几天于乐乐被家里逼着相亲去了，对方是个研究生，考在某个单位做公务员，家里经济还算殷实；有房，家里盖的二层小楼；有车，一辆十万出头的朗逸；媳妇过门，先给十万的彩礼钱，再出钱买一套一百平方米左右的商品房。这个条件，不算是大富人家，也绝对算是小康了。

对方对于乐乐的感觉很好，见面之后，打了无数个电话、发了无数条短信，表述自己那绵绵的情思，看样子，已经将于乐乐视为心中的女神了。

郁筱梦说："条件还可以啊，乐乐，要不考虑下？"

于乐乐猛摇头："不。"

"离我的标准差距忒大！我受不了！"于乐乐很现实地说。

"也不是太差啊，我看还行！"郁筱梦皱眉，她知道于乐乐的心气极高，总想一朝飞上枝头变成凤凰。可天下的麻雀如此之多，数都数不过来，又有几只能变成凤凰呢？好比都说鲤鱼跳龙门，那么多的鲤鱼，也没见着天上真有条龙，还不是乖乖地被人剖腹刮鳞红烧清蒸地上了餐桌？能攀上高枝当然是好事，可是有钱人的媳妇也不是好当的，那打碎了牙齿和血吞的事儿，报纸上不是常常大豆腐干小豆腐块地登么，闹得满城风雨的多难看！

于乐乐叹口气，一副壮志难酬的模样说："这样的条件，至多算是中产，我要的可是大款级别的。"

说完，她脑袋一歪，坏笑道："最好是韩董这个级别的。其实何总监也不错哦！"

郁筱梦"噗"的一声笑了出来："韩董？恐怕到了这个级别的，你只能给他做女儿吧！而且，咱们韩董夫人的手段，你没见过吗？至于何煦，算了吧，我可没见过这么小气无礼还自大的男人。"

于乐乐说的韩董，就是她们工作的 GR 集团的董事长韩功远，五十多岁，膝下有一个儿子，留学在美国。GR 集团在 H 市，算是数一数二的大企业了，专门从事服饰制造，正在积极准备上市，可谓后劲十足。

至于说韩董夫人的手段……前两年，韩董身边招了位年轻漂亮的女秘书。自从这女秘书踏进韩董办公室的第一天起，韩董夫人就成了女秘书的秘书，向来不问公司事务的她，只差没一天二十四个小时守在公司里，眼珠子转都不转一下地盯着女秘书和韩董。一个月后，那位女秘书被成功地退到了人事部，下放到某个分厂那边，从此杳无音信。

"我又没说要嫁给他！"于乐乐有点恼，她其实特听不得郁筱梦说何煦的不好。

"开玩笑开玩笑！其实啊，乐乐，眼界高点儿不是坏事，只是……年纪和你相仿的，能有GR集团这么多钱的小开公子，可能真的不多啊！要么是不上路子的富二代，坐享其成游手好闲；要么自己刚刚开始创业，前途未卜情势不明。"郁筱梦连忙转过话题。

于乐乐沉默了一下，叹口气，说："我知道，不过，我不甘心！"

"找个有钱人，又没有错，只是缘分的问题罢了！"她又不甘心地说，"筱梦，你知道吗？人事部的金蔷薇竟然也在追求何总监啊！何总监被她追得东躲西藏的。"

金蔷薇？郁筱梦的脑海里一下子闪过那张嘴角虽然扯着笑容，眼角却是挂着冰霜的脸。棕栗色波浪长发，高挑丰满的身材，被誉为GR第一美女的金蔷薇不光长得漂亮，还是名牌高校的毕业生，家境优渥，眼界颇高，加上行事风格大胆独特，做起事情来不留情不手软，连许多男人都甘拜下风。不过，用来配何煦那种自大的人，倒是很合适。

想到牛高马大一脸傲气的何煦被同样高挑出色却骄傲清高的金蔷薇追得到处乱跑的样子，郁筱梦的嘴角扯过一丝坏笑，这怕是认识何煦以来，郁筱梦听过的最好的消息了。

她的心里，闪过一丝快意。世上万物，终是一物降一物，恭喜你何煦，终于碰见对手了！

吃午饭的时候，于乐乐先去餐厅占座位了。郁筱梦忙完手头的零碎事，便走到电梯口，却一眼瞥见好消息中的男女主人公正在电梯口拉扯着，她本无意沾身，无奈五脏庙早已唱起空城计，只得硬着头皮走过去。

"何总监，走嘛，我请你去吃法国菜，隔壁新开的。"说话的是金蔷薇，到底是美女，说起话来也是嗲得不得了。郁筱梦老远听着，就起了一身鸡皮疙瘩，却面不改色装作若无其事地走过。

何煦离她有半米远，双手插在裤兜里，看似悠闲实则戒备："金总监你太客气了。可惜我不太喜欢吃西餐，真不好意思。"一如郁筱梦第一次在肯德基见到他时的模样，客气疏离。看他这模样，身为事外人的郁筱梦也看得出，金蔷薇——没戏！

不过，讨厌归讨厌，何煦的身材，可真是好！不做模特，真是可惜了！

“啊？那没关系啊，我们吃中餐好了。我知道一家私房菜馆……”金蔷薇笑笑，继续游说，话还没说完，却被何煦打断——

“啊哈！筱梦，你来了？刚刚打你电话，怎么不接呢？”何煦冲郁筱梦笑得灿烂，边说边朝郁筱梦走过来，无限熟稔亲昵的样子。

什么，筱梦？喊得这么亲热！郁筱梦颇为不满，未等她反应过来，已经被何煦一把拉住，捞了过去，撞进了一个结实的胸膛。一股带有男性荷尔蒙的气息扑面而来，直往郁筱梦的鼻子里钻。她微微发窘，离婚一年多，这还是第一次如此近距离地同男性接触，尴尬是难免的。她有点僵，一时间，手脚都不知道往哪里摆才好。

“金总监，不好意思，我答应今天陪筱梦吃午饭的。”电梯门一打开，竟然空无一人，何煦夹着手足无措的郁筱梦便站了进去，按楼层，关门，一气呵成。

关门的瞬间，没反应过来的郁筱梦只记得门外金蔷薇那诧异的眼神，以及张成“O”型的嘴。

电梯的下行，一下子震醒了郁筱梦。她一把推开何煦，恼火万分：“喂，何煦，你别跟我说你在拿我做挡箭牌啊！”

“大家都是同事，帮个忙嘛。”何煦笑。

“男女授受不亲！你没学过最基本的礼仪吗？”郁筱梦想到刚刚的那个怀抱，突然一阵脸红。

“哦！”何煦想了想，“那，我给你赔礼，请你吃饭？你爱吃什么？”他问得倒是十分自然。

“我跟你很熟吗？”郁筱梦鄙夷地瞪了何煦几眼，“不用了！跟你吃顿饭，我会恶心死的！”她刚说完这话，电梯突地剧烈震动，毫无防备的郁筱梦一声尖叫脚下踉跄，穿着高跟鞋的脚歪了歪，何煦适时地一把拉住她。

“你看，电梯都有意见了！”何煦嘴角一扯，似笑非笑，“走吧，餐厅到了。”

电梯门再次开启，情绪尚未平定的郁筱梦再一次被何煦拉着出了电梯，或者说，是拖出电梯。然后两人一下子一起出现在了餐厅里正在吃饭的GR集团的员工眼前。

先看见郁筱梦的于乐乐正坐在位置上朝她挥着手，手突然停在半空中，直直地竖着，放也不是，招呼也不是。惊讶、疑惑、不解……这就是郁筱梦从于乐乐等人的眼中解读出的含义，她想起自己还被何煦拖着的手，连忙甩开，红着脸走了过去。

这顿饭，郁筱梦吃得味同嚼蜡，她只感觉自己的身体要被四面八方投射过来的目光戳得千疮百孔了。尤其是当她刚坐定不久，就看见金蔷薇从电梯里出来，经过她面前的时候，顿了一下，那眼神里，有说不出的意味。

更重要的是，郁筱梦从金蔷薇的眼中看出一种不相信、一种不服气，以及一种不认可。郁筱梦无声地叹了口气，她真的觉得碰见何煦，是她这段时间最倒霉的事了。

果然，郁筱梦最担心的事发生了。

第二天上班，每一个同她打招呼的人，眼神都是怪怪的。郁筱梦知道，这就是她和何煦的"绯闻"产生的后果。

郁筱梦刚刚如同逃难一般狼狈不堪地钻进办公室，于乐乐就一头跟着扎了进来，速度堪比导弹，带着满脸火气："郁筱梦！"

"怎么了，乐乐？"郁筱梦惊魂未定。

"你——何煦，到底是什么关系？"于乐乐开门见山。

郁筱梦一口气呼地泄了出去，抱着脑袋，趴在办公桌上。她忘了，眼前这姑娘，可是视伟大的何总监为心中偶像的超级粉丝。

"你说呢？我一个离过婚的女人，跟他能有什么关系啊？"她无力地解释道。她实在没办法跟于乐乐去讲昨天在电梯口发生的事。哦，金蔷薇追求何煦，何煦拿她做挡箭牌？这自古以来，哪有一清二白的挡箭牌啊？还有，怎么这么巧，偏偏是她？

"郁筱梦啊郁筱梦！还真看不出啊！"于乐乐一屁股坐到了郁筱梦的办公桌上，"还说何总监小气无礼自大，劝我明哲保身，结果你俩暗渡陈仓，你可真卑鄙！"

"乐乐！我对天发誓，你真的误会了！你觉得我可能吗？"郁筱梦两手一举哭笑不得。

"怎么不可能啊？"

“你和何总监，男未娶女未嫁，又在一个公司，眉目传情一来二去暗生情愫，啧啧！不是我反应慢，是你下手太快！一点机会都不留给我。”于乐乐叹道，说罢猛地拉住郁筱梦的手摇个不停，“我恨你我恨你我恨你！”

郁筱梦好想一头撞死在桌角上以示清白：“昨天我坐电梯去餐厅，碰巧金蔷薇在追着何煦，何煦看见我，就拉我做挡箭牌，谁知道被你们看到，误会了。再说了，他何煦没有婚史一清二白，我离过婚还带着孩子，怎么也不可能啊！信不信随你！”

“啧啧！你就编吧！”果然不出郁筱梦所料，于乐乐压根就不相信，“现在公司人人都知道了，黄金单身汉、钻石王老五——何煦视GR第一美人——金蔷薇如无物，单恋设计部总监郁筱梦。堪称本月GR八卦榜头条新闻啊，就你俩这绯闻，至少得在GR飘上半个月！

不过，筱梦，可别说我没提醒了，要是韩董知道了，恐怕要扒你俩一层皮的。办公室恋情啊，还是双总监级别的！忌讳，大忌讳！”于乐乐边说还边摇摇脑袋。她算是没心没肺的代表，已经忘了自己来兴师问罪的初衷，变成了为郁筱梦操心不已。

郁筱梦看着说得津津有味的于乐乐，哭也不是笑也不是，不过，这个绯闻真的是严重地影响了她的生活，她去质保部也好，去样品室也好，去成衣间也好，处处都有探寻而好奇的目光追随着她。郁筱梦第一次意识到，自己成了“明星”，只是少些疯狂的粉丝哭着喊着追着她索要签名罢了，却多了许多敌对的人。那些公司里未婚的单身女性，如今看见她，个个咬着银牙，她好想找个地洞钻进去，再用土掩上，以免人身遭到攻击，安全不保。

而罪魁祸首何煦，竟然还如没事人一般，见到郁筱梦非但一点愧疚也没有，反而变本加厉：以前好歹还有一声敬语——郁总监，而如今，却是直接得不得了，似乎两人真的关系匪浅一般。

“郁筱梦，你确定下一季的设计不改了？”

“郁筱梦，你要追一下样品的速度！”

“郁筱梦，你们有没有确定海报的模特？”

郁筱梦被他喊得实在心烦，瞪起眼狠狠地说：“何总监，你是不是管得太宽了？”

何煦愕然："是吗？我当初进 GR，上面批准说我可以和设计部做跨部门协作的啊，我只是在督促你罢了！"

看着一脸无辜的何煦，郁筱梦无语了，她只能一遍遍在心里想，自己到底倒了什么霉，竟然遇上何煦这样的男人？

4 狗血的初恋！无聊的绯闻！

下班后，郁筱梦并没有回家，而是打了个电话给父亲郁有德，说自己要加班，让郁有德好好照顾郝林林，然后她开着那辆小飞度，带着满怀的郁闷漫无目的地到处晃悠。最后，在天黑的时候，成功地将自己晃进了八零八酒吧。

这是她第三次来这里。第一次，是和初恋男友分手时，那时候她是怨女，抱着好友于乐乐哭得昏天暗地；第二次，是和郝仁军离婚时，那时候她已成怨妇，一个人坐在酒吧里，很快有男人来搭讪，却被她一顿恶骂灰溜溜地走掉；第三次……就是这次了。

郁筱梦一个人默默地喝着啤酒，她这样穿着职业装的女人坐在吧台前，格外地扎人眼球。虽然已是初秋，但其他进来的客人依旧秉承着泡吧原则，男人们穿得逍遥随意，女人们都穿得清凉妩媚，只有她穿得严肃正经，还写着满脸的晦气和失意。

郁筱梦的酒量其实很浅，两杯啤酒下肚，醉意初现，眯着眼睛有一下没一下地四下打量。

嗯，那边一个臭男人在和两个小姑娘调情，也不看看自己那个肚子，快赶上酿酒用的橡木桶了！

呃，这边这个，眼神不正，一看就不是好东西，看人专看人家的胸和屁股！真恶心！

呵呵……旁边这两个，绝对色狼，从进来到现在就在评论哪个妞长得正，真想用高跟鞋敲他们！

咦？对面过来这个……好像……好像蒋一澍啊！

不会不会，哪有这么巧？肯定是自己眼花了。

郁筱梦猛地摇摇头，试图使自己已经模糊的视线变得清晰一些，可是真的很像蒋一澍啊！而且他还朝这边走过来了。她使劲眨眨眼，定神，天！真的是蒋一澍。

郁筱梦的初恋男友，BOA现任设计总监蒋一澍！郁筱梦连忙转过头去，她可不希望在这种地方这种场合见到这个人。呃……不行就去洗手间吧。这样想着，她撑着台子起身，脚还没落地，胳膊上多了一只手，郁筱梦汗毛倒竖。

“筱梦？”蒋一澍凑到迷迷糊糊的郁筱梦面前，一脸诧异，又带点惊喜。

郁筱梦僵笑着回过头来，她实在是没想到，竟然会在这种地方，碰见自己最不想碰见的人。郁筱梦的初恋，就是一段狗血的言情小说：大学遇见，恋上了，山盟海誓浓情蜜意的，然后毕业，两人去了不同的公司，再然后，分了。同蒋一澍分手后的郁筱梦经人介绍就认识了前夫郝仁军，谈了一年左右恋爱后结婚。郁筱梦一直想，如果不是当初同蒋一澍分手刺激太大，她也不会那么匆忙地嫁给郝仁军，成就了自己那段为期四年却无比失败的婚姻。

不想见，却又碰见。郁筱梦只得干笑道：“好巧。”

“是啊，我都好久没见到你了。”蒋一澍一边说着，一边坐到郁筱梦身旁空着的凳子上。

“怎么一个人啊？”蒋一澍关心地问道。

“路过，正好没事，过来坐一会儿。”郁筱梦心里一阵冷笑，她离婚的事，怕是同学圈里早就传遍了吧。蒋一澍这样的关切，倒也情有可原。

蒋一澍看了看四周，确定她是一个人，轻咳一声：“筱梦，你的事，我多少听说了。”

“其实这几年，我过得也不好。我老在想，当初我们为了理想，分道扬镳，可能真的太草率了。当时年轻气盛的！”他颇为感慨，眼中似有闪闪泪光。

郁筱梦没吱声，只是定定地看着杯中琥珀色的液体，任由他说下去。

“筱梦，我这几年，总是想你，如果当时我能多理解你一些，可能你不会那么早就结婚。总之，我很自责，筱梦，我们之间……”

郁筱梦终于听不下去了，叹了口气，开口打断了他：“蒋一澍，我是离婚了，还一个人带个孩子。对我们这种失婚妇女来说，确实是件可悲可怜的事儿。不过，我离婚跟你没多大关系，你也不用太自责，你的同情心要是太泛滥的话……上次哪哪地震哪哪水灾来着，你可以去献一下多余的爱心。实在不行的话，你这个年纪，也很适合去福利院做爱心爸爸，据我所知，福利院很需要这方面的爱心人士。"

我们都是成年人了，自己做的事自己有能力负责，不是吗？更何况，这么多年过去了，我郁筱梦没有你，不也活得好好的吗？呵，蒋总监，你年纪也不小了，好好找个像模像样的女人，结婚吧！"郁筱梦说完，起身准备离开。

蒋一澍见她要走，连忙跟上："哎，筱梦！"

郁筱梦脚下加速，慌不择路地从人群中挤出，刚刚那番话说得虽然镇定，她的心里却是乱成一锅生滚粥。她是真没想到会在这碰见蒋一澍，可想想也正常，H市就那么大，第一次没遇见，第二次没碰见，还能保证第三次不撞见吗？

身后的蒋一澍紧追不舍，郁筱梦不由得加快脚步，却还是在即将出门的时候，被蒋一澍追上了。

"筱梦，你先别走，我有话说，咱们好好谈谈。"他说。

"谈什么啊？"一个声音响起，却不是郁筱梦的声音。

好听熟悉的男中音，莫非是……

蒋一澍和郁筱梦同时扭过头，果然是何煦。他两手插在兜里，依旧一副悠闲的模样。他穿了一件蓝白色的衬衫，套了一件藏青的针织开衫，扣子没扣，白色的休闲长裤，白色休闲鞋，在酒吧昏暗跳动的灯光下，倒是很显眼，引得不少美女欲盖弥彰地往这边瞄上几眼。

"何煦？"两人同样的意外。郁筱梦的意外更多些，她平日看到的何煦，穿着讲究正经，这样休闲的装扮她还是第一次看见。

"蒋总监，很有幸在这见到你啊！"何煦说着，又冲着郁筱梦一脸的不耐烦，"郁筱梦，你搞什么啊？让你别乱跑，你没长耳朵吗？"说罢，伸手拉住一脸惊诧、嘴巴微张的郁筱梦就往门外走。郁筱梦转动手腕想摆脱，何煦却加重了力气，小声地说道："你不想摆脱他？"

想想与其面对更让自己恶心的蒋一澍，郁筱梦选择了忍。

蒋一澍伸手拦住："何煦，你们？"

"她？"何煦看了一眼郁筱梦，将她往怀里一带，紧紧搂住，"我女朋友，GR设计总监郁筱梦。筱梦，这是我在BOA任职时的同事蒋一澍，你们认识吗？"

虽然在心里颇为抗拒和何煦保持这样亲密的姿态，但郁筱梦看见对面蒋一澍的脸迅速变了颜色，姹紫嫣红煞是好看时，也不由得偷偷乐了一把，有一种成功报复的解恨和快感。

蒋一澍讪讪地垂下手，笑笑："大学同学。何总监很有眼光，很有眼光。"

将郁筱梦带到自己那辆白色雷克萨斯 RX 上，何煦嘲讽地说道："看不出，你还有一个人上酒吧的嗜好啊？"

郁筱梦笑笑："我还想喝！"

"什么？"何煦惊讶，却见郁筱梦一脸认真，他叹口气，从车厢后翻出半瓶白兰地，"这个你能喝吗？"

郁筱梦两眼放光地抢过，一把拧开，"咕噜咕噜"地喝了起来。

何煦看得目瞪口呆。

"你怎么一个人？"何煦伸手夺下酒瓶。

郁筱梦的脑袋没力气地垂下："烦，有点事，一个人出来……转转。"

"呵……"何煦笑笑，将手从兜里掏出来，调了调座椅，将两条长腿搁到一个舒服的角度。

"穿成这样，怕别人不知道你是上班族？"他略带嘲讽地说。

话还没说完，酒瓶又被郁筱梦一把抄了过去，仰起脖子就喝。

"喂！郁筱梦，你想死啊！"何煦惊讶地看着被酒瓶子罩住半个脸的郁筱梦，伸手想去抢，却突然看见郁筱梦半合的眼睑下隐隐的泪光。他愣了一下，没动弹，只是坐着，看郁筱梦一口气喝光瓶子里的酒。

郁筱梦将空瓶子"啪"的一声敲在车子方向控制台上，然后伏在上面咳嗽起来，何煦看着她的样子又气又笑，拍拍她的后背："好喝吗？你当它是白开水啊？"

"我还要……"郁筱梦的声音幽幽地传过来，然后跟泥一样瘫在了何煦的身上。何煦伸手拍拍她的脸，没反应，使劲摇了摇，还是没反应。

"哎……郁筱梦！你……"何煦一边摇着，一边无可奈何地抱怨。

"我！我怎么了？"原本瘫在何煦身上的郁筱梦猛地绷直身子，醉眼蒙眬的指着何煦。

何煦被她吓了一跳，拍掉郁筱梦指着自己的手指，哭笑不得："你没怎么！女人喝成这样，真少见！你还想怎么？"

"我？哈！"郁筱梦仰头大笑一声，"我一个离婚女人我怕什么！"

郁筱梦一把拉住何煦的领子，拉过来扯过去，衣服很快被扯得变了形："我！郁筱梦！离婚女人！"说完，她冲着何煦的脸喷了一口气，极冲的酒味直扑向何煦。

"喂，喂，你有话就好好说，拉我干什么！"何煦皱起眉头，一下子跳了起来，脑袋却撞到车顶。郁筱梦被他带得站了起来，整个人撞到何煦身上，跟煮熟的面条似的，挂在何煦身上晃悠着，嘴里还不停地咕哝着："你个小气……鬼、自大狂、没礼貌的……俗人！呃，就因为你，呃……我在公司可……呃……出名了……"

"喂！"何煦哭笑不得，手忙脚乱地想要推开她，可郁筱梦已经瘫了，堂而皇之光明正大地抱着何煦吃豆腐。

"喂！郁筱梦！郁筱梦！

你醒醒！醒醒！

啊！疯了！这女人！"何煦无比懊恼，看郁筱梦喝酒时的那份豪爽，他还以为她真的是海量，没想到……早知如此，当时就不纵容她喝下半瓶白兰地了。

黏在何煦身上的郁筱梦突然醉眼迷离地抬起头，抱住何煦的脸，四目相对，距离那样近，感觉那样暧昧。虽然是在车里，封闭的空间温度不低，可何煦还是感到后背汗毛倒竖冷汗直冒，被郁筱梦奇怪的眼神看得一阵紧张。

"帅……哥！你知道……吗？我……们呃……在传……绯闻哎！真无聊！"郁筱梦伸手拍拍他的脸，然后满脸堆笑，贼兮兮地说，"我们去……哇！"

话音刚落，郁筱梦带着一堆刚刚吐下的秽物，栽到了何煦的怀里。

何煦瞪着眼，看着怀里的郁筱梦，感受着那堆秽物传来的温热，气得龇牙咧嘴却毫无办法。

5 离奇掉牙老桥段

郁筱梦醒来的时候，发现自己躺在一个陌生的房间里。

她昨天晚上好像做了一个梦，喝了很多酒，晕天晕地的正过瘾，然后自己被抛在一张很舒服的床上，有柔软的枕头和被子，马鞭草的香味很清爽舒坦。

好像还泡了个很舒服的澡，有很多泡泡的那种大浴池，真的有玫瑰花漂在水面上……等等！泡……澡？

一声尖叫，郁筱梦一下子坐了起来。她扭头看看四方，真的是一个陌生的房间，床很大……枕头很软……被子很软……有马鞭草的香味……天啊！这一切都是真的！

那……那……洗澡！想到这里，郁筱梦又发出了一声尖叫，惊恐地捂住脸。

这声尖叫，引来了一个五十多岁的女人。那女人站在门口，满脸笑意地看着她。

“郁小姐你醒了啊？”房门口的女人长得慈眉善目。

郁筱梦下意识地点头，随即站了起来。她看到自己穿了一套女式睡衣，不像是新的，有点短，勉强能穿，款式一看就是中老年人的。

“你是……这是哪儿啊？我的衣服呢？”郁筱梦的脑袋很疼，仿佛里面要炸开一般，她开始懊恼自己昨天喝了那么多酒。郁筱梦啊郁筱梦，你已经过了小女孩的年纪了，还玩这种借酒消愁的游戏？现在好了吧，借酒消愁愁更愁，酒后乱性更添愁。想到这，她真想抽自己几个大嘴巴子，最好把自己打晕过去，等醒来的时候，发现原来不过是一场梦！

“哦！我是小煦的阿姨，平时帮忙做家务的。衣服昨晚就帮你洗了，这会应该干了。”房门口的女人笑了笑，“你昨天喝得太多了，身上都吐脏了，小煦将你带回来后，我帮你洗了个澡。这身衣服是我的，你别见外啊，都是干净的，小煦没带女孩回来过，所以没有合适的衣服。”

小煦？小煦是谁？郁筱梦愣了一下，她终于记起昨天在酒吧里发生的一切。首先是她一个人喝酒，然后碰见了蒋一澍那个挨千刀的，再后来碰见了何煦，在他的车里喝酒……

小煦就是何煦？天！这个可爱的称号和何煦那张有点疏离的脸，实在联系不到一起去。郁筱梦咽了口唾沫：“谢谢您啊，不好意思，给您添麻烦了！您贵姓？”

“哦，我姓沈，你喊我沈姨好了。”

“沈姨您好。我是何总监公司的，昨天我喝多了，真不好意思。”

沈姨笑了笑：“太客气了，郁小姐，你要不要吃点东西？喝了那么多酒，又吐了，胃肯定很不舒服的。早上我做了银耳糖水，给你倒一杯吧？”

“啊？不用不用，我得上班去了。”郁筱梦说完，忙不迭地冲进洗漱间，又立马出来，“不好意思，那个……我的衣服……”

“哦，你稍等，我拿给你。”沈姨说着，出门去给郁筱梦取衣服。

站在洗漱间里的郁筱梦，看着蓬头垢面的自己，真是恨不得从马桶出水口钻进去。太丢了人！郁筱梦一头趴到镜子上，没脸见人莫过于此。

有没有搞错？这么离奇还老掉牙的桥段，竟然发生在自己身上！发生在一个离过婚还有孩子的女人身上！这种言情小说的情节向来只发生在未婚女性身上的啊！一个人买醉，被旧爱骚扰，帅哥英雄救美，去宾馆浪漫一夜情，种种美好，可怎么偏偏让她郁筱梦给碰到！怪谁？还不是怪自己，明知酒量小，还跑酒吧去逞能。还有啊，何煦啊何煦，你就不能送我回家吗？再或者，不知道地址可以直接送宾馆去啊！何煦你这头猪！猪脑子！

突然间，她想到了女儿林林，昨天一夜未归，林林不知道怎么样了。想到这里，她又冲回房间找手机，在床边的小桌子上，看见了自己那部黑莓。

电话一接通，郝林林甜甜的声音就响起了：“妈妈！你加班结束啦？”

“啊？嗯嗯嗯……你怎么知道妈妈加班的啊？”

“昨天有个何叔叔打电话说你们在加班呢。”

“哦，好，那林林乖，妈妈待会下班就去接你。”郁筱梦放了心。

醉酒事件后，郁筱梦最怕见的人，就是何煦。于是在公司经过销售部的时候，都是躲着走。郁闷的是，从她们设计部去洗手间，必须要经过销售部。郁筱梦每次想去洗手间时，都是能憋就憋，实在憋不住了，才咬牙跟做贼一样溜过去。

她倒不是怕见到何煦，而是不好意思外加恨得牙痒痒，那么丢人的状况，竟然被他看见，还因为吐得不像样子被直接带回了家，还洗了澡睡了觉，这要传出去，还不知道会怎么个沸沸扬扬法呢，就目前这个状况来说，已经够乱了。

可是越怕撞见，越偏偏要碰见。

郁筱梦穿着香奈尔套装，昂首挺胸地去洗手间，在路过销售部的时候猛地缩了脑袋一下子矮了半截，一副心虚模样，左看看右看看，确定何煦办公室的门关着，才蹑手蹑脚地快速通过，刚走到一半，就觉得自己撞上了一堵墙，比她高了大半个头的何煦手里拿着资料夹，正低着头看她。

"郁筱梦，你鬼鬼祟祟的干什么？三天前喝的酒，现在还没醒？走路不带眼？"标准的何氏风格，带着嘲讽和挖苦，真是浪费了好听的音质，暴殄天物啊暴殄天物。

心中有愧，郁筱梦抬起头，看着何煦，很是诚恳："不好意思，何总监。"不过她又立马直了腰，有点理直气壮了："我很奇怪，那天最后我怎么会到你家里了？"

"啊！实在懒得去找你的家庭住址了。顺便带回家了，这样比较方便。"何煦漫不经心，似乎醉酒后的郁筱梦等同于某只路边的流浪狗或者流浪猫。

"你……其实送我去宾馆也可以啊！"郁筱梦银牙咬碎却无可奈何，"算了，反正还是要谢谢你。"

她是谢谢那天醉酒后何煦的相助。

"宾馆？你想和我传一起开房的绯闻吗？再说了，太浪费钱了。"何煦一副好笑的表情，仿佛什么都没有发生过，"谢谢？谢我什么？要不要我通知你的助理把你领回去，或者我给你画张地图？"他说完，打开自己办公室的门，走了进去，关门。

剩下郁筱梦站在外面，气得干瞪眼。一个瞪眼还没结束，何煦突然又将门打开，冲她说道："你夜里都不睡觉的吗，还是现在流行熊猫眼啊？

那这一季的模特怎么没用这个妆容？"他咕嘟着，又关上了门。

郁筱梦下意识地摸了摸脸，想到这几天确实没怎么睡好，不由苦笑。

这几天困扰她的，倒不是何煦，而是蒋一澍。

她和许多女人一样，在生命最年轻最饱满的时候，不顾一切地爱上了一个男人，盲目而执著。都说在爱情里，爱得深的那个受的伤害也多。郁筱梦就是如此，她觉得自己的那段初恋是惨烈的，她不后悔自己爱过，只是后悔为蒋一澍付出了那么多,可蒋一澍却不懂珍惜。

而那个当初口口声声说为了梦想选择去了 BOA 的蒋一澍，如今突然冒了出来,说要重新追求她。郁筱梦没有失而复得的欢欣,反而是一阵莫名的恐惧。

她实在是不想和他再扯上什么关系。可是,同为服装设计总监,在一个行业中,说不见就不见是不可能的。这几年中,在大大小小的场合,也碰见过他几次,可每次郁筱梦都视若无睹远远避之,谁说情人分手可以做朋友,至少她郁筱梦办不到。

如今可好,酒吧一见,蒋一澍蛇随棍上缠了上来,郁筱梦避之不及。蒋一澍不知从哪个同学那里要到了她的手机号,每天早上一条问候短信,中午一条吃饭提醒,晚上一条晚安信息,郁筱梦每每听到短信声,都三魂七魄飞了一半。

用刀割伤你的人,又主动来给你缝伤口,你还敢给他缝吗？郁筱梦忍了三天,实在没办法,一个电话打给蒋一澍,告诉他,过去就是过去了,她不是从前的郁筱梦,他也不是当初的蒋一澍,还是省省劲吧,不用再白费力气了,你蒋一澍这些年应该也不缺少枕边人。

可这世界上,真有这么一种人,你拒绝他,他以为这是欲迎还拒。今天早上一到公司,就看见办公桌上放着的那一束白色百合,学生时代她最喜欢的花。看了一眼签名,郁筱梦想都没想,转手将花扔进了垃圾桶。

蒋一澍送的。这年头,自以为是的人还真不止一个!

擅长捕风捉影的于乐乐眼睛最尖,看见垃圾桶里的那束白百合,一把拎了起来。

“啊！蒋一澍？”她吃惊不小,她和郁筱梦是大学同学加贴心好友,这两人间的过往,她可是点滴尽知,想当初,她还为郁筱梦的感情出过谋划过策呢!

郁筱梦面无表情地看着她。于乐乐皮笑肉不笑:“筱梦，你碰见蒋一澍啦？”

“是啊。有问题吗？”

“他……什么意思？”于乐乐凑上来。

“我又不是他，我哪知道他什么意思？”郁筱梦刚说完，就看见门被人不客气地推开，除了何煦还有谁？

“何总监，你属螃蟹的？你知不知道这个世界上有一种礼节叫做‘先敲门’啊？”郁筱梦恼火，这个何煦，每次都这样直接推门，仿佛郁筱梦的办公室是他销售部设在设计部的分室，横行霸道得如入无人之境。

何煦竟然出乎她意料地点头，退了出去，关上门，敲了两下。

郁筱梦哭笑不得地说：“进来吧。”

何煦这才进来，一眼看见于乐乐抱着的那捧白百合：“于主管恋爱了？”

“哪呀哪呀，郁总监的花。”于乐乐微红了脸解释道。

“哦？”何煦好奇地凑近，伸手翻了一下插在花上的卡片，“蒋一澍？”

“BOA 的设计总监？”他看了看脸色异常的郁筱梦，“看来你俩缘分不浅啊，先是在酒吧撞见，这还特意送花来了。啧啧，老蒋风流依旧啊，泡妞泡到 GR 来了。”

于乐乐察觉气氛不对，丢下手里的花，打了个哈哈，说手里有事，就如兔子一般溜出了办公室。

办公室里的气氛更尴尬了，何煦没说话，郁筱梦捧起杯子喝了口水，清了清嗓子：“有事吗？”

“两件事。”

“哦？”

“第一个，‘新跃’杯设计大赛开赛了你知道么？”

“嗯，昨天听他们说了一下，打算今天报名。”

“我听说，BOA 将我们 GR 视作头号劲敌。据说蒋一澍连输两年，正磨刀霍霍呢！”

“是吗？”郁筱梦一愣，GR 和 BOA 一直走的是两条路线，在市场上构不成竞争，但在各类比赛中，这几年，她和蒋一澍可谓是平分秋色各领风骚。一开始，蒋一澍倒是还能占优势，这两年，连接两届“新跃”杯一等奖都被郁筱梦给抱了回来。

“所以……”何煦点到为止。

“谢谢你的好意，何总监，那第二件呢？”郁筱梦当下明白何煦的意思，在如此关键的时刻，蒋一澍突然向她示好，可谓别有居心，何煦在提醒郁筱梦，公私分明。

“第二件……”

“什么事啊？”郁筱梦好奇，什么事能把向来张牙舞爪的何总监为难成这样。

“我……郁筱梦啊……”何煦犹豫了一下，深吸口气，靠近桌子，双手撑住桌边，似乎有点紧张。

“你想干什么？”郁筱梦一见他凑近，手指不由得握紧手中的派克笔，一脸警戒。

“啊！我知道了，肯定是这个月的销售额还不赖，你准备主动认输？”郁筱梦突然笑了起来。她今天穿的衣服是自己设计并亲手做的，虽然已是冬天，但办公室开了暖气，平时连毛衣都穿不住，郁筱梦今天穿了黑色高领无袖上衣，麻灰色阔脚裤，脖子上垂了一串珍珠项链，肩膀上搭了一条银灰披肩，上面有黑色蕾丝大花图案，被黑衣服一衬，说不出的雅致。

何煦盯着那蕾丝大花图案看了一会儿，突然眼神奇怪地看了郁筱梦一眼，眉头微微一皱：“不是。

郁筱梦，我知道你一直对我有意见。但是，我想说的是，你要实在需要男人给你送花的话，我不介意送给你，但是蒋一澍那个人……如果你不是离婚太久饥渴晕了，而且不想被炒鱿鱼的话，还是离他远点好！”何煦的眼神里闪过一抹促狭和作弄。

阳光从郁筱梦后面的落地窗穿透进来，照在眼前这个穿着灰色呢子西装的男人身上。于乐乐说得没错，何煦真的是个极好看的男人，五官分明，眼神干净，笑起来的时候还透出一股孩子气，带着些许小邪恶。难怪公司的女人们私底下都说，要是 GR 做男装，何煦完全可以去拍海报了，整一个中国的李敏镐啊。

这是忠告，还是嘲讽？坐在椅子上的郁筱梦气得满脸绯红：“为什么？为什么要你给我送花，你真当我郁筱梦没人要啊？

而且，我爱收谁的花，跟你有关系吗？”郁筱梦越说越气，站起身来，指着何煦，“你走！

别说我没警告你，从今以后非公事莫进！我的私事与你无关！”

何煦微微皱起眉头，他松开撑在桌边的手，插进裤兜，悠闲地说道："瞧你，脸气得跟紫茄子一样。"说完，转身出门。

郁筱梦感觉自己浑身的小宇宙快要爆发出来了，这个杀千刀的！她好想冲着何煦那张帅脸打一组天马流星拳，再外加一记左勾右勾组合拳，最后两根指头直戳他的双眼！

何煦，你简直就是个变态！郁筱梦一边在心里骂着，一边狠狠踢了一脚办公桌，然后痛得发出了"嗷"的一声惨叫，极不优雅。

6 像风没有理由，轻轻吹着走

周末郝仁军出差不在家，再去福利院的时候，郁筱梦便带着郝林林一起。

郝林林挤在福利院的孩子中间，玩得不亦乐乎，郁筱梦和何阿姨站在不远的楼下，闲聊着。

"筱梦最近工作累吗？"

"还好，有个比赛要参加，在想设计。"

"设计师是个费脑子的工作啊！"

"习惯了。我也喜欢这个。"

"看得出来，一提到工作，你就满脸开花。"

"是吗？哈哈！"

正说着，一个不明物体从半空坠落，一下子击中何阿姨的头部。她闷哼一声，捂着头痛苦地弯下了腰，血从指缝缓缓溢出，滴落到水泥地上。

郁筱梦被吓到了，脸色煞白，反应过来后连忙扶住何阿姨，大声喊人帮忙。

在一片嘈杂和混乱中，何阿姨被送去了市人民医院，推进了急救室。郁筱梦拉着郝林林，和福利院的工作人员一起紧张地守在外面。砸中何阿姨的是一个硬塑料的不倒翁，是住在三楼的一个叫做小荣的智障孩子扔下的。何阿姨来做义工，发生这样的意外，福利院的工作人员很是愧疚。

一会儿，打了局部麻醉做完清创缝合手术的何阿姨被推了出来。郁筱梦急忙上去，大家手忙脚乱地将何阿姨送进病房。不一会儿，何阿姨醒了过来，一睁眼就看见围着她的一群人。

“何阿姨，你醒了，吓死我们了！”福利院的张院长拉住她的手，说话的声音都有点抖。

何阿姨笑笑：“这不醒了吗？”

医生挤了过来：“大家散散吧，都挤在这，空气不好。病人没什么大碍，只是皮肉伤，颅内没有瘀血，也没有伤到骨头。伤口缝了十六针，不用拆线，愈合后会自行吸收的。就是剃了半边头发，不适应的话，就买顶假发吧。”

“刚刚签字的家属呢？过来一下，有些事情要关照。”医生说。

刚才推进手术室做缝合的时候，麻醉需要家属签字，情急之下，郁筱梦签了自己的名字，她连忙跟了过去。

从医生的办公室出来，再到病房，福利院的工作人员已经回去了不少，只余下张院长和另外一名义工。虽然刚刚清醒，但何阿姨的状态很好，她看见郁筱梦的时候，开心地伸出手招呼她：“筱梦，来来。”

“哎，何阿姨。”郁筱梦站过去。

何阿姨笑着说：“多亏你啊，要不我可能直接倒地上去了，可就伤上加伤了。”

郁筱梦心有余悸地笑笑，没说话。

张院长说：“何阿姨，我们已经打电话给你儿子了，说马上就来。”

何阿姨点点头，表示感谢，又看了一眼病房，突然问道：“筱梦啊，林林呢，没有跟过来吗？我刚刚好像看见她了啊！”

林林？郝林林！郁筱梦惊出了一身冷汗。

刚刚何阿姨出手术室的时候，郝林林还是牵在她手里的，后来手术车推出，郁筱梦就撒了手。

天哪，郝林林不见了！

郁筱梦连忙出门，一路小跑出去找郝林林。

出了病房，一直到护士站、医生值班室，还有楼下大厅，转了一个遍，都没有看见郝林林的身影。看着进进出出的人群，郁筱梦可真是茫然无助欲哭无泪了，她不停地在心里祈祷着女儿郝林林千万别跑远，千万别出事。她的额头上急出了细密的汗，但她顾不得擦，又朝着住院楼外找过去。

刚出大门，就看见郝林林被一个身材高挑的男子拉着朝这边走来，再定睛一看，竟然是何煦拉着郝林林。郁筱梦连忙迎了上去。

“林林……林林……”她拉过郝林林，脸色愠怒，“妈妈有没有跟你讲不准乱跑啊，你怎么一个人就跑出来了呢？吓死妈妈了！”

郝林林刚刚还兴高采烈的，一下子小嘴一撇，似要哭出声来：“妈妈……

我在病房看到花园了……

我想来捉蝴蝶……”

郁筱梦搂过她，使劲亲了亲，却又突然地使劲推了一把，恼火道：“那你怎么不跟妈妈讲一下，你知不知道妈妈多着急啊？你个小坏蛋！”

“就一小会……”郝林林一副无限委屈的模样，冬日里，冻得红红的小脸格外惹人疼爱。

“我说谁家的孩子呢，差点被车撞到。”何煦终于开口了，哈出一股白气。

郁筱梦抬起头，瞪他一眼，那天何煦说的话，她一直记恨在心里。都说女人的心眼不过针尖大，郁筱梦自认还是比针尖大那么一些的，不过，要是有个男人说你饥渴，估计任谁听了都大方不了。却没想到在这见到这颗眼中钉，郁筱梦恨不得找把起子拔了去，但无奈，人家好歹帮你找回了女儿，她压着性子，说道：“不好意思啊，何总监，给你添麻烦了。”

“麻烦倒不至于，就是……小孩子要看好，万一被撞了蹭了怎么办？再说了，跑丢了怎么办？”何煦察觉到那个能瞪死人的眼神，嘴角一扯笑了笑。他定了定神，蹲下去，扶过郝林林，摸摸她的脑袋：“林林是吧？以后要听妈妈话，知道吗？你看妈妈多担心啊。要是被坏人抓去了，你可见不着妈妈了！”

郝林林噙着眼泪，脑袋直点，一头扎进郁筱梦怀里。

郁筱梦抬头说“谢谢”，看见微笑着的何煦，这个平日神态有点冷清，言语总是略带讽刺的男人，笑起来竟然是如此阳光，看起来温暖又惬意。郁筱梦不由一怔，又想起那日在她办公室里，何煦那副张牙舞爪的模样，她有些怀疑是不是一个人。

“对了，何总监，你怎么在这？”看何煦还没走的意思，她变相提醒道。

“哦，我妈在这。”

“是吗？你妈怎么了？”郁筱梦问了一句，忽觉不妥，又连忙收住。关她什么事，都说儿子像妈妈，这种变态男人还能有什么好妈妈？

“具体情况还不清楚呢。”何煦说着，起身，“我去了，回见。”说完，便与郁筱梦擦身而过，一股极淡的气味一下子笼罩住了郁筱梦。与何煦打交道多次，对于这种味道，郁筱梦十分熟悉，很干净的香水味，没怎么闻过，似乎很少人用的牌子，混着荷尔蒙的气息，与众不同却又很诱人。

嗯……诱人！

气味消失的那一瞬间，郁筱梦的心里没有来由地，涌上了一阵淡淡的失落感，很淡，却在瞬间将她吞没。她被自己这种失落感给惊到。郁筱梦，你难道对何煦动心了？还诱人？你个色女！

还真是太久没有见过男人，空虚了，饥渴了？不过一点味道，你就神魂颠倒了？定力这么差？她不由自嘲，微微地有些脸红。

怀里的郝林林仰起脸：“妈妈，我们还上去吗？”

“嗯，当然了，要跟何奶奶打一声招呼，说再见啊！”

郁筱梦拉着女儿的手，往住院部大楼慢慢走去。前面，何煦的身影早已消失在人群之中。她伸手拍了拍自己的脸，打断满脑子不合时宜的思绪，一边嘀嘀咕咕地教育着女儿，一边朝住院部走去。

这个世界上，从来不乏各种各样的巧合。

郁筱梦怎么也没想到，何煦竟然是何阿姨的儿子。站在病房里的郁筱梦看着何煦同何阿姨上演着母子亲情，心里泛上一股说不出的滋味。

说是意外也好，惊讶也行，但让她想不到的是，何煦见到她，竟然是一副理所应当的模样，仿佛早就知道她会来这里。

“何煦，这就是我常跟你说的筱梦。”何阿姨热心地介绍着，“来啊，筱梦，这是我儿子——何煦。”

看着因为吃惊下巴都快要掉下来的郁筱梦，何煦笑了笑：“她是我们公司的设计总监。”

“哦？这么巧？”何阿姨比郁筱梦还吃惊，“哎，你看我，跟筱梦认识这么长时间，光知道她做服装设计，还真不知道是哪家公司的。”

郁筱梦站在那，完全没有反应过来："何阿姨，你们？"

"她是我妈妈。"何煦说着，拉过一把椅子，示意她坐下。

看郁筱梦一脸的不解，何阿姨简单地解释了一下："何煦跟我姓的。"

"哦！"郁筱梦恍然大悟，看了看何阿姨，又看看何煦，别说，这娘俩还真像。自己怎么一直没发现呢？想了想，郁筱梦觉得不能怪自己，要怪只能怪何阿姨太和善，而何煦又极度小气自大变态，真的不像一家人。

"啊？奶奶竟然是叔叔的妈妈啊！"郝林林一派天真。

何煦和何阿姨都笑了起来，何煦从床头取了一枚桔子，剥给郝林林吃。出于自己刚刚对何煦身上味道的那种小沉迷，郁筱梦一见他靠过来递桔子，立马屏住呼吸退得远远的，满脸警醒。

何煦奇怪地看她一眼："你以为我是起重机，胳臂能自由伸缩？"

郁筱梦干笑道："我自己剥，自己剥。"

回去的时候，是何煦送的郁筱梦和郝林林。郁筱梦拼命摇头，说自己可以打车回去，可何阿姨无论如何不同意，说何煦要是不把郁筱梦平安送回家，就断绝母子关系！

她说得那样斩钉截铁，听得郁筱梦哑口无言，顿时没了脾气。

到了停车场，郁筱梦磨蹭着缩到后面："何总监，我带着林林打车去福利院取车，你照顾何阿姨去吧！"

"你以为我想送？跟你比，我妈更重要！"何煦头也没回。

郁筱梦翻了个白眼："你可以在车里睡二十分钟，就说送到了！"

"林林，你妈妈平时也是这样教你撒谎的吗？"何煦突然俯下身子问郝林林。

郝林林很老实："没有，妈妈说好孩子不能撒谎！"

郁筱梦真想咬掉自己的舌头，眼睁睁地看着郝林林跟着何煦爬上了那辆雷克萨斯，还很兴奋地冲她喊着："妈妈，你快来呀！叔叔的车可比你的大多了！"

脸，横竖是丢尽了，郁筱梦咬着牙，坐了进去。

路上，郁筱梦没说话，何煦一心开车，倒是郝林林凑过来："叔叔，那你爸爸姓什么啊？"

何煦笑笑，告诉她，他没有爸爸。

“为什么啊？”郁筱梦和女儿同时出口。话音刚落，郁筱梦就一阵后悔，自己的好奇心怎么如此之重，竟问出这样幼稚的问题。

何煦浅浅地说了几句，之所以跟妈妈姓，是因为他妈妈是未婚生子。而何煦的生父，压根不知道他的存在。

当郁筱梦得知何阿姨竟然就是何建平时，又是惊讶又是激动，一把拉住何煦正握着方向盘的手臂，晃个不停。

“你想死啊郁筱梦！”何煦被她吓了一跳。

“何阿姨就是何建平？”郁筱梦自顾自地说，“天啊！何建平！”

“竟然是何建平！”她猛敲自己的脑袋，“我真是有眼无珠。”

看着一个人在旁边又是拍手又是捶脑袋的郁筱梦，何煦又好气又好笑。

何建平，国际知名园林设计师，参与过多次古代园林的复建和保护工作。而郁筱梦之所以知道她的大名，是因为在学校时，曾有幸参加过一次国际奢侈品牌 CCO 女装的发布会，就在何建平设计搭建的园林实景中。

郁筱梦怎么也忘不了，那场发布会呈现出来的东西方文化碰撞和交融的美。那是一种从骨子里往外散发出的优雅大气。那时候的她，就暗下决心，如果在自己的设计生涯中，能有一场这样的秀，她死而无憾。

她更没想到的是，享誉国际的大师，竟然一直就在自己的身边，和自己在一家福利院做义工，更在平时，如妈妈如朋友一般关心自己。郁筱梦真的觉得自己是在做梦。

“何煦，我是不是在做梦啊？何建平竟然是你妈妈？”她不敢相信地又问了一遍。

何煦看着还处于激动状态的郁筱梦，不禁失笑。从在肯德基第一次见到郁筱梦，到后来的接触，郁筱梦一直是一个强悍的大女人姿态，竟然也有如此小女生的模样。

其实他早就从母亲何建平的口中知道，有一个叫做郁筱梦的离婚女人在福利院做义工。何建平一个劲地夸，说那姑娘真不错，一个人带个孩子，还那么坚强。他只是将其当作母亲生活的一部分，听听罢了，犹如听母亲说起今天上街买菜的时候发生了什么新鲜事。

后来跳槽到 GR，发现郁筱梦是设计总监，看着郁筱梦整天一副高高在上的模样，他很怀疑是不是母亲口中说的那个离婚女人郁筱梦，直到那天他去福利院接母亲，却意外看见郁筱梦同母亲聊天说话，他才敢确定，这个郁筱梦，真的就是那个郁筱梦。

因为何阿姨的关系，郁筱梦和何煦的接触自然而然地频繁了起来。短期内何阿姨不能再去福利院做义工了，于是何煦就顶替了这个位置，周末去的时候，还特意喊了郁筱梦。

郁筱梦很好奇何煦一个大男人，去做义工能做什么，却没有想到何煦做得相当不错，教孩子们打球，同孩子们赛跑，或者就是趴在地上让小孩当马骑。看着平日在公司不苟言笑的何总监如同孩子王一般，跟一群孩子滚在一起，还不忘偶尔讽刺一旁傻笑的郁筱梦几句，郁筱梦气恼之余却也失笑。

玩累了，何煦便坐到郁筱梦的身边，两人席地而坐，郁筱梦倒了一杯水给他。

“累吧？”郁筱梦问。

“还行。”何煦喝完水，将杯子放到一旁的地上。

“其实之前我也常来帮忙，但也差不多有两年没怎么来了。在 BOA 那边的销售比 GR 忙得多，经常到处跑，像个空中飞人。”何煦感慨。

“何……老师在这边做了很多年了吧？我记得她好像说过是五年，还是六年。”自从知道何建平的身份后，郁筱梦就将“阿姨”这个称呼改成了“老师”，以示尊敬。

“你就喊阿姨，老师真别扭。”何煦笑了起来，“六年。她很喜欢做义工。其实我妈是个特别要强的人，跟你一样。”

“我？”

“你还记得第一次你在肯德基跟我要玩具吗？”

“嗯，你没给，我就想，这什么男人啊，这么小气。”

“哈哈！你知道当时我对你是什么感觉吗？”何煦笑了，“怎么会有女人这样啊，明摆着是跟我商量，可是满脸写着的却是‘你抢了我的东西，必须还给我’。”

“是吗？”郁筱梦笑出了声。

“后来在公司跟你打了几次交道，发现你还挺傲气，跟一般的离婚女人不一样。”

“那一般的离婚女人该是什么样？”

“嗯，自暴自弃，说话没底气，软弱，或者没精神……总之，跟你不一样，你不像。你看起来很强悍，都不需要人保护。”

郁筱梦想了想：“你说的这个，是刚离婚时候的我。“

“那个时候，我就像你说的这样，自暴自弃，说话没底气，不敢抬头见人，觉得人生是灰败的，除了黑色就是白色。后来在这边做义工，多亏你妈妈经常开导我，我也逐渐想开了。婚姻不是人生的唯一，我还有林林，所以我必须坚强。你看到的，是现在的我。”

何煦赞许地看了郁筱梦一眼：“郁筱梦……”

“嗯？”

“你不是问过我为什么要送花给你吗？”

郁筱梦怔了一下，她记得这句话是在什么样的场合下问的，但没想到何煦会突然提起。

“我特别佩服你这份坚强和自信，就算是向崇高的母性敬礼吧！”何煦笑着说。

这话，前半截，郁筱梦听着还挺对味，后面一句，怎么听着……很别扭呢？母性？

这时何煦的手机响了起来，他看了一眼，笑眯眯地接起：“啧！美女，好久没消息了啊！”

“我哪敢啊？再说 GR 也没什么美女。”说这话时，何煦就感觉到郁筱梦的眼神就如小李飞刀一般戳了过来。

“哈哈……都比不上你！”

“行，地点定好告诉我。”

看着挂了电话一脸喜滋滋的何煦，郁筱梦一副鄙夷的神色：“我们 GR 没美女吗？”

“唑……”何煦装模作样地想了想。

“好像有吧。金蔷薇算不算？于乐乐也不错。”他肯定道，又说，“但你肯定不算！”

说完，他便跳了起来，一头扎进了孩子堆里闹作一团。留下一个郁筱梦哭笑不得。

一阵风拂过，轻柔美好。

7 最有意思的遇见

福利院的工作结束后，何煦送郁筱梦回家。让郁筱梦颇为吃惊的是，何煦竟然换了辆车，那辆白色的雷克萨斯不见了，取而代之的是一辆蓝色跑车，还是郁筱梦从来没见过的牌子。

看出郁筱梦的疑惑，何煦简单地解释了一下，雷克萨斯送去保养了，只好开了这辆玛莎拉蒂 GranCabrio。这还是何煦从香港回来后，何建平送给他的毕业礼物。当时两百多万买的，因为国内的维修点很少，所以也很少开。

想想也不奇怪，何煦本身做了 BOA 几年的销售总监连创佳绩，薪水丰厚，至于何建平，还不知道有多少知名建筑的设计出自她的手下，收入自然不用明说。郁筱梦知道 H 市内几家大型楼盘，或多或少，都有何建平的设计。

郁筱梦猛地想起那天醉酒后被何煦带回家，早上起来看到何煦的家里，虽然不过粗粗一扫，但确实精致舒雅，明显不是一般人能设计和享用得起的。不过她很好奇，那天怎么没有见到何建平呢。

“对了，何煦，那次我喝醉了，在你家怎么没见到阿姨啊？”她忍不住问。

“我妈喜欢中式住宅，跟我不住一起，不过离得近，十来分钟就到了。她也喜欢一个人，自由自在的，平时都是沈姨照顾她的，我经常过去吃饭。”

“哦。”

何煦笑着说：“等我妈出院了，回头请你去玩玩。她那个小院子，被她收拾得算是精品了。”

“不用想都知道，肯定很有特色。”郁筱梦点头，又觉得自己这样似乎是答应了何煦的邀请，有点尴尬。

“是，比较传统的中式住宅，但吸收了不少日式庭院的风格在里面，会让人眼前一亮。她还收罗了很多世界各地的小东西，能看得你眼花缭乱，每个东西都能讲出一堆故事，都是她的宝贝，几块钱的东西也能说出花来，跟无价之宝似的。”何煦倒是没有在意，只是笑着说，他提起何建平，也是浑身带劲，“没办法，老太太就喜欢这个，随她去了。”

郁筱梦只是点头，她还沉浸在自己那份尴尬中。

很快，郁筱梦便到家了，和何煦简单话别，便上楼休息。

何煦站在停在楼道的玛莎拉蒂旁，听着郁筱梦的脚步声一路向上，至三楼，停住，然后有钥匙开门的声音，接着是郁筱梦的声音，有人同她搭话，看来是她的父亲郁有德或者女儿郝林林。

再然后，何煦仰起脸，看见一扇窗户亮起了灯，他知道，那是郁筱梦的房间。

这个女人，总给他很奇怪的感觉。

你说她不在意自己的离婚女人身份，她偏偏又时刻提醒自己，在很多方面谨小慎微小心翼翼。可你说她在乎，没见过离婚女人活得像她这般张扬恣意。她能一个人跑去酒吧，却偏偏一喝就醉；上次公司组织高层周末去打高尔夫，所有的女高管中，郁筱梦竟然是打得最好的。若不是第一次在肯德基她自报家门地说自己女儿想要小玩具，恐怕他会认为郁筱梦是个未婚熟女，活得自在洒脱。

何煦自认自己欣赏这种独立的女人，或许是源于自己的母亲何建平。当年的何建平也是这样，含辛茹苦地将他拉扯大培养成人，自己的事业也做得风生水起，这样的女性，尤得何煦的尊重和爱慕。至于郁筱梦，每当自己因为工作冲到郁筱梦办公室去时，看见那个女人强硬的外表下，闪过的那丝隐忍和克制，他就觉得这个女人值得他尊重。他仿佛是看见了年轻时候的何建平。可是也很奇怪，每次看见郁筱梦压着怒火同他说话，他就觉得很有趣。

来 GR，碰见郁筱梦，对他来说，恐怕是最有意思的事吧。

何煦这样想着，打开车门，准备回家。

暮色中，一辆大红色的宝马 X6 疾驰而来，一直驶到玛莎拉蒂的后面才一脚停住。大灯张扬地闪了闪，何煦下意识地眯起眼，却看见郝林林从副驾驶的位置上一溜烟地跳了下来。

“何叔叔！”她欢快地喊了一声，便朝何煦的方向奔来。

驾驶座上的人也跟了下来，喊了一声："林林，慢点！"

当何煦看到她时，两个人都怔住了。

未等对方反应过来，何煦已经坐上车，启动引擎，玛莎拉蒂如同一匹脱缰的野马，一下子冲了出去，拐了一个弯，不见了影子。

郝林林傻愣愣地看着，扬起小脸冲着 X6 的主人郝仁娟说道："姑姑……叔叔他跑什么呀，我今天很丑吗？"

郝仁娟漂亮的脸上露出一丝酸涩："不知道。你认识他？"

"认识啊，妈妈公司的叔叔！"

郝仁娟"哦"了一声，若有所思，又问："他经常来这吗？"

"不经常吧……"郝林林歪着脑袋想了想。

"走吧，上去吧。"郝仁娟不再多问，拉着郝林林上了楼。

一脚油门踩到底的何煦，脸色发青。

郝仁娟？她和林林是什么关系？都姓郝……难道？

这么巧？

8 相亲？我？

郁筱梦提交了"新跃"杯服装设计大赛的报名表。与此同时，GR 第四季度第二个月的销售报表也出来了，如郁筱梦所言，销售额持续攀升，市场反响很好。虽然还有一个月，但照目前的情况来看，她和何煦的那个赌，她是赢定了。郁筱梦在心里琢磨着，何煦一旦认输，自己该怎么好好地挖苦他一番，一雪前耻。

心情大好的郁筱梦恰在此时，接到了郝仁娟的电话，邀她去逛街，郁筱梦欣然前往。郝仁娟是郁筱梦前夫郝仁军的亲妹妹，比郁筱梦小两岁。做记者的郝仁娟打得一手漂亮的网球，加上脸蛋漂亮身材好，在大学时代被称作"网球宝贝"，后面的追求者排了一个加强连还得拐个弯，不过至今没谈恋爱，正值二十六岁的好年华，却一心扑在了事业上。

虽然郁筱梦同郝仁军离了婚，但是她和郝仁娟的感情倒是真挚，少有姑嫂能处出这样融洽的感情来的。没离婚时，郁筱梦常受婆婆余曼春的刁难，郝仁娟极其维护她，说是姑嫂，真的如同亲姐妹。即便是现在郁筱梦离了婚，同郝仁娟没了那层姑嫂关系，两人私底下往来还是很多。

不过今天郝仁娟喊郁筱梦逛街是假，给她介绍对象是真。

“什么，介绍给我？”郁筱梦吓了一跳。给她介绍对象的不是一两个了，不过，这话从前任小姑子嘴里说出来，还是颇为奇怪。

“市医院的医生，姓林。三十二岁，也有过一段婚史，但三年前妻子生孩子的时候大出血死了，孩子也没了。他心里有了阴影，不想再生孩子。不过其他方面可都很正常啊，经济也不差，前段时间我采访过他，正好他也很热衷网球，就熟悉了。我觉着吧，你俩能成！我前几天就把你的情况说了一下，他很感兴趣。”郝仁娟介绍说。

“人呢，不错的，很儒雅。对了，我手机里有照片。”郝仁娟说着，便掏出那部苹果4S，找到一张照片。大概是聚会时拍的，一堆人挤在一起，很多根手指头竖在那，配上龇牙咧嘴的表情。

郝仁娟指了指其中一颗绿豆大小的脑袋：“这个，看见没。有点小，我放大给你看。”

照片稍微有点模糊，不过粗粗一看，严格地来说，这个林医生不能算是帅哥，但胜在气质儒雅，很文气，戴一副金丝眼镜，倒很贴合他医生的身份。

“怎么样，有兴趣没？”郝仁娟尽职尽责。

郁筱梦笑笑：“我还没考虑过这事。”

“林林还小，我怕她不适应。”郁筱梦说。

“就是要趁林林小啊，再大了，肯定更难接受了，小孩七岁以后就特有主见，很多事都不理你的。”郝仁娟不赞同，又笑着说，“嫂子，你不会还想跟我哥复婚吧？他可是念叨过这想法啊！要不，我给你俩撮合？”

“他？别了，娟子，这更不可能。”郁筱梦哭笑不得，接着一犹豫，“相亲这事再说吧，我自己也没想过这事。”

顿了一会儿，她又说道：“其实一个人挺好的，下班了，想干吗就干点，不想呢，就直接回家。林林被我爸照顾得很好，我就一心赚钱，没什么别的想法。再结婚吧，顾虑太多，我也不想自己再进那个笼子。”

“嫂子……”郝仁娟还想再劝，但看郁筱梦满脸坚决，只得作罢。

她同郁筱梦做了四年姑嫂，太了解郁筱梦的脾气了。她这个嫂子，心思缜密，是个很有想法，并且敢作敢为的人，再经历过婚姻这一场摸爬滚打，怕是早就成了百炼钢了，没有三味真火，估计是炼不化的。

郁筱梦没想到的是，郝仁娟动员未果，竟然去动员郁有德了。

郁筱梦的母亲去世很早，郁有德当初为了女儿，始终没有再娶。他不是没想，只是当时谈了看了处了几个对象，对方都嫌弃他有个孩子。

次数一多，郁有德也就歇了这份心，心想既然没这个运气，不如独自踏踏实实地带大郁筱梦。好在郁筱梦算争气，从小到大，没让他操过神费过心。

有意思的是，郁筱梦嫁人后，关心郁有德晚年生活的人，一下子多了起来，郁有德也就常常和张阿姨或者李阿姨再或者陈阿姨的见见面，喝喝茶，却依旧没有一个合适的。郁筱梦说他是一个人过的时间太长，不太习惯两个人的相处。郁有德笑笑没说什么，他只是希望能找一个当郁筱梦是自己女儿的人。毕竟，他还不到六十岁，还有一段人生要走，就算是续娶，也要有一个和睦的家庭，否则，什么叫做夕阳红老来乐呢?

不过，让郁有德没有想到的是，女儿竟然离婚了。一下子，这个家的构成就显得比较奇怪。一个丧偶的父亲带着离婚的女儿，这个女儿还带着外孙女。看似三代同堂却实在不圆满。

这一年多来，郁有德没少为郁筱梦操心，或者说是瞎操心，到处托人给郁筱梦做媒，郁筱梦烦不甚烦之余也能体味到一个父亲的苦心。有些对象，她是去见的，但是都是看不中对方。

也是啊，一个离婚的女人，能找什么样的对象呢？无非是离婚的、丧偶的、年纪偏大的……也有可能是性无能的。其实，若郁筱梦是个没有孩子的离婚女人，还是好找对象的，关键在于她丢不下女儿郝林林。郁筱梦去相亲，最先提起的便是自己的女儿。正因如此，许多对象便打了退堂鼓。

不得不说，郝仁娟的迂回政策使用得相当到位。听到郝仁娟将那个林医生说得跟朵花似的，郝有德也动了心，郁筱梦一回家，他就黏在后面嘀咕。巧的是，郁筱梦这几天急性肠炎，拉肚子拉得天昏地暗，走路只差扶着墙了，小脸苍白得整个一病西施外加林黛玉，捂着胸口还捧腹。郝有德趁热打铁："你看，让你谈个医生你不谈，这以后我要是去了，连个照顾你的人都没有啊！你让我怎么放心啊？”

“爸……你说什么呢！”

“难道不是吗？筱梦啊，你还没到三十岁，不能因为上一段婚姻，就把自己一辈子给荒废了啊！”郁有德苦口婆心。

“爸，你这么多年带着我，不也过得很好吗？”郁筱梦皱着眉头反驳。

郁有德叹口气：“好不好，我自己心里知道。我不想你跟我一样，更何况，林林比你当时，可小多了！”

终于，在郁有德皇帝不急太监急地跟在后面耳提面命地说了三天之后，郁筱梦败下阵来，同意去见一见那个林医生。

郁有德将这消息一告诉郝仁娟，郝仁娟就乐得立刻联系林医生见面的时间和地点了。

很快，消息发到了郁筱梦的手机上。

周日下午三点，“阅读时光”咖啡馆，到时候林医生会用短信联系。

正在公司开会的郁筱梦一看见短信，就直抚额头，百般无奈，直接出了会议室，一个电话拨给郝仁娟。

“娟子……”

“嫂子……”

“你要我怎么说你啊！你也忒积极了吧？”郁筱梦哭笑不得。人家小姑子，都是劝嫂子和哥哥复婚，这个小姑子倒好，不劝复婚也就算了，还帮她墙外开花地另折新枝。

“嫂子，叔叔都那么支持，你就看看嘛！不合意，就当吃顿饭喝几杯茶消遣消遣的。”郝仁娟劝，“再说了，真是不错，不是精品我也不介绍给你啊！要不是他有心理阴影不想要孩子，我可自己收了。”

“好了，我知道了。只是千万别有下次了。”

“我保证，肯定不会有下次。这次啊，一定成！”郝仁娟说得信誓旦旦。

9 因为不自信，所以不敢信

“什么？相亲？还是娟子介绍的？”于乐乐张大嘴巴不敢相信这两个字竟然从郁筱梦的嘴里说出来。

郁筱梦坐在那，脸色颇为痛苦：“怎么办？我爸简直是对我动以情晓以理，就差用刀逼我就范了。哎，我看他那样子，八成我不去相这个亲，他是不会轻易放过我的。”

“老人家的心情，能体谅。他自己也这样过来的，其中的苦楚比谁都清楚。”于乐乐点头表示理解，“哎，不过，说实话，筱梦啊，你是该考虑一下了。

你老是抱着离婚的阴影，也不能过一辈子啊。林林总归会长大，到时候她出去读书，工作，然后嫁人了，到时候你孤身一人，肯定会孤单的。

别的不说啊，你也不到三十岁，这生理需求……总得考虑吧？”于乐乐挤了挤眼，她虽然没结婚，但说得毫不含糊。

郁筱梦没吱声，半天冒出一句：“我是死了心了。”

“啧，我跟你说，你千万别抱着寻求爱情的态度去，你就当是为自己找个老来伴，将来有个扶持和依靠，这样就简单多了。两人只要谈得来，看着顺眼，就行了呗。要求别太高了！真的。

不是有人说吗，我们的爱情，早就给了第一次的初恋。啧啧！所以说啊，初恋之后就别谈爱情了。”

看着说得头头是道的于乐乐，郁筱梦终于明白什么叫做站着说话腰不疼。

“乐乐，你没到我这一步，你不懂我的想法。”她淡淡地说。

于乐乐桌子一拍，豪情万丈：“不就是相个亲，还能难倒咱们新时代的女性？”

“于主管要相亲吗？”门突然打开，何煦的声音云淡风轻地飘了进来，接着人便闪了进来。

于乐乐和郁筱梦面面相觑。

“啊！不是，不是我。”于乐乐的脸红了，“是郁总监啦！她要去相亲！”话音刚落，于乐乐便如兔子一般溜出了郁筱梦的办公室。

郁筱梦的脸上顿时布满黑线。

这场面似曾熟悉，上一次……好像是郁筱梦收到蒋一澍送的花时，何煦也是这样冒了出来。

“哦？”何煦半信半疑地看了看郁筱梦，“你去相亲？”

“是，家里介绍的，去看看。”郁筱梦颇为尴尬，却很快镇定，她尴尬什么呢，难道不可以吗？难道有谁规定，离婚的女人就不可以去相亲吗？

她转而又问：“你有事？”

“是。上次和你打的那个赌，你暂时领先。”何煦说完转身出门，走了两步，叹口气，又转过来，“我妈周日出院，本来想喊你一起去接的，顺便请你去她的那个小院子里看看。你要有时间的话……算了，看来你肯定没时间了。”何煦自顾自地说罢，推门出去，却又突然回头，“对了，你记得收拾漂亮些。别跟上次去酒吧似的，生怕人家不知道你上班有工资不用人养活，丢 GR 的脸。”

看着迅速开启又关闭的门，郁筱梦这次破天荒地没生气，只是陷入长久的沉默。

刚刚何煦那句话，听得她莫名的失落。这没由来的失落，让她格外心惊，失落什么呢？为什么会有这种失落感，她不该早就是百毒不侵了吗？莫非人心是肉长的，永远都不会坚硬如铁？她想起也是在这里，何煦挖苦说要送花给她。

可是自己，到底对何煦是什么感觉呢？讨厌？肯定不是了！至少郁筱梦发现她与何煦之间心平气和的对话越来越多。喜欢吗？郁筱梦一惊，她喜欢何煦？不是吧，她会喜欢那个小气自大无礼还变态的男人？肯定不是。况且，她也不敢，任她表面装得再强大，她还是不自信的，毕竟自己是离过婚的。况且连金蔷薇那样的女人都看不上的何煦，怎么会看中自己呢？恐怕他身边各色的莺莺燕燕也围了不少吧。

郁筱梦叹口气，脚下用力，转椅转了一圈，面向落地玻璃窗。窗外的阳光正好，却照不暖这小小的办公室。郁筱梦觉得，自己的心里有个角落始终是漆黑寒冷的，她需要一个可以抱在怀里取暖的东西。亦或者，有人抱着她也可以。她渴望一束光，将她笼罩进去，哪怕一点星光，只要能照出一个方向，指引她过去，就够了。

或许，郝仁娟介绍的林医生，可能真的适合她。

郁筱梦，你不能心太高。她这样告诫自己。

周日的下午，郁筱梦真的和那位叫做林叶柏的医生相约见面了。

林医生见到郁筱梦第一眼，先是愣了几秒钟，他虽然从郝仁娟那里听说了这个女人的情况，但这样的郁筱梦还是很出乎他的意料的。二十八岁的女人，还带着孩子，不会太出色到哪里去，他曾这样认为。

但穿着一身合体的赫本式连衣裙的郁筱梦看起来格外年轻和精神，虽然个子不是太高，但娇小匀称。衣服是浅卡其色的，上面缀满了深蓝色水玉点图案，腰间有一圈荷叶边，衬得腰很细。修长的脖颈上缀着一条简洁明了的碎钻项链，一闪一闪的。一双十公分的深红色高跟鞋，有很厚的防水台，脚踝纤细。头发挽成一个普通的发髻，丝毫不乱，没怎么化妆，只在眉眼处做了修饰，却看起来明媚动人，气质颇好，既有职业女性的干练，却又不失少妇该有的风韵。

郁筱梦先和林医生打了招呼，两人一开始总是有点不好意思的，但聊了没几句，就发现很投缘。林叶柏是个温文尔雅的男人，谈吐得体很有分寸，待人接物诚恳到位，说他是名绅士应该不为过，而且医者仁心，胸怀广博，也常常做义工，又不喜欢过分喧闹的地方，除了每周会打两次网球，再无其他复杂交际。

这样的男人，要是没有其他毛病，倒真是不错。

“想不到林医生也做义工啊？”

“是啊，不过不在你做的那个福利院，我一般去敬老院。”

“是吗？我没去过敬老院，不过照顾小孩子也很有趣的。我本身自己就有孩子，还算得心应手。”

“嗯，主要是我有一个心结，当时我的孩子……仁娟应该同你讲过吧？”

“哦！不好意思不好意思！娟子跟我说过的。”

“没关系，这也是正常话题，没法刻意回避。也是这个原因，所以我更愿意去敬老院，再说我学医的，帮老人家看看小毛病之类的也很拿手。有时间郁小姐也可以一起去玩玩啊！”

“好啊，我还没去过呢！”

两人相谈甚欢，直至暮色降临，林叶柏一看窗外，早已亮起路灯，便趁机邀请郁筱梦一起共进晚餐，郁筱梦欣然答应。

离婚一年多来，各色男人也见了不少，话不投机时半句都嫌多，如这般既合眼缘，又投缘谈得来的，还是第一个。郁筱梦不由怦然心动，看得出来，林叶柏对她的感觉也不错。

走出咖啡馆，林叶柏笑问郁筱梦想吃什么或者喜欢吃什么，郁筱梦想了想，说道："去吃寿司吧，不知道你喜欢不喜欢？我知道一家日本料理店不错的。"

"好。"林叶柏走向停车坪的一辆蓝色途观前，打开车门，做邀请状，郁筱梦笑着上了车。

郁筱梦说的那家日本料理店，在一处中式小区的旁边。林叶柏开到那里一看，笑了出来："这里啊，我也常来的。不过也奇怪了，竟然一次都没见过你。"

果然，进去后，老板娘看到他俩，就连忙打起招呼，看来真是各自熟悉。因为是周日，生意很是红火，空座不多，两人站在那里还未决定坐在哪里时，又听门口的风铃传来撞击声。

"老板，三个人，有位置么？"

如此熟悉的声音，郁筱梦不免一愣，转过身去。

竟是前夫郝仁军！身后还站着一男一女。

"筱梦？"郝仁军眼尖，看到她，先喊了出来。

郁筱梦微微发窘，到底是世界太大还是太小？大到她和林叶柏都喜欢这家日本料理却一次没有碰见过，小到他们刚到这里站定，就碰见了前夫郝仁军。虽然离婚一年多了，但毕竟同床共枕一千多个日夜，让他撞见自己和其他男人在一起，郁筱梦还是有些难堪。

可转而一想，为什么要难堪，难道还能难堪过自己当年那三次捉奸吗？那么难堪的场面都过来了，在这里为何要尴尬难堪？想到此，郁筱梦倒是颇觉坦然。

只是太巧，一下子反应不过来罢了。

10 过去式和现在时

郝仁军看见郁筱梦以及她身边的林叶柏，略微讶异，脸色开始有些不自在。毕竟她曾是他的老婆，如今却光明正大地站在其他男人身边，纵使离婚一年多，还是略有不甘的。都说女人善妒，其实男人嫉妒起来，才真的要命。

“呵呵，好巧，在这遇见。”郁筱梦笑笑。

“是啊。”不知是不是心理原因，总觉得隔锅饭香，现在再看郁筱梦，倒是比没离婚那会水灵了许多，郝仁军如是想。

他不是不爱郁筱梦，只是郁筱梦这个女人过于清冷，追的时候千辛万苦也就罢了，娶回了家后发现，仍旧是高不可攀的模样。他很爱她，可郁筱梦一直给他的感觉就是近在身边却不可触摸的雪山女神，他千方百计地对她好，可她却始终如故，不高不低不远不近。“泡妞高手”郝仁军心想，你就是块石头，我也给你捂热了。可他没想到，郁筱梦不是石头，是块千年寒冰，非但捂不热，还搞得郝仁军自己一身湿，最后只好灰溜溜落败另寻温柔乡。

那对那些一夜情的女人，他郝仁军是爱还是不爱呢？当然是不爱。男人就是这样奇怪的动物，骨头要挑硬的啃，这样才够味。太容易吃到嘴的肉，虽然柔软，却不香。不香的东西，谁还稀罕呢？

只是没想到，当年枕畔那块捂不热的寒冰，时隔一年多，竟变得热乎了起来，郝仁军不免有些挫败。看如今郁筱梦风情万种的模样，郝仁军想，若是她当初多几分迎合，他或许就不会出轨，这婚或许就离不了。

当然，这只是或许罢了。

“和朋友吃饭？”心里虽有不快，不过郝仁军还是佯作君子风范。

郁筱梦点点头：“你也是？林林呢？”昨天周六，林林便被送去郝仁军那里。

“送回你那儿了，爸爸在。晚上同事喊吃饭，跟着不方便。”郝仁军边说边还冲林叶柏点了点头。

美貌如花的老板娘突然冒了出来，一看几个人似乎相识，一下子凑了上来：“哎哟，真好，今天客人太多了，小座位都没了，包间倒是剩两间。你们要是熟悉的话，凑一个包间？各位都是熟客，照顾一下生意啦！”

“可以，可以。”郝仁军倒是先点头了。

“啊？”几乎是同时，郁筱梦为难。

再看郝仁军，没什么表情。倒是林叶柏足够心细，察觉郁筱梦的异常，终于开口：“筱梦，要不算了吧，我前段时间肠胃不太好，忌食生冷。咱们换一家，可好？”

“好啊好啊！”郁筱梦如释重负，颇为感激林叶柏为自己解围。

走出店外，看着脸色沉闷的郁筱梦，林叶柏也没多说，等上了车才问去吃什么。郁筱梦此时已是心情全失胃口全无，怔了一小会，抱歉地笑笑，说自己什么都不想吃。

林叶柏表示理解，便说送她回家。

路上，郁筱梦淡淡地告诉他，刚刚料理店里遇见的男人就是自己的前夫，实在是太巧了。离婚一年多以来，因为郝林林，每周两人都会见上一两次面，说上极少的几句话，郝仁军也会喊她吃饭，但郁筱梦从来没有答应过。

离了，就是散了。若不是女儿这根线，彼此恐怕早就如路人了。

车行至郁筱梦家的楼下，临下车时，林叶柏同她再见，他说：“筱梦，过去的就过去了，咱们都要着眼未来，不是吗？回去吃点清淡的，早点睡。”

郁筱梦点头，林叶柏又说：“我明后天出差，回来找你。”

看着蓝色途观如出水的海豚，一路驶去，站在楼道口的郁筱梦心里说不出什么滋味。

有期待，有害怕，有向往，有抗拒……她拍了拍混乱的脑袋，一步一步踏上楼去。

第二卷

相亲

11 酸葡萄和高富帅

周一上班的郁筱梦，脸上多了份鲜活，就好比干瘪的荔枝突然被洒了水，又饱满了起来，从里到外的光滑。

于乐乐黏着她："相啦？"

郁筱梦含笑不语。

"啧啧啧，闷骚样！一看就知道。有感觉吧？"于乐乐一脸八卦相地捅了捅郁筱梦的胳臂，"说来听听吧，什么样的男人把我们有拒婚心理的郁总监给拿下了呢？"

"乐乐……"郁筱梦用派克笔敲了敲桌子，"待会开会，材料？材料呢？"

"哎！好吧，女士！"于乐乐一脸无趣，刚出门却又将脑袋塞了回来，"你真的和何总监没什么？"

郁筱梦愣了一下，牵起嘴角："本来就是嘛！"

"太好了，我还有希望！"于乐乐打了个响指，关门走人，门外传来她发自肺腑的一声"耶"。

何煦……一听到这个名字，郁筱梦的心里就泛起一股难以言说的感觉。这算什么呢？不过是一场绯闻罢了，她曾无数次地告诫自己，作为一个离婚的女人，不要去想那些不实际的事情。何煦跟她，根本就是不可能相交的两条平行线，能有交集的林叶柏不是很好吗？

丧妻无子，又不想再生孩子，很适合她这样带着孩子的离婚女人。况且也算是精英男，收入不低，长相不差，人又儒雅礼貌有爱心，是相伴到老的好选择，要真想再婚，就认真考虑一下，以免错过。只是怎么又想到何煦了呢？听到别人提一下罢了，都不能自已，未免也太没有定力了吧！再说了，人家对你冷嘲热讽的，你自己还没感觉？拿热脸去贴冷屁股，简而言之就是不要脸了。

虽然离过婚，但也总不至于饥不择食吧！

还是好好工作吧！挣钱最重要。

"新跃"杯设计大赛迫在眉睫，需要拿出好的设计理念来。二十万元的奖金，看着眼热，也要有实力才能拿下。压力面前，何煦压根是浮云，至于林叶柏，公主和王子的童话太少，就算进入婚姻殿堂，就一定能幸福？况且，这个公主还是二婚。想到这里，郁筱梦伸了个懒腰，将思绪拉了回来。

一头扎进工作的郁筱梦并不知道，此刻，还有一个人同样郁闷。那个人就是何大总监。

从一早上班开始，何煦已经在销售部到设计部之间的过道里，溜达了几遍了，他其实很想敲开郁筱梦办公室的门，去问问她昨天是不是真的相亲去了。他被自己这个想法吓了一跳。

他今年三十一岁，不是没有谈过恋爱，前任女友火辣貌美。就算现在，猛追他不放的女人没有十个，也离八个不远，若论相貌、身材、个人条件，样样都是屈指可数百里挑一。每到下班时间，他的手机铃声必定响起，一定又是哪位娇嗲的美眉约他出去喝茶、打牌、吃饭、唱歌。

他是个挑剔的人，或者说挑剔得有些尖酸刻薄，他喜欢完美的东西，当然了，这种东西天生就是很少的。女人，他也算是阅尽千帆，谈情说爱不少，谈婚论嫁却不多。如今流行一个词叫做"高富帅"，而他也有幸被周围的女同胞们划分到了这一栏里，所以，围绕在他身边的，理所当然的是一群"白富美"。可不知道是审美疲劳还是怎么的，何煦对那些拎着亦真亦假的爱马仕或者古驰或者巴宝瑞或者路易威登包包的，顶着一会儿梨花头一会儿 BOBO 头一会儿大刘海一会儿大波浪百变发型的，瞪着戴着或黑色或棕色或蓝色美瞳的大眼珠子，擦着厚重唇彩，小脸抹得雪白雪白的美女们实在是提不起兴趣和性趣。都不知道卸了妆的脸会是什么样子，他真心不喜欢这样的。这种女人，应付看看也罢了，带回家过日子，真怕吓坏了他的母亲大人何建平何大师。

何建平也为他的婚姻大事操过不少心，对方条件都不错，或大家闺秀或高校才女，却总是无疾而终。他自认自己身体心理都健康，也无不良嗜好，但他还不想那么早地困进婚姻的牢笼，花间作乐可以，让他驻足停留却难。

趁年轻，及时行乐最重要，男男女女之间相处，若不谈婚姻，便是真玩得起的人才能在一起。只是时间一久，难免腻味。有时候，他也想找个人平淡到老，却无奈，心有桎梏。曾经那个人，在他的心里，种下那么深的影子和伤疤。

至于郁筱梦，何煦觉得她逗弄起来极其有趣。每次见郁筱梦因他而恼火，何煦都能偷乐上半天。这个离过婚的女人，不造作、不颓靡、不低声下气，倒是有几分难得，虽然整天努力摆出一副大家都是同事礼尚往来的脸孔，却也不似那些未婚的，你若和她们多说两句，就觉得你对她是否有意思。毕竟是过来人，她是懂得分寸的。

郁筱梦真不算漂亮，至多是干净利落气质好些，但胜在看着舒坦。不过也奇怪了，一个 GR 里，偏偏怎么看得顺眼的就是个离婚女人呢？难道自己的品位真有问题？放着一堆没瑕疵的翡翠不要，非要去挑一块有了裂痕的石头？况且，对方对自己也是爱理不理，难道何煦你天生是找虐型的？想到这里，何煦自嘲道，何煦你还真是品位独特，不喜欢甜苹果反而喜欢酸葡萄？

就算是酸葡萄，她郁筱梦还是那种摘下来时间久了皱了皮的葡萄干半成品，不上不下，不伦不类！

12 因为爱一个人而温柔

周六的时候，出乎郁筱梦的意料，何煦又一次喊她去福利院。她答应了，又想起林叶柏，便喊了一起。

两人分别到福利院时，何煦已经到了，他看见林叶柏，倒也不惊讶，只是礼貌地打招呼，然后告诉郁筱梦，何建平这两天有些感冒，不方便出来做事，所以他来替一下。

郁筱梦连忙问何建平有没有关系，何煦说小问题，便转头去同孩子们一起玩了。

林叶柏是第一次来儿童福利院，他其实很喜欢孩子，却不懂如何相处，孩子们同他也亲近不起来。郁筱梦无奈，只得让他去做些其他工作。

整整一个上午，何煦都没同郁筱梦说上一句话。直到中午吃饭，三个人才又一次碰头，坐到了一张桌子上。

“筱梦,你吃不吃土豆?我给你夹一些?”林叶柏贴心地问。

“嗯,好啊!”郁筱梦将饭盆推了过去。

“茄子呢?我刚刚尝了,烧得真不错。”林叶柏又说。

“好啊!”郁筱梦来者不拒。

何煦发出一声冷笑:“猪!给什么吃什么!”

同桌的其他义工都发出善意的笑声。林叶柏举着勺子,有点尴尬,却也只能无奈地笑笑。

“喂!”郁筱梦冲他一瞪眼,“半天没挨骂,心里不爽了?”

正吃着,张院长一路大呼小叫地过来了:“林医生林医生!今天刚来的那位林医生呢?”一转眼看见举着筷子的林叶柏端坐在那,立马定了神,直冲了过来。

“哎呀,林医生,不好意思,有个孩子发高烧,烧得厉害。你帮忙去看下吧!”

林叶柏二话没说,抽了张纸,擦擦嘴巴,跟着张院长就朝着孩子们的宿舍小跑过去。郁筱梦不放心,胡乱扒了两口,也跟了过去。

到了宿舍,林叶柏看了看躺在床上的孩子,伸手探探温度,又俯在孩子胸口仔细听了听,直起腰:“烧了几天了?”

“前几天感冒,一直有点低烧,去过医院了,说没关系,回来吃药就行了。但早上一直烧到现在,都没退。”福利院的工作人员怯怯的。

“温度不低,胸腔有杂音,可能是肺炎,送医院吧。”说着,他麻利地俯身抱住孩子。

何煦也跟了过来,一看林叶柏抱着孩子往外走,估计是去医院,连忙说:“坐我车吧,我来开。”

林叶柏点头,张院长跟在后面,嘱咐护工带上孩子的东西赶快跟来。

一行人到了林叶柏工作的医院,林叶柏打了个招呼,就立刻让孩子住下了。周六本来不上班的儿科主治医师也赶了过来,孩子确诊的确是肺炎,又连忙开处方输液,一切进行得进行得顺利和迅速。

看着点滴缓缓注入孩子的静脉,张院长不由得庆幸:“太巧了,正巧林医生今天去,要不然我们自己办手续,再等医生上班,又得耽搁。”说着,拉过林叶柏的手，握着不放。

林叶柏任由他握着，嘴里不停地说着："哪里哪里，这是本分而已。"看向郁筱梦的眼神里有无奈。

郁筱梦暗自好笑。原来这样文质彬彬的一个人，碰见太客气的人，也会手足无措。

林叶柏又帮忙去安排住院的事宜，看一切都安定下来，郁筱梦松了口气，走出病房，却看见何煦靠在走廊边的窗口聚精会神地朝外面看，便走了过去。

"看什么呢？"她好奇。

何煦没说话，窗外不过是停车坪罢了。车来车往，有人上上下下。

静默片刻，何煦开口："郁筱梦，上次那个赌，我输了。"

郁筱梦哑然失笑，难怪今天何煦满脸郁闷。只是时间太久，连她自己都忘了，两人之间还有这么一个赌约。"亏你记得！这一季度的营业额都快下来了，你还记得上个季度的？"她正色道，"就说你肯定输，欠我一个赌注啊！"

"是啊，一眨眼，都几个月过去了，太忙了，忘了。你想要什么？"何煦转过脸来，倒是言笑晏晏，却似乎输得很开心。

半真半假地想了一会儿，郁筱梦狡黠地一笑："先欠着吧！"

何煦又不作声，继续看窗外，许久，缓缓说："郁筱梦，其实你跟林医生不合适。"

一时，郁筱梦心里猛跳了几下，她有些恼火，何煦凭什么这么说呢？这是她和林叶柏的事，不是吗？

"合不合适是我们的事，你管得宽了，自大的何总监。"说完，郁筱梦转身朝病房走去，留给他一个冷漠的背影。

何煦看着她纤瘦的身影，无声笑笑。

身后的病房里传出淡淡的音乐，清爽的女声，若有若无……

因为想一个人而寂寞，

因为爱一个人而温柔，

因为有一个梦而执著，

因为等一个人而折磨，

因为想一个人而解脱，

因为爱一个人而宽容，
因为有一个梦而放纵，
因为等一个人而漂泊……

时间的流逝总是飞快的。整整一个月，何煦都没有再喊过郁筱梦一起去福利院，但每次郁筱梦去福利院的时候，都会碰见他。两人会打个招呼，但不多话。平日在公司，何煦公事公办，催促郁筱梦下车间看样品、去市场订布匹之类的小事，依旧不含糊。

这天，郁筱梦正巧生理周期，浑身不舒服。早上出门的时候还好好的，结果在公司坐到中午就感觉有些异样，她一看不对劲，连忙到旁边的大润发超市买了几包卫生巾，把自己打理好。气喘吁吁地刚到楼上办公室坐定，何煦又喊她去布商那里看新出的布样。从公司到布料供货商所在的园区，车子要开半个小时，郁筱梦不太想去，无奈布商那边催得紧，只得硬着头皮坐上了何煦的车。

先是在办公室看了看样品卡，又下车间仔细看了正在印染的布料，一圈下来，郁筱梦苦不堪言，肚子隐隐作痛不说，今天早上偏巧穿了一双十二公分的超高跟鞋子，因为生理周期，脚都有些浮肿。她咬了牙，跟在何煦后面，里里外外，花了一个多小时才谈妥一切。

坐到车里，郁筱梦一动不想动，她真有点撑不住，脚痛腿酸，小肚子那就像有东西在绞，不免脸色发白，连忙踢掉高跟鞋，揉着双脚，毫无形象。

何煦脱下西装，扔到后座。他是个很能干的人，也很得韩董的赏识，名义上是销售总监，但从一件衣服的设计、布料的选配、加工，到市场定位，这些他都会全程参与，有人开玩笑，说他是名副其实的二当家，从来没有哪一任销售总监如此全面地负责产品的设计、开发、销售。但他人缘极好，权大如此，其他部门的总监经理主管们竟然一个也不恼。郁筱梦见过他日常工作的状态，负责认真，脾气谦和，说话做事很有水准，分寸也把握得很好，很让人信服。这点郁筱梦很佩服他，年纪虽然不大，但能力确实很强，难怪当初 GR 出高价将他挖来。

开了那么久的车，又全神贯注地跟着看布料、谈细节，这一圈折腾，他其实也累了，这会坐到车上，也松了口气，嗓子都哑了："走啦！"

"嗯。"郁筱梦极小声地哼哼一声。

"铁娘子怎么了？"何煦发动车子，转头看她一眼，一看她脸色煞白，吓了一跳，"你怎么了，筱梦？"

"唔……没事。累了。"郁筱梦摇摇头，"走吧。"

何煦看看她，踩下油门，又飞快地看她一眼，嘴角扯扯，若有所思。

车子没开多久，经过一处小卖部，何煦说进去买水，问郁筱梦要不要。郁筱梦脑袋直摇，她不是不想，其实是渴得要死，只是不能喝冷水。

何煦再出来的时候，一手拎着一瓶喝了一半的百岁山，另一只手拎着一只塑料水杯，七百五十毫升的那种，体积硕大，里面还有深褐色的液体。坐上车，他将那大号水杯往郁筱梦怀里一塞："喏，拿去，给你的。"

郁筱梦差点被烫到，连忙拎开："什么啊？"

何煦没理她，径自发动车子，朝公司开去。

杯子是刚买的，外面还有洗刷时的水珠子，那杯水很热，郁筱梦整个路上都没能喝上一口，但放在小肚子上，隔着衣服却温暖舒服得正好。她就那样抱着杯子，竟然在车上睡了一觉，一直到何煦将车稳稳地停在了公司的停车场，她才猛地惊醒。

"到了？这么快？"

"嗯，走吧！"何煦伸个懒腰，看她一眼，"睡相真差！"

郁筱梦白他一眼，直了直腰，那杯水现在倒是温度正好，她拧开盖子，一股熟悉的味道涌了出来。

红糖……还泛着姜味！竟然是每次好朋友来的时候，她都会喝的红糖水。

顿时，郁筱梦的脸红得跟番茄一样，她没想到何煦竟然会给她泡这么一大杯红糖水，尴尬之余，心中不免一暖。看不出，平日如螃蟹一样张牙舞爪的何总监，竟然也会做出如此贴心的举动。

等等……贴心？谁跟谁贴心啊？他什么意思？郁筱梦不由想起那日在医院何煦说的话，又羞恼起来，将水杯的盖子飞快地拧好，下车的时候扔到座椅上。

"你不带着？"何煦在后面喊。

"我不需要那个，要喝你自己喝。"说完，郁筱梦头也不回，噔噔噔地朝办公楼走去。

13 孤单的人哪里逃

今天这一桌吃饭的气氛有点诡异。

郁筱梦和林叶柏挨着坐，何煦坐在她的对面，旁边是何建平和沈姨。鸡翅木的六人小圆桌，五个人坐倒也算宽敞。

这是郁筱梦第一次来何建平住的地方做客，因为当初她送何建平去医院，何建平执意要感谢她，同她电话里讲了之后，郁筱梦为难了半天，总觉得到何建平家做客，感觉十分别扭。想来想去，她打了电话给林叶柏，问他愿不愿意陪自己一起去，理由自然不便明说，只说同事的母亲请，一个人单身前往不太适合。

林叶柏是个聪明人，一口答应。如何煦所言，何建平住的地方，确实是个精品中式小宅，占地两百平方米，有百十来个平方是院子，不大，够精致。住宅前半截是单层，后半截是两层，加起来面积也有一百五六十个平方米，一个人住绰绰有余，但何建平收拾得用心，房子内外装饰独特，不显空旷。

郁筱梦特别喜欢客厅处那个入户小花园里的日式水景，用的是极富盛名的枯山水，细腻的白色沙石铺地作水，象征着海洋，阴阳石代表小岛，有小小一处青石组和一处石磨，点缀了一些南天竹、小红枫和排骨草，不茂盛，看起来甚有萧瑟之感，小巧静谧，颇具禅意。坐在这里看去，就是屋外那个小院子，主调还是日式，却在许多小物件上下了心思。泰式三角靠垫，放置在低矮的藤椅中，看起来就让人想上去躺上一个下午。地上的鹅卵石拼出印度风，一如绚丽多彩的纱丽，还有许多郁筱梦第一次见到的植物，株株生机勃勃。

没想到林叶柏对园林也是个懂行的人，更笑称自己当初如果不是先被医学院录取，那肯定是去学园林艺术了，同何建平两人聊得热火朝天。郁筱梦落在旁边，倒也乐得清闲，一个人到处看看摸摸，仔细琢磨。

当看到书房那一尊佛手时，她不禁怔了怔。

很特别优美的手型，中间却雕刻着一副世间苍生受难图，半本书的大小，栩栩如生。她看得发呆。

“我妈在潘家园买的。”何煦的声音从后面冒了出来。

其实从郁筱梦进门开始，她就能察觉有一束目光一直围着自己，不过分，很安全的一个距离。她知道那是何煦的，但她没勇气看过去。她没自信，怕自己撑不住，被那束光灼伤。

“哦，挺有意思的。”她低声说。

“东西不真，不过意义很好。我妈经常看走眼，买回这些小玩意。”何煦走了过来，在佛手上抚摸着，“翻手覆手，世间苍生都被佛一只手左右着。真悲哀，都没有自己的选择和自由。”

“人本来就是不平等的，从生来就是如此。”郁筱梦接道，“有些人注定活得潇洒自在，而有些人活得劳碌束缚，一辈子的吃穿或许还不抵别人一只手表、一只包。人跟人之间，本来就是有差距的，这距离，跨越不了，所以，人活一世，贵在告诫自己，要有自知之明，随遇而安最重要了。”

“随遇而安是好事，但没几个人能做到。人总是欲求不满的，有点企图心不是坏事。”何煦不赞同。

“难道你还有什么不满足的？公司里人人夸你人帅钱多，前途无量。”郁筱梦突然问。

何煦很认真地想了想，正色道：“人帅也要有人欣赏，钱多也要有人帮忙用啊！要不体现不出价值。”

郁筱梦一下子乐了：“说你胖，你还真喘上了！要不要喊林医生过来你诊断下？”

“那倒没必要。”何煦淡淡地说，看着那尊佛手，意味深长，“郁筱梦，觉得不可能的事你会去争取，还是很有自知之明地全身而退？”

“那要看什么事了，我不喜欢没把握地瞎撞墙。”

“但不可能什么事都由你一手掌控吧？”何煦笑了起来。

郁筱梦沉思了一下：“那就衡量一下自己实力和目标之间的差距，能实现的，我会很努力地去实现。”

“那……”何煦顿了一顿，“林叶柏呢？”

“什么？他？”郁筱梦一愣。

"我说,你觉得你跟林叶柏之间有多大差距呢?是你能把握的范围?"

郁筱梦一时哑然,许久:"是的。"应该是的吧,她心里此刻突然没了底气。

"哦。"何煦伸出手,修长的指头抚触着佛手上立体的雕刻,顺着那线条无意识地蜿蜒着,"郁筱梦,其实我觉得,你跟他的差距很大。"

"这儿。"他说着,指了指郁筱梦的胸口,心脏所在的位置。

郁筱梦怔住了。那一瞬间,她有些仓皇,静默片刻,想要离开,却又不死心,转过头:"何煦……这是我的私事。我想,我和你之间,还没有熟悉到过问对方私事的程度吧?"

见她这样说,何煦露出些许的尴尬,他有些气馁地苦笑了一声。

"我不知道你对我有多大意见,但是,你啊,别总是摆出一副自以为是的样子,享福太多吃亏太少,瞧你撑得!"郁筱梦飞快地说着,"好吧,你对我有成见,你看我不顺眼,我认输!但是,我请你不要总干涉我的个人生活,好吗?"

郁筱梦说着,便转身离开。

"郁筱梦……我不是这个意思……"何煦明显无措,却一时不知如何解释才好,他眉头一皱,一丝懊恼浮了上来。

沈姨的声音及时传来:"吃饭了。小煦?小煦?"

围绕在书房中的两人身边的尴尬一下子被撕破,郁筱梦如释重负:"算了。吃饭了,走吧!"

走出很久,郁筱梦都没有回头,但她知道,何煦并没有跟上来。

那道一直追着她的目光,终于暂时消失。

刚刚在书房有了不愉快,再坐一桌面对面地吃饭,难免尴尬。但尴尬归尴尬,面对沈姨做的一桌好菜,郁筱梦食欲大振,她人虽然纤瘦,但胃口不小,是个极其爱吃的女人,面对美味,向来是来者不拒。

她二十八年人生中,只有三次是真的吃不下饭,一次是母亲去世时,一次是和蒋一澍分手时,一次是和郝仁军结婚时,前两次是悲伤,最后一次是紧张。她那强大的胃口和经常睡不着的脆弱神经形成了鲜明对比。

沈姨做得一手好菜,她今天做的是半桌川菜、半桌粤菜。何建平嗜辣如命,川菜就是她的命根子,而何煦却偏偏将粤菜视作心头好。这娘俩,何建平待人体贴得体，而何煦偏偏刻薄无礼，一个天南一个地北，一个味重一个口淡，连住的房子都风格迥异，要不是长得有几分相像，郁筱梦真是怀疑这娘俩到底有没有血缘关系。

有一道木桶豆花，郁筱梦以前在川菜馆也吃过，但没今天沈姨做的这般好吃地道，嫩黄的豆花上撒点绿色的蒜末、红色的剁椒、褐色的豆瓣，只是微尝一口，郁筱梦就连呼“好吃”，何建平便直接将那桶豆花推到她面前。郁筱梦也不客气，立马化身上古神兽饕餮，一双筷子舞得犹如战场上女将军手中的长矛利剑，横平竖直一下一上拦腰一切，那一桶豆花已经失了半壁江山。一般人吃豆花，都是用勺子，可郁筱梦竟然用筷子吃豆花还吃得如此酣畅淋漓，实在罕见，可见吃货功底不一般。

“太好吃了！”她边吃边兴奋地问，“沈姨你怎么做的啊？太好吃了！”

“豆子自己家泡自己家磨，再滤浆点卤，当然好吃了，又不是外面饭店那种大量做出来的。”沈姨笑着说。

何建平又将一大碗开水白菜推到郁筱梦面前：“来，尝尝这个，可是你沈姨最拿手的。”

开水白菜是川菜中的高级菜品，听名字是平凡无奇，乍看如清水泡着几棵白菜心，一星油花也不见。但老饕们都知道，这是地道的功夫菜，关键就在那清水一样的汤中。郁筱梦也爱川味，所以颇有心得，只是一看那道菜做得精致细腻，就知道下足了工夫。吃菜喝汤，菜脆汤鲜，齿颊留香，不由频频点头。

“川菜你沈姨做得最地道的就是这个，见功夫。何煦爱吃粤菜，你沈姨也学了不少，而且，还很有创新。你看这个葱油鸡丁就是她自己改良的。用葱油先煎，再下洋葱、香葱和葱头炒，最后进瓦罐煲一下。何煦一次能吃掉一整只鸡。”何建平又推荐。

“是吗？”郁筱梦伸出筷子，夹了一块鸡丁，葱香扑鼻，“哎呀，真好吃!太好吃太好吃了!沈姨你的手艺超赞的！”

看她吃得差点吞下自己的舌头，林叶柏笑了起来，再看郁筱梦的嘴角粘着一小片葱叶，就嘱咐她别动，伸手取下。

整个动作亲昵自然又连贯，熟稔得不得了，郁筱梦还没来得及反应，那片葱叶已经被林叶柏小心地取下。她的脸一下子红了，半垂着脸说了声“谢谢”。

虽然郁筱梦半垂着脸，但还是能看见对面的何煦不自然地扭了一下头，喉结明显地跳动了一下。

何建平却仿佛什么都没看见："筱梦啊，你有没有去我屋顶上面的那个花园看一下啊？"

"花园？"郁筱梦和林叶柏同时惊讶地开口，花园是见过，可没见过屋顶上的花园。

"我还没上去呢，沈姨说上面是你的卧室，我就没上去。"郁筱梦说。

"吃完饭，我领你上去看一看。今年我种了不少七彩玫瑰，长得不错呢！"何建平笑着说道，边说边拿起公筷，夹起一块口水鸡，放到郁筱梦的盘子里。

吃得过瘾的郁筱梦心满意足地被何煦拖下了饭桌，说拖下饭桌，是因为她撑得快要站不起来了，只好求助。

"林叶柏……扶我一下呢！吃撑了。"她不好意思地说。

林叶柏忍着笑，回头过去扶她。他和郁筱梦见过几次面，每次这个女人都是一副武装到牙齿的气场。他一直顾虑，这样的女人会不会在生活中过于强势，但今天颇显真性情。看着吃得忘乎所以的郁筱梦，林叶柏终于明白，之前的那个郁筱梦，多半是缩在伪装里。她还是怕受伤。林叶柏欣赏那个怕受伤所以强悍的郁筱梦，但更想娶这个在美食面前如同少女一般简单的郁筱梦回家做老婆。他又懊恼，之前几次见面竟然没有发现郁筱梦这样的特质，看来带郁筱梦去吃的那些饭馆，还是没有满足郁筱梦那挑剔的嘴。

还没等林叶柏走到郁筱梦的面前，何煦抢先一步一把拉住郁筱梦的胳臂，往上一提，郁筱梦一下子被拎得站了起来。

"喂，何煦你干吗呢？这么大力气。不知道什么叫做怜香惜玉？"郁筱梦揉着胳臂不满地抱怨。

"你倒看看你自己，哪儿配得上让人怜让人惜了！吃吃吃！你属猪的吗？第一次见到你这样吃起来不要命的女人，谁娶了你还真够丢人。"

郁筱梦瞪起眼睛："我让你扶我的吗？再说了，你很苗条？"她用指头戳着何煦的胸脯，却发现仿佛是戳在一块铁板上，指头尖有点痛，她不由缩了手，这家伙看起来跟竹竿似的，竟然还有"鸡肉"，哦，肌肉。

“你以为林医生扶得动你吗？”何煦一把丢下她，又抛下一句，“瞧你胖得！”

郁筱梦气结，冲着何煦的背影狠狠地剜了几眼：“我有叫你扶我的吗？”

“别瞪了，眼珠子快掉下来了。”何煦仿佛背后有眼看见一般。

林叶柏终于禁不住失笑出声。这两人分明是对冤家，总是剑拔弩张的样子。

到了何建平在屋顶上的花园，郁筱梦刚刚的不快一消而散。

这要怎样的想象力才能在一套中式住宅的房顶上设计出这样一个精致却蓬勃的花园呢?

女人都是爱花的，郁筱梦也不例外，只是何建平这个小花园，实在是出乎她的意料。她原以为按照何建平的风格，一定会是中式小园，可花园的风格却是偏西式一些。靠边种了一溜玫瑰花，全是郁筱梦没见过的品种。一小圈石子路，往里是一圈茂密的薄荷，再往后是紫色酢浆草夹着葱兰花。左边有一小潭，一米见方的圆形小池，水不深，有几尾小鱼，游得很悠闲，要是有几枚贝壳投放其中，就更美了。

石子路围着潭水伸向空中花园的中间，那是一丛紫藤架子，搭成七八个平方这么大。五月正是紫藤茂盛的花期，繁花满树，老藤横斜，条条串串的紫色小花垂落下来，一直挂到人的肩膀上，仿佛一只只小手，多情而温柔。

伴着楼顶昏黄的灯光，郁筱梦几乎看痴了。曾经，她最喜欢的花是白色百合，那时候年轻，白色的百合花在她看来是那样的纯洁和高贵。可随着年龄的变化，她对花的感觉也变了，她不再喜欢那种大朵的花，反而喜欢路边都能开得茂密的小花，这样的花，没有娇弱，只有作为植物天生的坚强和韧性。所以，她也喜欢紫藤。尤其是今天晚上这样的紫藤。

沉醉在紫藤美景中的郁筱梦全然不觉，林叶柏已经在何建平的带领下，去看那些最外围的玫瑰花去了。

“真美啊！就好像人的生命，蓬勃得不得了，生机盎然的。”她仰脸伸出手，抚摸着倒垂着的一束束紫白相间的小花，又似自言自语。

“花和人都会遇到各种各样的不幸，但是生命的长河是无止境的。我抚摸了一下那小小的紫色的花舱，那里满装生命的酒酿……"站在她身后的何煦突然说。

"它张满了帆，在这闪光的花的河流上航行。它是万花中的一朵，也正是一朵一朵花，组成了万花灿烂的流动的瀑布……你知道这篇宗璞的《紫藤萝瀑布》？"郁筱梦兴奋地转过头去，她很喜欢这一段，倒背如流，却没想到，何煦竟然也知道。

花架下的两个人，面对面，靠得如此之近，何煦黑漆漆的眼睛里倒映着紫藤的影子。柔和的灯光下，看着对方的眼睛，郁筱梦突觉尴尬，她低下头，目光转向别处。

真是的，怎么会跟这种变态的男人背这样美妙的文字呢，真煞风景！郁筱梦暗自懊恼。

"我……去那边看玫瑰了……"她慌张地说完转身就跑，丢下何煦一人。

看着郁筱梦落荒而逃的身影，何煦充满了挫败感，悻悻然地独自下了楼。他有些不太明白自己的感觉。

这感觉，很细微，很奇妙。难道……他喜欢上了郁筱梦？不，不会的。他决然地将这个念头抛出脑海。是啊是啊，放着好好C罩杯的金蔷薇不要，要她郁筱梦这个哺乳过孩子的A罩杯？可若不是，自己为什么又总是追着她的身影？甚至如郁筱梦所说，还一再干涉她的个人生活。

看她收到花，会有小小的嫉妒；看她去相亲，会有小小的嫉妒。虽然这嫉妒小得几乎可以忽略，却如丝如缕地钻进心头，痒得难受，又如细小的针尖，戳得生疼。想到这，他不由失笑，何煦，你这是在做什么，莫非你也空虚太久了？身边的女人一大把，你偏去惹一株仙人掌，你还真当自己是胸怀广博的大沙漠了？

五月晚风清凉，抚脸触颊。何煦开着那辆RX350在长长的车河中缓缓前行，一种无处可逃的孤单感侵袭而来。他伸出一只手，任由这春风的抚摸。突然想到郁筱梦还在自己的楼顶上，同那位林医生一起看玫瑰花，又一阵莫名的烦躁。

14 进退

那晚在何建平家吃的一顿饭，算是开阔了郁筱梦的眼界，本来在心中一直悬而未决的参赛主题也定了下来，就叫做《进退》。

她之所以这样定，是临走时何建平说的那几句话。

郁筱梦问何建平，为什么楼下的园子是传统的东方模式，而楼顶花园却是西式的。何建平告诉她，因为自己年轻的时候不懂进退，错过了很多东西，如今想弥补，却时不再来。她以前在园林设计中是一直坚持东方风韵至上的，从不与西式风格沾边，随着年龄日增，却觉得这种想法极为可笑，她曾在不久前设计的一处高档别墅中，成功地将东方园林和欧式别墅融为一体，反响颇好。她很庆幸，在自己还能做设计的时候，及时地醒悟。

有时候，坚持未必是错，但是大胆一些去试试新的东西，未尝不是一件好事。一旦错过了，就只能在未知的以后去回忆从前了。何建平无限感慨。

对！设计的主题——时间的进，思维的退，人总是在前进的时间里，回忆过去。灵感一下子充满了郁筱梦的脑袋，困扰她许久的主题，终于敲定。

回到家的郁筱梦整整一夜没睡，一直在完善自己的设计。当凌晨的天际微微泛白时，郁筱梦伸了个长长的懒腰，看着东方天空呈现出的鱼肚白，她又闪过新的灵感。

对，颜色，蓝至白的渐变色，犹如天空，或者海洋、沙滩。进和退，都是不同的颜色，有变幻，有过渡，深到浅，浅至深……天空变幻莫测的颜色，潮汐进退的不同，沙滩颜色的变化……看似与时间无关，实则在受时间流逝的控制，这些美丽，一旦错过便不可重来，没有一天的日出与前一天相同，也没有一天的潮汐，与前一日的潮汐一样。

熬了一夜的郁筱梦激情四射，直至给初稿上完颜色，才黑着一双眼圈洗了个澡去上班。

这几天，何煦倒是消停了，偶有事情，甚至会打电话给于乐乐，让她转告郁筱梦。他这样突然规矩了起来，郁筱梦倒有些不太习惯，但也正好落得清静。她将自己的作品仔细斟酌修改，过了几天，便是设计部统一交稿商讨的日子了。

郁筱梦将自己的初稿给设计部的所有人员一起研讨，有人赞成有人反对，赞成的占多数，反对的各持意见，也有另外两名设计师各自提交了自己的设计，都是褒贬不一。

大家争论了一会儿，决定将这个难题抛给高层决断。本来，这种提交什么参赛作品的问题向来是要由高层去裁决的，作为设计师，只能提供设计、讲述理念，高层认可，才会获得参赛的资格。

设计部这次提交三个系列备选：一个是郁筱梦的《进退》；一个是设计师张恋的《瞳》，以人的眼睛看到世界的光怪陆离为设计主题；第三个是于乐乐和设计师莫春阳提交的以"情人·结"为主题的偏中式风格系列。三个主题风格迥异，各有优势。

"新跃"杯虽然年年都有，但因为资助方是意大利华裔，获胜者在获得奖金的同时，还能有机会去意大利马兰欧尼设计学院去学习深造，之前郁筱梦获得两次一等奖，虽然获得了奖金，却没能够获得深造资格。能被选中深造的，有可能是作品不起眼，却具有潜力的设计新人。大赛方更看重的，是设计师未被挖掘的潜力。前几次，郁筱梦之所以获奖却没能获得深造资格，便是因为有评委认定郁筱梦的作品太成熟，发展空间有限。

意大利，马兰欧尼。对郁筱梦来说，就是一个梦。她想完成这个梦想，她希望通过今年的争取，实现这个梦。不知为什么，她对今年的作品《进退》有莫名的自信，因为创作时候的那种激情和快感，竟是久违多年。

上一次，如这样激情四射地创作，是什么时候呢？郁筱梦记得，是自己毕业时参加的一届新人大赛。

那一次，她提交的作品，叫做《夜空》。那一次的灵感，竟然是来自于一首偶然听到的儿歌——

太阳公公下班了，给天空披上了一件美丽的衣裳……

多美的意境！

作品交上去有几天了，设计部这几天算是人心惶惶，大家走路吃饭讨论的都是谁的作品胜算更大些。郁筱梦是有优势的，毕竟她获得过两次一等奖，也小有名气。但后生可畏，三组作品中，尤其是张恋的那组《瞳》，结构抽象却不异类，颇让人惊艳。

前天晚上，郁筱梦接到通知，说明天早上要开会，设计部的全体人员都参加，还有公司的高层，董事长也到场，可见公司对此事的重视。

一大早，郁筱梦刚到公司楼下，就发现整个停车场只剩下一个停车位，是夹在何煦的雷克萨斯和一辆不知车主的跑车之间的，刚好能停下她的小飞度。无奈，郁筱梦用自己那并不高明的驾驶水平，将飞度歪歪扭扭小心翼翼地塞了进去。

其实郁筱梦一直看自己的飞度挺顺眼的，可今天被雷克萨斯和那辆跑车一对比，雷克萨斯也就算了，好歹一看就是男人用的车，可飞度明明比那跑车高一头，气场却凭空弱了一大截，任由那辆不知名的跑车张牙舞爪地霸占一隅。郁筱梦拿眼一瞄牌子，不认识，看来又是哪个所谓的低调的奢华的名车。公司里哪位主，买这么骚包的车！

走到公司的大厅，被前台的文员喊住，说有她的快递，郁筱梦一看，乐了，竟然又是一捧百合花。肯定是蒋一澍送的，这家伙，还真是叮到皮烂到肉地死追不休，她如是想，又觉得好笑，便笑着说："送花人要是姓蒋，就扔了啊！或者你留着插前台花瓶里。"

小文员一惊，这么一束花，少说也得两三百，这郁总监说扔就扔，还真大方。她低下头翻了翻花牌，说道："林先生？郁总监，林先生送的！"

林先生？林叶柏？郁筱梦刚走出不远的脚又退了回来，喜滋滋地抱过花，一看花牌，还真是姓林，她心情大好，脚底顿时轻快了许多。

将花送到办公室，简单收拾一下，于乐乐来喊她，一看她桌上那束花，立刻凑了过来。

"你属蜜蜂的？"郁筱梦看她巴不得将脑袋扎进去的样子，哭笑不得。

"林先生？"于乐乐大声地念出这三个字，"相亲的那个？"

"你声音小点！"郁筱梦微红了脸。

"啧！果然，还知道我们筱梦喜欢百合花，真是知你心啊！了解颇深啊颇深！"于乐乐故作陶醉。

郁筱梦拿起手中的文件夹，敲了于乐乐的脑袋一下："走啦！"

“哎！”于乐乐立马跟了上去，“我紧张死了。”

“你紧张什么？人家莫春阳是主设计都没你这样紧张。”郁筱梦特看不起于乐乐这副上不了台面的样子。

在大学的时候，她和于乐乐是一个班的同学。对这个同学，郁筱梦可谓了如指掌。论能力，于乐乐比郁筱梦差得还真不是一点半点的事。无论是在学校的时候，还是进入 GR 以来，于乐乐所有的表现只能证实，她确实不如郁筱梦。

服装设计，不是一个勤能补拙的行业，它真的需要与生俱来的天分和灵气。当年在大学读书的时候，老师就曾经说过于乐乐勤奋有余却天分不足，很难有大的发展。而对郁筱梦的评价是，灵气十足却安于现状，浪费了那么好的天分。大四的时候，郁筱梦她们班一起参加了全国新人设计大赛，郁筱梦凭借那组名为《夜空》的服装设计，一路披荆斩棘杀进了决赛，最后捧回了金奖，而于乐乐，却连第一关的海选都没过就铩羽而归。

这就是区别，这也是落差。所以，当郁筱梦当上总监的时候，于乐乐只能成为她的助理，经常因为不能彻底理解她提出的某个概念，加班加到深夜却不得要领。

其实，郁筱梦是一个特别没有野心的人，做毕业设计的时候，于乐乐设计来设计去，总欠缺那么几分神韵。郁筱梦帮她做了一些细节上的修改，作品便焕然一新，老师看了连连称赞，说那几件作品已经十分成熟了，拿去参赛也不为过，完全可以卖给二线的服装公司了。于乐乐只字未提被郁筱梦修改过的事，郁筱梦也不以为然，她觉得，为朋友做这些事，都是理所当然的。

如果不是自己有一个马兰欧尼的梦，郁筱梦倒是更愿意退缩幕后。

“对了，筱梦，听说今天咱们韩董的儿子也回来了！”跟在后面的于乐乐突然八卦道。

郁筱梦头也没回：“是吗？你怎么知道的？”

“我听前台说的，听说开的跑车就两千多万呢！”于乐乐歪了歪头，想了想，“叫什么……叫什么科……科尼塞……克！对，科尼塞克！冷门吧？”

“据说每年只产十五辆哎！”她咂吧着嘴感慨，“有钱人就是不一样，一点不俗气，什么宝马、奔驰……统统都是浮云！”

科尼塞克？没听说过。不过，不会就是今天早上停车时旁边的那一辆吧？

郁筱梦回想起来，难怪自己的飞度凭空少了一截气场，原来全是钱烧的！飞度怕是都不如人家的一条轮胎贵。

走了两步，郁筱梦突然笑了起来："乐乐，机会来了！"

"什么机会啊？"于乐乐不解。

"你梦寐以求的啊，富二代啊！"郁筱梦刚说完，就一眼瞥见何煦从拐角处走了过来，她心里一慌，不由加快脚步朝会议室走去。

"郁筱梦！"何煦直截了当喊住她。

她无奈回头，摆出一张公事脸："有事？何总监。"

何煦快步走上来，定了定："那个……你的作品我看了。你不觉得缺点什么吗？"他皱了皱眉头，表情倒是很诚恳。

"是吗？"郁筱梦被他这样一说，不免迟疑。

"我觉得，是很成熟，但是……不够惊艳！"何煦说出自己的感觉。

"惊艳？"郁筱梦心头一滞。不错，何煦说得有道理，自己的作品和张恋的《瞳》比起来，确实不够惊艳，只能胜在成熟。

"算了，先进去吧。看看上面怎么说。"何煦说着，推开会议室的门。

于乐乐在后面伸出手指捅了捅郁筱梦："筱梦，富二代坐在对面呢！"

顺着方向看去，郁筱梦看见了一个全身"阿玛尼"的年轻男人正襟危坐在会议桌的那端，旁边赫然是公司的最高掌权人——韩董。

看来，这个"阿玛尼"就是那位开着两千多万跑车的公司少主——韩燊。

15 少主的锋芒

先是两千多万的跑车，接着是从头到脚的"阿玛尼"，郁筱梦断定，这个少主就是一个游手好闲拿着老爸赚的钱烧着玩的纨绔子弟。

但出乎她意料的是，纨绔子弟也是有眼力的。

三组作品分别呈现完毕后，高层们针对作品提出各自看法，因为郁筱梦作品有笔触成熟的优势，还是很得高层的赞许和认可的，但韩燊的声音冒了出来，他说了和何煦同样的话。

"我说两句，郁总监这个作品整体是很成熟，但是不够惊艳，没有给人眼前一亮的感觉。"他开门见山一刀戳中要害。

一旁的韩董露出满意的神色，看来韩燊说的也正是他心中所想。

虽然心里早有准备，但这刀切得还是有点疼的，郁筱梦不由抬眼多看了"阿玛尼"几眼。

不错，长得很帅，颇得韩董真传，只是没想到眼光也如此厉害。如果说何煦是仔细琢磨之后才提出看法，韩燊能在这么短的时间里就找出弊端，可见水平不一般，肚子里还是有点货色的。

韩燊看了一眼，接着说："参加大赛的作品很多，评委容易审美疲劳，郁总监这个作品拿奖应该没问题，但能拿什么奖就难说了。张恋设计的《瞳》，倒是很让人眼睛一亮，可惜浮躁了些。至于莫春阳这组……太平了。这几年民族风太盛，很难出新意，无非撞色、刺绣、肚兜，或者材质的变化，东方路线不是不能走，但没亮点的话就不要轻易尝试了。"

短短几句，道出了三组作品各自的要害，高层们窃窃私语，有人点头。

"郁总监，你怎么说？"韩董开口，三组中，相对成熟的还是郁筱梦的作品，但还需琢磨。他其实更倾向于郁筱梦的作品，但也觉得稍微欠了些感觉。

郁筱梦打开面前的话筒，想了想："作品有不足的地方，我知道，可能因为成稿比较急躁，我会拿回去修改的。其他两组作品，我不太好说什么，不过，张恋那组如果仔细打磨一下，还是不错的。但是，可能时间不太够了。"

这话说得很中肯，韩董点头，转而又问其他高管的意见。

大家七七八八地说了不少，大部人倾向于重点打造郁筱梦这个，保留张恋的那组，莫春阳的取消。

韩燊却不同意，他坚持以张恋的《瞳》系列为主，让郁筱梦辅助张恋修改设计稿。他的道理很简单，就是《瞳》虽然浮躁了些，但这跟设计师年轻经验不足有关系，如果郁筱梦尽心地帮助修改一下，去掉浮气，就是一组很有竞争力的作品。

韩董转过来又问郁筱梦的看法，郁筱梦有些支吾。老实说，她是不舍得自己辛苦做出的作品，况且，她还想把握这次机会，拿到前往马兰欧尼深造的门票，怎肯轻易放弃？于是，她坚持修改自己的作品，部分高管也站在她的立场给予支持，毕竟，郁筱梦已经拿下过两次一等奖，胜算是比较大的。

犹豫半天，郁筱梦说自己不愿意辅助张恋，因为她更希望用自己的作品参赛。

相持不下的状态下，一直没开口的何煦终于开口了，之前韩董问过他看法，他却说让其他高管先讲，郁筱梦不由在心中暗骂他臭屁。

"其实郁总监这个设计的理念是很好的。"何煦说得很慢，一字一句顿得极为清晰，"张设计师的那个……不光是浮躁，稍微有些哗众取宠了，如果要修改，恐怕得下大工夫，时间不多了，让郁总监临时融进张设计师的设计理念里去，恐怕有些困难。毕竟人和人的感觉不同，眼光也不一样，看问题切入的角度也不一致，所以，同样一个题目，总能设计出千差万别来。

我的看法是，让郁总监继续修改自己的，之前韩……呃，韩先生也说了，这个作品还是成熟的，拿奖没问题，关键是能不能再出一些新意。郁总监修改好之后，再过两次堂看看。至于张设计师那个可以参加下半年的新人大赛，有足够的修改时间，这样更稳妥，不知大家的意见如何？"韩桑在 GR 没有职务，何煦憋了半天，采用"韩先生"这个称呼，有说不出的别扭。

韩董点点头，其他的高管也纷纷说好，何煦虽然来 GR 时间不长，但业绩相当好，同其他同事相处也非常愉快，当然，这里不包括郁筱梦。他一开口，平日处得不错的同事都表示赞同。郁筱梦感激地看了何煦一眼，她真是没想到何煦竟然会支持自己。确实，作品的不足，郁筱梦心里是知道的，但可惜时间紧一直没有突破，她原本打算如果这次能通过公司初审就回去好好琢磨，却没想到一开始就被韩桑道出了命门，不禁一阵小紧张。

最后决定郁筱梦的作品用来参赛，会议结束的时候，高管们都走过来预祝她参赛能够获奖，郁筱梦一边笑着回应，一边找何煦的身影，却看见他孤身一人朝会议室大门走去。郁筱梦有些些微的失落，她倒是很诚心地想同他说声"谢谢"。

隐约间，郁筱梦觉得对面有人盯着自己，她不由抬头，碰上了仍坐在对面的韩桑如剑一般的目光。这目光中，没有丁点暖意，却刺透她，直至身后。目标不是自己？郁筱梦不由一惊，顺着那目光，她转身，那目光的去处，正是何煦刚刚离去的方向。

这少主……不会是如此小肚鸡肠的人吧？郁筱梦暗自想。

出了会议室，郁筱梦将手里的材料放回了办公室，犹豫再三，还是敲开了何煦办公室的门。

何煦见她，倒不意外："来说"谢谢"的话就不用了。我只是觉得选他的还不如选你的，好歹能拿个奖。"

郁筱梦习惯了他的毒舌，也真的不说谢谢，只是故意叹口气，幽幽地说道："何总监，你要是为我跟韩少主结下梁子就真冤枉了。"

"梁子？"何煦一挑眉头，似笑非笑，"你不好好改你的设计，想改行写警匪小说吗，什么时候出版？郁作家。"

"你！"郁筱梦气结，她只是觉得刚刚韩燊看何煦的眼光不善，好意提醒罢了，怎料又被挖苦，转而一笑，"行，别说我没提醒你，刚刚你走的时候，韩少主看你的眼神可不是什么欣赏倾慕之类的，你自己看着办吧！"

"他？呵呵。管得宽了吧？女人还真是天生八婆。"何煦一笑，"快去改设计稿吧，下次开会我可没把握再帮你撑腰了。"

郁筱梦心里一暖，走到门口，却忍不住回头："为什么帮我呢？"

"帮你等于帮自己。这个答案满意吗？"何煦闷声回道，一头扎进了面前的文件堆里，再也不理郁筱梦。

郁筱梦想想，还是从门缝里探回脑袋："谢谢啦！何大总监。"

看着关上的门，何煦嘴角扯出一个无声的微笑。

16 无辜的被辜负者

进办公室坐定，一眼看见桌上开得正好的那束百合，郁筱梦不由拿起手机，拨了电话给林叶柏，响了许久，没接。

郁筱梦没有再打，这个男人，给她的感觉是踏实和放心。平日各忙各的两人，也不过每日通通电话，三两天约一起吃顿饭，或者喝一次茶，周日林叶柏带她去过养老院，还打过两次网球。两人相处随性惬意，完全没有负担，仿如相熟多年的老友。

只是感觉……似乎是平了些。这是在谈恋爱呢，还是没有在谈恋爱呢？又或者，她和林叶柏之间，到底是哪一种程度的朋友？还是如何煦所说，心和心之间还有差距？郁筱梦自己也说不清楚。她顺手摘下一片百合花瓣，俯下身子，趴在桌上，将花瓣凑在鼻尖嗅着。

就如她的作品，成熟却平淡，没有惊艳。莫非这才是成年男女该有的爱情？她不解。叹了口气，郁筱梦打开电脑，调出自己的设计样稿，抱着脑袋冥思苦想。

惊艳，是要有灵感的，仅仅靠脑子快速地飞转也是徒劳无功的。郁筱梦抱着脑袋想了半天，灵感没有等来，倒是等来了林叶柏的电话，已是一个多小时后。

"筱梦，你刚打电话给我的吗？"他的声音有些疲惫。

"哦，是啊。"

"做了一台小手术。有事吗？"

"嗯……"郁筱梦用手指拨转着鼠标上的滚轮，电脑上的样稿随着滚轮的转动刷刷地上下翻页，"谢谢你送我的花。"

"收到了？今天早上上班的时候，路过楼下的花店，正好看见了，就买了一束给你。"林叶柏又问，"喜欢吗？"

"喜欢。挺不错的。"

"喜欢就好，筱梦，晚上没事的话一起吃饭吧？"

"哎，好的。"郁筱梦说完，却陡觉自己一点也不矜持，仿佛同林叶柏是老夫老妻一般。她轻轻吐了一下舌头。

两人约好下班后联系，随即挂了电话，郁筱梦倒在椅子靠背上，挠了挠头，心里有股说不出来的感觉。

她和林叶柏，似乎总是不远不近不冷不热，就像刚刚这段对话，没有恋人之间的亲昵，甚至察觉不出丝毫所谓浓情或蜜意，或许是自己要求太高，也或许是林叶柏这人慢热，人和人相处，本就是因人而异。

想到当初，她和蒋一澍的那一次恋爱，可谓是天雷动地火轰轰烈烈，整个设计学院都沸沸扬扬，才子才女的组合，本就夺人眼球。她郁筱梦自己都浑浑噩噩，才子蒋一澍怎么会看中当时相貌平凡的她？她只记得之前蒋一澍的身边，有个叫做秦曼曼还是秦焕焕的漂亮女生，是当时服装表演专业的模特儿，也是学校里排名第一的美女。论身材论相貌，她都不是秦曼曼还是秦焕焕的对手，但蒋一澍就是出人意料地开始追求她。

那场恋爱也谈得惊心动魄，半夜宿舍锁门了，郁筱梦想吃酸菜鱼，蒋一澍都会从二楼的宿舍窗户翻下去，打上十几分钟的车给她买来。春节回家过年，远在外地的蒋一澍每天一个电话，终究不敌相思之苦，在大年初三就回了H市，在断水断电的宿舍里，跟做贼似的睡了半个月，只为白天能和郁筱梦见上面。她也记得手头不宽裕的他们，为了过一个浪漫的情人节，节衣缩食地过了近两个月，只为了去H市最好的五星级酒店吃一顿情人节晚餐。

很浪漫，很激情，可这一切都过去了不是吗？想到这些，郁筱梦的心中还是会涌起异样的感觉。骨子里，她还是渴望那样充满激情的恋爱，好让她从半死不活的感情状态中彻底释放出来。可她郁筱梦早就结婚生子了，随着年华老去，那些澎湃的爱情也慢慢死去，如今这样温水一样的爱情，似乎更适合她目前的状态。

只是心中，总有些许说不出的未满足感。

郁筱梦，你欲求不满了吧，林叶柏有什么不好？养生专家都说白开水才是最养人的难道你不知道？她自嘲着，好容易将思维拉回工作频道，定下心神研究自己的参赛设计。

何煦通过办公平台，传给郁筱梦一批相当少见的小众设计师设计的图稿，他就留了一句话，说自己正巧在网上看到，觉得不错，同郁筱梦分享。

郁筱梦心中一暖，这些设计稿，别说何煦是负责销售的，就是自己这个做设计的，也鲜少见到，根本不可能在网上流传共享，只能是何煦特意找来的。她很感动何煦对自己的支持和信任，其实这样也不错，大家作为同事，能像朋友一般的相处。

世界上，哪有那么多称心如意的事呢？水满则溢，月满则亏，这是古话。同何煦，能从那种剑拔弩张的关系缓和为朋友的关系，她已满足，不敢妄想太多。

看着满屏色彩绚烂的设计图稿，她伸了个懒腰，继续全身心地投入属于自己的战斗，将自己彻底地封闭进了设计的世界。

过了几天，中午时分，于乐乐喊她一起去吃饭，两人一走进餐厅，就感觉异样，目光所及之处均是其他同事探究及同情的目光。于乐乐疑惑道："怎么了？筱梦，你没觉得不对劲？”

“有点，挺奇怪的！我身上有东西吗？”郁筱梦只觉得那些目光黏在自己身上，与色情无关，却是充满怜悯和猜测的。她这几天中午吃饭都没下楼，只是托于乐乐给自己带点，或者干脆叫外卖，只差与世隔绝，更别提知晓公司里那些蜚短流长了。

打完饭回来，于乐乐终于搞到了第一手情报。

“筱梦！你知道吗？何总监……竟然和金蔷薇在一起了！”于乐乐张大嘴，满脸的不置信。

郁筱梦惊了一下，从上次何煦拉她做挡箭牌来看，她真以为何煦与金蔷薇不会有任何交集，可没想到，进展竟如此之快！看不出啊，这个何煦还有明修栈道暗渡陈仓的本事呢！

“真的假的？”她质疑。

“销售部的刘珊珊说的，不会假，她可是金蔷薇的心腹！”于乐乐神情复杂，“不过你可惨了！”

“我？”

“嗯！”

“我怎么了？”郁筱梦不解。

“公司里都在传，你被何总监给甩了！”于乐乐咬了一口盘子里的烤鸡腿，然后伸出一根指头，将郁筱梦几乎要掉下来的下巴给托了上去。

“我操！”郁筱梦骂人了，她有点想摔盘子。

17 寂寞的夜，寂寞的人

郁筱梦没想到，会在酒吧再一次碰见蒋一澍，这男人，当真是游戏人生么？不来则罢，来则遇见，好在郁筱梦这次倒是镇定了许多，因为她不是一个人，身边还有郝仁娟和于乐乐作陪。三个女人，约好一起来“嗨皮”，巧的是郝仁娟也一脸憔悴，一副为情所困的模样，可无论郁筱梦和于乐乐怎么问，她死也不松口。

蒋一澍还未近身，于乐乐只差拿起十二公分的高跟鞋一把敲过去：“姓蒋的，想找死你就过来！”

“别！乐乐，火气这么大干吗？容易长痘痘哦！”蒋一澍赔笑，眼睛偷瞄着郁筱梦。

与在公司所受的窘境相比，在这里碰见蒋一澍实在不算什么。况且有过一次相同的经历了，对郁筱梦来说一回生二回熟，至于会不会有第三回，那是后话。郁筱梦一副事不关己的模样，抱着一杯啤酒，她不太喜欢鸡尾酒那些红红绿绿的颜色，不如一杯啤酒实在。郝仁娟一看就是真来买醉的，竟然喝起了威士忌，精致的法式指甲衬着莹莹的酒杯和金黄色的液体，倒是格外性感。

“你死过来干什么？”于乐乐依旧没好气。

蒋一澍打了个响指，招呼服务生过来：“来个果盘。我请美女！”

郁筱梦放下酒杯，正色道：“果什么果，谁跟你认识？”

“哎，筱梦，别这样！”蒋一澍脸上无光，却没离开的意思。

“蒋一澍蒋总监，我有说过让你别来烦我的话吧？”郁筱梦颇为无奈，歪过脸去问他。

蒋一澍点点头：“嗯，电话里是说过。”

“还要我当面说一遍？”她低吼。

“筱梦……咱们恋爱不成，好歹还是朋友吧，干吗这么小家子气呢？”蒋一澍笑着，郁筱梦恨不得将手里的啤酒朝他脸上泼过去，她真真是没发现，当初谈恋爱的时候，蒋一澍不是这么厚颜无耻的啊。莫非社会真是个大染缸，掉进去非黑即红？

未等郁筱梦说什么，两杯威士忌下肚的郝仁娟一把搂过蒋一澍的脖子，将他拉到跟前，满嘴的酒气故意朝蒋一澍的脸上喷去。她伸手拍了拍蒋一澍尚算白嫩的脸：“小白……脸！不错……嫂子，你当年还挺有……眼光！”

蒋一澍的脸霎时更白了，他明显没想过会被一个女人这样搂着，又摸又掐的。慌了神的蒋一澍捂着脸，指着郝仁娟，又是震惊，又是恼火，却统统没法发作，只得转头朝自己的座位走去，走前不忘抛下一句：“筱梦，我回头联系你！”末了还狠狠地瞪了郝仁娟几眼。

郝仁娟只是眯着眼，冲他“嘿嘿”笑，她是真的喝多了！

乐不可支的郁筱梦扭过脸，正对上于乐乐笑得变了形的一张脸，一口啤酒差点没喷出来。她倒是真没想到郝仁娟来这么一手，甭管是故意的，还是喝多无意的，总之，蒋一澍今晚肯定是安分了。

十点多，三个人互相搀扶着，歪歪扭扭地走到酒吧外面。郝仁娟是彻底酩酊大醉，于乐乐还算清醒，郁筱梦虽然喝了一大杯啤酒，但今天似乎状态很好，醉意全无，要是平时，不醉，也差不多了。

"走……走走走……走！上上上……车！姐送送送送……你你……们回去！"郝仁娟挥着手，大喊一声，步子歪七扭八，又一拍胸脯，"姐是宝……宝宝马！"

郁筱梦哭笑不得，和于乐乐一左一右驾着郝仁娟："送什么啊？都醉成这样了，你敢开，我可不敢坐。"

"打车回去吧。"于乐乐说道，"最近酒驾查得特严。"

"好。"郁筱梦说着，便同于乐乐一起，拖着郝仁娟朝路边走去。

醉鬼向来是不受欢迎的，等车的时候，郝仁娟一会儿拔着于乐乐的头发大声喊："垃圾桶！我要吐！"一会儿趴在郁筱梦的肩头喊："妈……我难受！"过来几辆空车，一看这情况，司机都是猛摇脑袋油门一踩飞速离开。

大家都怕碰见喝醉酒的人，尤其是喝醉酒的女人。

无奈，郁筱梦只得任由郝仁娟蹲在路边，让于乐乐好好看着，自己去路边打车。

的士没来，倒是一辆敞篷跑车一脚刹住，停在她面前。郁筱梦愣了一下，再看开车的人，竟然是韩燊。韩燊一扬下巴："郁小姐？"他没喊郁筱梦在公司的职位，俨然是公私分明。

郁筱梦点头笑笑。

她有点意外，韩燊和她不过一面之缘，却没想开着车还能一眼认出自己来。

"打车吗？我送你一程。"韩燊笑眯眯的。

"呃……不了，我还有朋友。"郁筱梦想到喝得烂醉的郝仁娟，连忙回绝。

韩燊眼色颇尖，他眼神一扫，就发现了后面不远处还蹲着一个，旁边半蹲着一个。蹲着的看不清脸，显然是喝多了，正垂着脑袋用指头跟水泥路面过不去，戳得来劲；半蹲着的那个，他倒有点印象，也是公司的，设计部的，曾经提交过设计方案。

“上来吧，你朋友喝多了，这么晚，没有车愿意送的。”他说。

郁筱梦想想，确实如此，她不由扭了扭站得太久而酸痛的脚踝：“好吧，那先谢谢了。”等她同于乐乐将郝仁娟拖过来的时候，韩燊已经将车门打开。于乐乐嘀咕了一句：“二世主，车又换了。”看来韩燊似乎是那种喜欢速度的男人，见了两次，两次都是不同的跑车。

郁筱梦让于乐乐坐副驾驶，自己带着郝仁娟坐后排，韩燊看见垂着头的郝仁娟，先是没在意，突然又转过身子看了看，露出一抹不置信的神色：“这位美女是不是姓郝啊？”

“嗯。韩先生认识？”郁筱梦和于乐乐一左一右吃力地扶着郝仁娟，将她往后座塞。

“仁娟？郝仁娟？”韩燊相当惊讶。

郝仁娟醉成那样，竟然还能听见韩燊喊她，倏地抬起头来，醉眼蒙眬地盯着对面的男人。

“你？”郝仁娟盯着韩燊看了一会儿，龇牙咧嘴地笑了起来，极为怪异。突然，她脸一冷，从于乐乐的手里挣脱出一只胳臂，一巴掌就甩上了韩燊的脸，然后一屁股坐上了副驾驶的位置，嘴里狠狠地骂着——

“王八蛋！”

路边有车呼啸而过，可这一声清脆的皮肉撞击声格外清晰，令郁筱梦和于乐乐两人倒抽了一口冷气。

韩燊默不作声地开着车，旁边的郝仁娟拉着他的胳臂，又哭又骂，后面的郁筱梦和于乐乐不由得心惊胆战。这可是GR的二世主啊！钻石王老五、黄金单身汉、海龟帅哥、优质型男，金枝玉叶细皮嫩肉的随便掐坏一块，可谁都赔不起啊！

于乐乐大气也不敢出，偷偷发了一条短消息给郁筱梦：你小姑子跟二世主有奸情？

郁筱梦看了看她，然后无辜地摇头，她也很郁闷，一开始还以为郝仁娟认错了人，结果郝仁娟一把拨开于乐乐和她，一脚跨上韩燊的车，坐到了副驾驶位置上，整个气势雄赳赳的。随后，便是长达十来分钟的痛骂，指名道姓，骂的就是开着车的韩燊。

一点没错！

仔细听着，郁筱梦算是听了个半分明白。郝仁娟虽然喝醉了，但不愧是做记者的，口齿一如平常的伶俐："姓韩的，你还没死啊？

你还有脸出来见我？

我恨你！你真不是个东西！

你个骗子！王八蛋！白眼狼！灰太狼……喜羊羊！"

看来两人还真是旧相识，而且明显，韩燊做了什么对不起郝仁娟的事。

韩燊明显憋着火气，但没发作，只是将车开得飞快。直到郝仁娟不安分地想要站起来，却一脑袋撞上了封闭的车顶，捂着头歪了过来，他一把托住郝仁娟的脑袋，却又狠狠推开："郝仁娟，你真醉假醉？"

"韩先生、韩先生，她真醉了！"郁筱梦见他临近发飙边缘，连忙开口。

"我没醉！"郝仁娟突然直了身子，转过脸来，"嘿嘿"朝郁筱梦一笑，又立刻回头，盯着韩燊的侧脸，"你……停车！不停！我就跳跳跳……跳……"

"仁娟，你别闹了！"于乐乐实在看不下去。

话音刚落，韩燊当真一个急刹车，车子就这样停在了马路中间，后面的车差点没来得及避让，一个急拐扭了开去，司机不忘探出脑袋来，骂了两句。

"哎哟！"三个女人均撞向前方，郝仁娟的头差一点扎穿玻璃，郁筱梦和于乐乐的脸都和前座后面的皮子做了一个亲密接触，不免被撞得头晕眼花，不过好歹是真皮对真皮，权当是做按摩了。

"旁边有条河，郝仁娟你可以跳下去。"韩燊的话里没半分感情。

郝仁娟扑了上来，扯他头发："你狠！你就……想我死！我就不……死！呃！"接着整个人就扑到驾驶座这边，朝着韩燊又捶又打。韩燊不还手，由着她打。

郁筱梦和于乐乐清醒过来，连忙上去拉开，可惜车子空间太小，根本帮不上忙。郁筱梦一着急，拉开车门站了出去，准备将郝仁娟从副驾驶的位置拖出来。冷风一吹，她惊觉竟然已经到了郝家所在的小区门前的大道上，原来韩燊竟然知道郝仁娟住在哪。看来，关系果然不是一般的相熟，奇怪的是她竟然从来未从郝仁娟的嘴里听到过韩燊这个名字。

"郁小姐，你们辛苦点，将她送进去，我在路边等你们。"韩燊摇下车窗，很客气地说。

郁筱梦来不及多想什么，和于乐乐两人连拖带拽地将郝仁娟从副驾驶座上扯了下来。郝仁娟一边走一边凭空踢腿，嘴里还在骂骂咧咧。平时十分钟走到的路程，三个人拉拉扯扯的竟然用了二十多分钟。

再出来时，于乐乐揉着被郝仁娟掐到的地方，哭丧着脸："天！仁娟喝醉酒还真可怕！姑奶奶酒后人来疯真不是盖的。"

她龇牙咧嘴地揉着皮肉："明早肯定青了。二世主怎么招惹你这宝贝小姑子了？"

"我也不知道。"郁筱梦说着，远远看见韩燊立在车旁，正在抽烟。红色的火点，在夜里格外显眼，衬着那修长的身影，越发落寞。

于乐乐咂了咂嘴："嘿，他竟然还真等我们呢。"

走到跟前，趁着夜色，郁筱梦多看了他几眼，脸上有明显的红印子，显然是郝仁娟下手没个轻重留下的。

"韩先生，你没关系吧？"郁筱梦忍不住问。

他不语，只是狠狠抽了几口手里的烟，喷出一口薄薄的烟雾："走，我送你们回去。"

"不用了，我们可以打车走的。"于乐乐见他脸色阴沉，刚刚还欢喜雀跃的心不免有些戚戚。

韩燊看了她俩一眼，眼神里是一种不容拒绝的坚持："上车吧。"

郁筱梦和于乐乐坐在后排，明显能感到韩燊情绪的低落和烦躁，谁都没有再说一句话。送完于乐乐，韩燊又送郁筱梦，一前一后的两人，半句话都没有，越发尴尬。

终于，韩燊先开口了。

"仁娟……是你朋友？"他观察力惊人，只不过是刚刚短暂相处，就察觉郁筱梦同郝仁娟关系更近些。

"嗯。"郁筱梦不愿多说私事，她觉得解释自己和郝仁娟是前姑嫂关系，实在吃力，便顺着应和一声。

韩燊没有停的意思，接着说："她以前是我女朋友。读大学的时候认识的。"

"哦！"一个"哦"字刚出口，郁筱梦猛然一惊。

是他！

她隐约记得，她和郝仁军结婚不久，曾经听婆婆余曼春偶然提起，说仁娟在学校谈了一个男朋友，家境优渥，这是郝仁娟的初恋，相当投入。当时余曼春很是得意，但好景不长，仁娟所遇非人，感情上很受打击。

那人竟然是韩燊？

"我和仁娟……之间有不少误会，所以，她恨我。"韩燊喃喃道，不知是说给郁筱梦听，还是说给自己听。

不知为什么，郁筱梦没由来的烦躁，心底对韩燊升起了抵触，她轻咳一声："韩先生，到这就行了，我家离这不远，我走回去就好了。"

韩燊意识到自己在郁筱梦面前说这些有些失态，明显一滞："哦，我送你到家吧？"

"不了不了，很近了。"郁筱梦说道，"前面修路，你也不好走。"

"那好吧，郁小姐，就送你到这里。"说罢，韩燊停车，让郁筱梦下车。

看着韩燊那辆跑车的尾灯如流萤般拖着长长的霓虹而去，郁筱梦转身朝家走去，她没想到当年让郝仁娟遭受重创的男人，竟然会是韩燊。她不由想到自己和蒋一澍。

好巧，故事竟是如此雷同。难怪编电视剧的，都要附上一句：如有雷同，纯属巧合。人生不过数十年，长者百年，都是重复相似的桥段，肆意拼接而成，总有相似。

她无声一笑，远远看见家中亮着的灯，不由心里一暖，快步走去。

黑漆漆的楼下，无声无息地停着一辆 SUV。一只修长结实的手臂，伸在窗外，手指夹着一支烟，微微地垂着，那烟头的星火，忽明忽灭，说不出的寂寥。

走近一看，竟是辆雷克萨斯，再看驾驶座上的人，郁筱梦不由低呼："何煦……"

18 和谁一起吹吹风

何煦今天晚上的心情似乎不好，不由分说地让郁筱梦上车。

郁筱梦气结，一句“凭什么啊？”刚出口，就后悔了。她一眼瞥见何煦满脸消沉，几个月的相处，她还是第一次见到何煦这样，那人平日肆意张扬飞扬跋扈，今天却是不知为什么，看他如此，自己心里也往下一沉。郁筱梦收住下面的话，乖乖地上车，任由何煦将车开得飞快，时间不多，就已经出了市区，直奔郊外。

“去哪儿啊？”看着周遭越来越空旷的景色，郁筱梦不由有几分紧张，实在憋不住，开口问道。

可何煦看都没看她一眼，只是一心开车。“去哪儿啊？何煦？”郁筱梦提高音量。

“看星星，去不去？”何煦倒是轻描淡写，郁筱梦一愣，看星星？她可没做好与何煦一起，在这个时间看星星的准备。

“我不去！”她下意识说。今天晚上是怎么了？先是碰到不要脸的蒋一澍，又是碰到二世主韩燊，再接着，就被旁边这个男人莫名其妙地带着往荒野跑，美其名曰“看星星”，这个世界怎么了？男人都疯了？

“到了。”

话音刚落，何煦就一脚刹车将车停下，靠在路边。

这一脚刹得极猛，不亚于晚上韩燊将车停在半道上那一脚。郁筱梦一下觉得胃都被撞得反过来，喝下的那点啤酒兴风作浪，五脏六腑都开始闹腾。她连忙一把扯开车门下车透气，刚想发作，却听见何煦说道：“空气好吧？”

她下意识地猛吸一口，确实，空气虽然微有凉意，却无比清新，带着田间稻草的芬芳，从鼻间一下子蹿进肺里，久违的清凉湿润把刚刚的不适一扫而空，余下满腹怡人。

“呀！萤火虫！”郁筱梦一转眼看见不远处的稻田里有星星点点的光，上下翻飞着，划出道道斑斓的彩光，她兴奋地指着，大声地喊，“真漂亮，我都好久没见过了！何煦你看，你快看啊！”

她突然意识到自己这一刻和上一秒的反差太大，前几分钟还义正词严地说“我不要”的人，此刻竟然欢喜得不像一个人，不禁脸色微微发红，暗骂自己跟小孩子一样。

“没来错吧？”何煦双手插在兜里，扯出一个笑容，似乎心情也好转不少：

"要不要,我给你捉几只带回去给林林?"

"好啊!"郁筱梦想都没想就答应,"林林还没见过萤火虫呢!"说到林林,她又重新兴奋了起来。

何煦转身去车子里晃了一圈,拎着两瓶啤酒过来了。

"你捉虫子拎酒干吗?"郁筱梦不解。

"要不放哪儿?"何煦反问。

"可是是满的啊!你想把它淹死?"

"一人一瓶,喝了不就空了?"何煦不以为然地回道。他低下身子,在脚边捡了一块石头,将啤酒瓶的铝盖轻轻一磕,"啪"一声,一瓶冒着白沫的啤酒被递到郁筱梦手里:"尝尝,朋友从国外带回来的,正宗德国黑啤,挺贵的。不喝太浪费了。"

郁筱梦直摇头:"我真不能喝,天价我也不喝!之前和于乐乐她们去了酒吧,已经喝了一杯呢!你也别喝了,回去开车,可是酒驾啊!"

"喊个代驾好了,再说你反正已经喝了,不在乎多这一点。"何煦说着,举起手中的酒瓶,和郁筱梦的那瓶轻轻一碰,"Cheers!我今天心情不好,你就屈尊陪我一下,OK?高贵的郁总监!"

郁筱梦无奈摇头一笑,举起酒瓶,就着浓得无边无尽的夜色喝下一口。略有苦味的啤酒花在口腔里弥漫开来,在舌尖上翻滚着,然后是可口的麦芽味,和着苦味汇成带着寒气的香味,如同这夜晚的空气,清冽得可人。两人就这样依靠在车边,喝着手中的啤酒。

"喊你出来,很唐突吧?"沉默了许久,何煦突然说。

"算你还有自知之明。"郁筱梦将瓶口靠在唇边,笑了笑,"你该去找金总监更合适。"

"她跟你不一样。"何煦一顿,"她是玫瑰花,只适合摆在那儿看看,看着挺美,其实扎手。"

郁筱梦失笑:"人家就是玫瑰花啊,金蔷薇!还是金色的玫瑰。你不会在她那儿受挫了吧?"

"怎么可能!"何煦一晒。

"那我是什么花?"郁筱梦突然好奇。

何煦看她一眼，冒出一句："棉花。外面还有不开窍的壳。"

郁筱梦冲他翻了个白眼："狗嘴里吐不出象牙，真是没一句好话。你跟你妈还真不像，半点善良都没继承！"她略带讽刺。

何煦低垂着脸，看不出表情，一会儿，才慢慢地说："我可能更像我爸。"

"咦，那是什么？"郁筱梦察觉他的不开心，岔开话题，指向远处。一垛高高的东西立在那，跟小山包似的。

"秸秆。早稻收割后，就堆在那，有人回收。"

"走走走，咱们过去坐一会儿！"郁筱梦来了兴致，朝那边跑去，嘴里还唱着，"我们坐在高高的谷堆上面……听妈妈讲……呃……那过去的故事……"她毕竟喝了酒，加上酒量小，此刻酒劲上来，歌也唱得荒腔走板，旷野中听起来说不出的刺耳。

"你慢点，别被扎到！"何煦跟在后面喊。

"哎哟！"郁筱梦弯下腰。

"怎么了？"何煦连忙凑过来。

"扎到了！"

"哪儿啊？我看看。"

"哈哈，逗你的！"

"哎哟！"

"你怎么了？"

"扎到了！"

"骗子！跟我学！"

"真的……"

"才不信呢！"

"哎……说你是棉花，你还真里外不透气！我真被扎到了！"

"哪里？"

"这儿……"

"这儿？"郁筱梦伸手戳了一下。

"嗷……死女人！你轻点！"

何煦有没有帮林林捉萤火虫,郁筱梦不记得了。

何煦有没有喊代驾,郁筱梦不记得了。

何煦怎么把自己带回来的,郁筱梦不记得了。

她醉了……两瓶啤酒,到量了。

第二天早上一睁眼,郁筱梦腾地一下坐了起来,雪白的墙壁、雪白的床单、雪白的被子……难道昨天晚上自己喝到胃吐血,被送到医院来了?

她揉揉眼睛再看周围,不对,这不是医院,这里明显比医院高档,医院里怎么会有这么漂亮高档的梳妆台和办公桌呢?还有看起来很舒服的沙发……咦!沙发上还有个人!

郁筱梦披散着头发,抱着枕头,光着脚,偷偷地朝沙发靠去,仔细一看,竟然是何煦睡在那!天!

她一下子清醒过来,再看周围,要知道骑白马的不一定都是王子,有可能是唐僧。有着雪白的墙壁、雪白的床单、雪白的被子的地方,也不一定是医院,还有一个地方,就是……宾馆!

除了宾馆,哪里还有这样精美的梳妆台,这样大气的办公桌?而且,至少是三星以上!郁筱梦气急,开始跺脚,她是又气又恼,气的是自己昨天竟然又喝醉了,恼的是竟然真的被何煦带来了宾馆!

"何煦……

何煦……你醒醒!

何煦……你给我起来!

你装!

我叫你装!"看着睡得四平八稳的何煦,郁筱梦气不打一处来。她伸手推推何煦的肩膀,无果,想想气不过,挥起手里的枕头就砸了下去。

何煦眯着眼,看着这个女人光着脚、抱着枕头、散着头发,在那边哭也不是恼也不是地烦躁着,这样的情形在他看来是分外有趣。他其实早醒了,只是看郁筱梦还睡着,便没起来惊动她,远远地看着将脑袋埋在一堆枕头里的郁筱梦。床上被子很蓬松,本来就纤细瘦小的她,整个人都陷了进去,跟纸片一样,薄薄的,一只胳臂垂在床边,手指偶尔还微微地颤动,指甲尖透出莹润的薄光。这个平日里一本正经的女人,只有喝醉酒后,才是这样的有意思。

昨天晚上就是，她明明已经喝高了，还偏偏要喝，你不让她喝，她还不肯，又打又抢的。本来是一人一瓶啤酒，可最后郁筱梦喝得一高兴，非指着何煦再给自己开一瓶，何煦不肯，郁筱梦干脆抢过了他的手机霸着不还，又脱下高跟鞋要敲他。何煦无奈，哭笑不得地拿了一瓶啤酒给她，眼睁睁地看着她华丽地醉倒，又是一塌糊涂。

上一次如此，这一次还是如此。不过看郁筱梦失了方寸的慌乱，还真是难得。这个平日在公司跟黄金圣斗士一般坚不可摧的女人，也有这样无措的时候，酒品还真不是一般的差！难怪她在公司所有的饭局上都是滴酒不沾的，原来如此。

直到那个枕头冲着他砸下来，何煦才从自己偷着乐的情绪里跳脱出来，一个翻身，灵活地躲过。郁筱梦咬牙切齿："好啊！你装睡！"挥着手里的枕头劈头盖脸地朝何煦拍去，边拍边骂："你竟然敢装睡！"

"女鬼！"何煦一边躲一边笑，"你打我干什么？大清早就这样跟人打招呼？"

"你说！干什么把我带宾馆来？"这边枕头又是一下当空落下，没砸中。

何煦一把抄住枕头："哎！姑奶奶！人要讲理。"

他将枕头扔到床上："不是你上次说的么？要带宾馆来，你看，我还特意开了个四星的，星级太低床都不舒服，怕你睡不习惯。这附近又没有五星的。"他说着，还很得意。

"你……"郁筱梦顿住，想到自己的确提出过这样的建议，顿感丢人，当时就那么一说，谁想到竟然真的会再一次醉倒在何煦的眼皮子底下呢？可看着何煦那张得意的脸，她真想上去狠狠踹上几脚。

"我知道，你是故意的！"她恶狠狠地说，转眼瞟到梳妆台上那个精巧的小闹钟上，顿时跳了起来，"九点半了！十点钟开会，要迟到了！快点快点！"

车上，郁筱梦气呼呼的，何煦看她瞪着眼珠子鼓着腮帮子的模样实在是忍俊不禁："郁筱梦啊，你知不知道你这样子就是典型的小气包啊！"

"你看，我带你到宾馆来，我可一根指头都没乱碰你，六百多的房费我掏了，昨晚还带你看了星星，你还喝了我两瓶纯进口的啤酒！还有……你喝醉了后，抱着我又亲又啃的，我不光贴钱，还牺牲了色相，你气什么呢？该生气的是我啊！我多亏啊！”

听到自己喝醉后抱着何煦又亲又啃，郁筱梦的脸“刷”地红到了脖子根，她知道这事自己是做得出来的。结婚后的第一年，郝仁军带她回家过年，郝家的七大姑八大姨都在，那些姑父姨夫就起哄，非闹她喝酒。那时年轻，也不知道天高地厚，小小的白酒杯喝了一圈下来，就醉得东倒西歪，事后郝仁军说她就差搂着公公郝庆广一起跳探戈了。

郁筱梦托着脑袋，嘴角抽搐，似笑非笑似哭非哭却还不承认：“你瞎说！你瞎说！”

“我瞎说？行，你别不承认！回头我到酒店去调走廊的监控给你看！”何煦笑。

听到这话，郁筱梦刷地坐得笔直，一把拉住何煦的胳臂：“你说都被监控拍下来了？”

“对啊，哪个大宾馆没有监控啊！”

“天啊……那我岂不是丢死人了！”郁筱梦想到昨天自己跟猴攀树一样扒着何煦的样子被监控现场直播，顿觉满脸无光丢人至极，却又伸手使劲拍了何煦后背一巴掌，何煦吓了一跳：“你干吗？想灭口？”

“你说你！不会开两间房啊，就开一间！”

“没了！还有六千六百六十六睡一晚的总统套房。你以为我不想开两间？我昨天一整夜睡得提心吊胆的，就怕半夜某个色女披头散发地爬我身上来。你看，我今天脸色不好吧？就是没睡好的原因。”何煦说得无辜又无奈，仿佛他真的是最可怜的那个受害者。

郁筱梦不再说话。早上起来的时候，她看到何煦，那么大的个子就蜷在沙发上，何煦这一夜睡得肯定是极不舒服的。可即便如此，他还是恪守男女有别，没有越雷池一步。其实大家都是成年男女，酒后乱性的事多得是，即便真发生了，事后大家心照不宣，依旧各过各的，也能相安无事。郁筱梦从来不认为何煦是个君子，但至少从目前看，这人不乘人之危倒是真的，这次如此，上一次也如此。

她决定将此事就此翻过不谈，毕竟如何煦所言，她真的没有什么损失。

不过，看着手机上，昨天晚上林叶柏一溜儿的未接来电和短消息，她不由得叹口气，想想编个什么理由搪塞过去。

19 不可扭转的混乱

郁筱梦的作品,终于成功地通过了二次过堂,个别高管或有微词,但大部分的高管都表示作品已经兼具了成熟和惊艳两个条件,其中何煦更是大力支持。

出人意料的,韩燊竟然也给予了肯定,郁筱梦本以为还入不了他的法眼,却没想到他也颇为赞许。郁筱梦如释重负地舒了一口气。

会议一结束,大家三三两两地往外走,郁筱梦收拾着样稿,一边同旁边的于乐乐说着闲话,心情颇为轻松,悠闲地落在后头。刚出会议室,就看见前台的小文员满脸绯红地拿着一个信封,拦住了何煦。

“哇!不会吧!当面递情书啊!太直接了。”于乐乐立马现身现场报道。

旁边有人笑,小文员脸更红了,羞羞答答地说:“何总监……刚刚欧宝丽酒店送过来的,说是您早上结账的时候落在那儿的。”

欧宝丽?好熟悉的名字。咦!不是昨晚住宿的那个宾馆名字么?郁筱梦怔了一怔,眼睁睁地看着何煦顺手打开那个信封,是一张卡片式的东西。旁边有人眼尖看见,立刻脸色异样,刷刷地朝郁筱梦看过来。

卡片只一露影子,何煦手快,立刻又塞了进去,若无其事地夹进笔记本里,朝办公室走去。

郁筱梦心里升起不祥的预感。

刚到办公室坐定,何煦一个电话拨了进来,自从那日在何建平家吃过饭,何煦已经很久没有直接打电话给她了。

“郁筱梦……你身份证在我这。”

“啊?”

“昨天登记的,忘了取了。宾馆刚刚送来了。什么时候给你?”

握着电话,郁筱梦一时没反应过来。

身份证……登记……忘了取……送来……那边何煦已经挂了电话。

她一下子瘫倒在椅子上,看来信封里的东西就是身份证无疑。难怪旁边的人看见了,脸色变得那样厉害。

看来，又是一场腥风血雨……人在江湖漂，哪能不挨刀！郁筱梦无声长叹。果然……只要和何煦沾上边，真的不会有什么好事。

中午再去餐厅吃饭，郁筱梦多了经验，她敏感了许多，察觉到同上次一样，只差被各人的眼光戳得千疮百孔。于乐乐也察觉到了，捅捅她："筱梦……"

"你别说了，我知道了！"郁筱梦恨不得将脸埋进饭堆里，言辞恨恨。

吃完饭后，郁筱梦逃也似的钻进办公室，抱着自己的午睡枕却怎么也睡不着。于乐乐象征性地敲了两声门，然后跟一阵风似的冲了进来，一巴掌拍在办公桌上。

"郁筱梦！"

郁筱梦抬头，看她一眼，又垂头趴下。

"你别装了你！说吧，昨晚，跟谁？在哪？干什么去了？"

"昨晚？不是跟你和娟子在酒吧的嘛！后来回家了啊，还碰见韩桑了，你忘了？"郁筱梦头也没抬，闷声闷气。

"你编你编，你编吧你！"于乐乐极为气愤，一手叉腰，一手指着郁筱梦，跟茶壶似的，"据可靠消息，设计部的郁筱梦和销售部的何煦昨晚开房去了！欧宝丽酒店！"

郁筱梦的脑袋刷地抬了起来："谁，竟然盗用我身份证？金蔷薇怎么能做这么不要脸的事！"

于乐乐冲她翻了个白眼："你演！也不看看像不像！金蔷薇还巴不得和何煦一起开房坐定事实呢，还用你身份证！你当宾馆那个二代身份证刷卡机是玩具啊！真的假的都看不出来！"

说罢，她直接去翻郁筱梦的包："你身份证呢？掏出来我看！"郁筱梦连忙一把夺过，死死捂着。

"掏不出来吧，要不要我告诉你在哪？"

"在哪？"郁筱梦明知故问心存侥幸。

"在何煦那儿呢！今早散会的时候，前台的小文员递给何煦的，就是你的身份证！嘿，幸亏许诺在旁边看见了，要不还真不知道你俩来这一招呢！"

郁筱梦瘪了下去。

一挪屁股，于乐乐坐上了郁筱梦的办公桌，两眼闪烁着八卦精光，用胳臂捅了捅郁筱梦："交代吧！坦白从宽，抗拒……嘿嘿，你知道的。"

郁筱梦没吱声，她真想伸出手指掐灭于乐乐心头的好奇之火。她实在没法告诉于乐乐说自己昨天晚上和何煦真的开房去了，而且还什么都没做。谁信？成年男女共处一室，还都喝了酒，什么都没发生……那除非其中一个是性无能，或者是性冷淡，再或者……其中一个是同性恋。

"我跟你说，公司这下可疯了！都在揣测你跟何煦还有金蔷薇之间的事呢！天哪！真是一波三折啊！太激情了！有人说何总监脚踏两只船，还有人说你舍身一搏最后一击，也有人说金蔷薇插足未遂……你跟何总监爱火重燃！整个一个港剧八点档，狗血韩剧外加虐人不偿命的台湾剧集啊！"于乐乐精神抖擞，说得唾沫星子四处飞溅，其中几个还喷到了郁筱梦的脸上。

"乐乐！"郁筱梦捧着头，又抬起手抹干那几颗唾沫星子，"上次让你协助张恋做《瞳》的设计，你有没有收集到前几届新人大赛的获奖服装设计稿啊？"

"呃……"于乐乐两眼中的小火苗倏地熄灭，灰溜溜地从桌子上滑下，垂着双手耷着脑袋，"还……没。"

"去吧！"

"筱梦……你真的跟……"于乐乐不死心，又探回头。

"今天下午设计部开会，记得将整理情况顺便带过来！"郁筱梦毫不客气地打断。

看着于乐乐心不甘情不愿一步三回头地离去，郁筱梦"扑通"一声趴到桌上。

天啊！如她所料，又一次成为了公司的话题女王。这次，有人证有物证，她别说跳进黄河，就是跳进太平洋，游上几个来回，直至抽筋淹死也洗不清啊！一想到绯闻另一女主角金蔷薇那双大眼睛，郁筱梦不由得打了个哆嗦。

那双眼，平日里看起来是媚眼如丝，可要是化作眼刀，被随便剜上几眼，她郁筱梦就像是在被千刀万剐活活凌迟只落得体无完肤尸骨无存啊！惹不起啊惹不起，伤不起啊伤不起！

何煦啊何煦，你怎么就那么粗心大意呢！如今这不可扭转的混乱，可该如何去收拾啊！

郁筱梦越想越恨越想越气，看着电脑屏幕上的设计稿，那五颜六色的虚拟布料，似乎是裹在自己的身上，越裹越紧，直至透不过气。

20 萤火之光

下午开会的时候，设计部十来个人。郁筱梦虽然是主持会议的那个，却感觉是自己被三堂会审，众人目光灼灼的，如数千瓦的小灯泡，照得通亮。除了个别男同事还算镇定，事不关己高高挂起，其他的一干人等，眼睛亮得不像话，死死地探寻地，盯着郁筱梦的脸。郁筱梦直感觉自己的脸被她们盯得快被烘干水分，皱皱巴巴，连说话时，嘴角都不自如。

草草说了几句，结束了事，郁筱梦如释重负。直到满屋子的人都散去，她一人还坐在会议桌前没动弹，面前摊着一叠样稿和材料。

会议室里打着星星点点的灯光，照在漆黑的光面会议桌上，影影绰绰仿佛会动。郁筱梦突然感觉没由来的累，那是一种说不出的疲劳，很倦，看什么都是虚浮的，所有的一切都是索然无味的。她觉得满身的厌烦在流窜，这样的厌世情绪好久没有出现过，她突然很怕回到自己的办公室，只愿这样静静坐着，满脑子胡思乱想，却又不记不住上一刻到底在想什么。

直到灯火阑珊。灯光的影子在浮动，恍若一只只萤火虫，肆无忌惮地飞舞，绕来绕去，尾部的荧光画出流畅的曲线。她伸出手，想要去捉几只，却抓回了满手空气。她一怔，清醒了过来。

这不是昨天晚上的郊外。自己坐的是会议室的真皮座椅，柔软舒坦，不是会扎人的秸秆垛。满目晃着的，是有些刺眼的灯光，不是会飞舞的萤火虫。

她旁边是空的，没有人。

只有她自己。

孤独一下子袭来。她转脸看向窗外，原来夜色早已来临，高高的楼层上霓虹灯已亮起。坐在这个角度，看不见下面，只能看见对面的高楼，一幢幢，在暮色中，仿佛一座不见尽头的森林。郁筱梦叹口气，她感到这样的无措。

第一次，她猛然地意识到，她很寂寞，她很怕这份寂寞。最可怕的是，当她深陷这份寂寞的时候，心里想起的人，却不是林叶柏。

林叶柏，填不满这份深不见底的寂寞。

她想起自己给林叶柏回电话时，告诉他昨天自己应酬喝多了酒，林叶柏只是关照她少喝酒，下次再喝酒之前，先喝杯牛奶或者果汁，又嘱咐她注意睡眠，不要熬夜，工作太累周末就不要去福利院了，如此云云。

郁筱梦觉得，自己不是在跟交往的男朋友通话，而是在和自己的保健医生讨论如何防止醉酒，怎样拥有健康生活，显得相熟有余，贴心不够，不免索然无味。

她记得初次同林叶柏见面，也曾相谈甚欢一见如故，可为什么，为什么时间不长，感情非但没有丝毫进展，反而让她感觉离得更远。是自己不满足，还是两人之间真有问题？她不解。

只是昨夜那萤火之光，仍旧绕在她的脑海中，挥不尽斥不去。月色下的萤光，身边相伴的那个身影……一切明明已过去，却又在脑海中似乎要喷薄而出。想到那个身影，她的心中不免一动。

怎么会这样？

她是个离过婚的女人，自认定力还可以。她那个前夫郝仁军，仗着有一个当官的老爸，玩什么都不怕火大，学生时代便有了一个傲人的称谓——郝大少。花钱如流水，追女如换衣，大学四年，就谈了四任女友，足可见这个花心大萝卜是多么的名副其实，所谓登徒浪子纨绔子弟莫过于此。当然，这些都是郁筱梦后来知道的，如果当初知道郝仁军的真面目，杀了郁筱梦十遍，她都不会嫁给郝仁军，更不会听那些媒人吹得天花乱坠。

当初她决定离婚时，经历过苦楚、迷茫、无奈、绝望，失眠和内分泌失调随之而来，越来越离谱，白天困顿得要死，夜里却跟打了鸡血一样斗志昂扬。知道躺着也睡不了，她索性不躺了，干脆起来做家务，打扫卫生。父亲郁有德那一百平方米的十年老房里，被她打扫得跟五星级宾馆一样，光可鉴人。她用了整整一年的时间，才摆脱离婚的阴影。

调节过来后，郁筱梦的身上，用于乐乐的话来说，就是发生了巨变。

郁筱梦变了，她不再是当初那个将婚姻当做一切的小女人，她变得独立自主要强。她将自己曾经那么喜欢的休闲风格的衣服统统扔掉，美容院养生馆里经常能看见她做保养的身影，GR 里看到的郁筱梦，永远是精神干练的，有公司职员议论她，说她离婚后反而比没离婚的时候要漂亮要明媚。她的设计越来越出色，当上总监后，GR 女装在市场的占领份额一路上升，她成了 GR 的一块招牌一块宝。有猎头出高价挖她，却被她婉拒，她喜欢 GR，她不舍这块见证了她从跌落谷底再到上升高峰的地方，GR 也从来没有给她上过束缚，每一季的衣服，都按她的想法全盘去做。

都说女人要拿自己当公主，可对她郁筱梦来说，她要拿自己当女王，她已经历涅槃的剧痛。

只是，她不再相信爱情了。

她不相信这世间还有一种东西，叫做爱情。她也不相信，她会再次遇到真正的爱情。作为一个单身妈妈，她唯一的想法就是做好自己的工作，照顾好女儿。还有就是当女儿情窦初开的时候，她告诉女儿一定要擦亮眼睛，看清对方。

这个世界上，如蒋一澍或郝仁军那样的男人，真的太多！

她也不相信，自己会再一次心动。

见到林叶柏时，那只是一种惺惺相惜，或者说是同病相怜，再或者，是因为害怕寂寞。

至于何煦……郁筱梦没有想过。她和他的世界，差得太多太多。

可是为什么？为什么刚刚想到他的那一瞬，心竟然会莫名地温暖起来？仿佛有人持了烛火在身旁守候着。

这个人，是何煦？不，不会的！她兀自摇头。

难道……自己真的爱上了那个小气自大又无礼的男人？

铃声响起，打破一室的沉静，郁筱梦回过神来，父亲郁有德的号码赫然显示在手机屏幕上。她接起，挂上电话时满脸煞白。

第三卷

往事

21 难以正视的是非题

郁筱梦开着飞度心急火燎地往家赶去，刚出公司不久，就接到了何煦的电话，何煦问她在哪？郁筱梦一边开车，一边焦躁地告诉他郝林林病了，准备回家带她去医院。

何煦愣了一下，随即说自己去帮忙。郁筱梦还没来得及拒绝，他已挂了电话。郁筱梦没由来地一阵紧张，不由得攥紧了方向盘。下意识地，她想离何煦远点，可是，接到他的电话，又莫名的心安。她无奈地叹息了一声，不再去想这些。

郁筱梦赶到家时，上吐下泻的郝林林正缠着外公郁有德哭闹。她早上起来贪嘴，一连吃了两只"可爱多"冰淇淋，又跑到外面疯玩了半天，回到家吃了一肚子零食，到了下午，就开始拉肚子。郁有德以为她是普通着凉，就给她喝了不少热水，又揉了一会儿肚子，但没效果。

简单收拾了几样东西，老少三代下楼，一出楼道，就看见正从车里下来的何煦，没想到他真的来了。郁筱梦僵了一下："何煦，这么急，有事吗？"

"你把材料全扔在会议室了。清洁工打扫的时候，正好我路过，就给你带回来了。"何煦笑笑，转头向郁有德怀里的郝林林伸出手，"叔叔你好，我是筱梦的同事何煦。来，林林，还记得叔叔吗，叔叔带你上医院好不好？"

"别，不麻烦了。我带去医院就行了，材料给我吧。"郁筱梦本能地拒绝。

"没事，开我车去吧。要不叔叔在家歇着吧，照顾了一天肯定也累了。"何煦说着，就伸手去抱郝林林。很奇怪，郝林林也要他，一伸手就歪了过去，竟然熟悉得不得了似的。

郁有德意味深长地看了看何煦，又看了看郁筱梦："我还是跟过去吧，在家也不放心。筱梦，先走吧，这位何先生在，也可以帮些忙。”

“走啦！郁妈妈！”何煦转身，伸出长腿，踢了郁筱梦一脚。

郁筱梦抱着郝林林坐在后座上，郁有德坐在副驾驶座上，何煦一路将车开得又稳又快，幸好晚高峰刚过，路上车少。

进了医院，何煦一点也不见外，排队挂号缴费。候诊的时候，没有地方坐，大部分的时间，都是何煦抱着郝林林，郁筱梦和郁有德反而跟没事人一样闲在旁边，都闲得有些尴尬。

郁筱梦过意不去，几次伸手，却都没抢回女儿，没办法，郝林林说了：“何叔叔抱着最舒服！”

大半个小时后，终于轮到林林，医生确诊是吃坏了肚子，急性肠炎，要输液，一家子总算是松了口气。

郝林林折腾了半天，沉沉睡去。郁筱梦坐在病床边看着女儿，一动不动。郁有德回家去煮白粥了，急性肠炎只能吃这些清淡的。何煦靠着门，看着郁筱梦蜷在椅子上的背影，没说话，也没走的意思。

一会儿，郁筱梦转头，看他正目不转睛地盯着自己，脸色微红：“你怎么还没走啊？”

“免费劳动力用完了，就撵我走了？”何煦不满。

“我让你来的？是你自己非要跟来的，好吧？”

何煦手插裤兜，晃晃悠悠地走了过来，靠在床边：“是，我脸皮厚，非要跟你过来。”

郁筱梦还没来得及说话，他又说：“我饿了。”言辞里竟有几分小孩子气，仿佛撒娇一般。

“要不……你回去吧，真的，八点多了，该吃晚饭了。”郁筱梦看了一眼手机，说得诚恳。

“你不吃？”

“我等我爸过来，他会给我带的。”

“哦！好。那你先好好照顾林林吧。”何煦转身出了病房。

不大一会儿，郁筱梦正伏在女儿病床畔昏昏欲睡，只感觉肩膀被人轻轻点了一下，猛地惊醒，再看身边人，竟然是何煦又回来了。

“哎？你怎么又回来了？”郁筱梦惊讶。

何煦抬起手臂，晃了晃，一个塑料袋装着几个一次性饭盒在郁筱梦眼前荡了荡。他说：“我出去吃了点东西，给你带了些。”

郁筱梦心头一暖，又觉过意不去：“何煦……不是让你回家的吗？”

“我妈和沈姨去厦门玩去了，我一个人回家也很无聊啊。”何煦说着，挪过床头柜，腾空上面的东西，将饭盒一个个掏出来，打开。做这些事的时候，他很认真，也很小心仔细。川菜的味道一下子冲进郁筱梦的鼻子，刺激着她的味蕾，这么久了，中午也没吃好，她是真饿了。

看着郁筱梦咽着口水的模样，何煦抽出一次性筷子，递给她：“快吃吧。”

郁筱梦默默地接过筷子。

“好吃吧？这家川菜还不错的。”何煦洋洋得意。

“何煦……”郁筱梦微微垂着头，看不见表情，只是声音低落。

“怎么了，不好吃？”何煦诧异，掏出一双新的筷子，夹了一块，“不错啊，我吃着还行。比沈姨做得是差了点，但也还凑合啊。”

“不是……”郁筱梦轻叹一声。

“那你怎么了？”

“何煦，你……为什么……”郁筱梦咬了咬牙，却没有说出下面的话。她很想问何煦，为什么要帮她。

何煦将头别向旁边，半晌，转了过来：“郁筱梦。”

“我不喜欢金蔷薇。我和她……也不是那种关系。”何煦一手捏着一支筷子，轻轻地敲击着，发出“哒哒”声。他此刻坐在病床上，两条长腿笔直地伸着。雪白的衬衫，笔挺的西装，质地做工都相当精细，深紫色领带被取下了，领口的纽扣解开了两颗，破坏了这套衣服原本的严谨，却添了几分淡淡的不羁。

他抬起头，叹口气：“筱梦……其实，我不太懂我对你的感觉。

我一直觉得这不太可能，我很正常，我没毛病，但是……事实上，这感觉很奇怪。”何煦转过头，舔舔嘴唇，喉结动了动。他的眼睛很大，黑白分明，眼光透彻又带着点迷茫，他说：“郁筱梦，你有没有兴趣，我们交往试试？”

他说得断断续续，似乎毫无重点，但郁筱梦听懂了，尤其是听懂了最后一句。毫无心理准备，她不由怔住，随即仓皇地将筷子先是搁到床头柜上，又拿起来架在一次性饭盒上，然后尴尬地交叉双手，放到膝盖上，觉得不舒服，又放到床边。

何煦也很窘迫，这不是他第一次对女性表白，但却是第一次对一个单身妈咪表白……又在医院这种地方，还说得磕磕巴巴词不达意，大失往日流利的口才。他有些后悔，后悔自己的冲动。可话一出口，再后悔也来不及了，只能静静地，静静地等郁筱梦开口，给他一个答案——同意，还是不同意。

他感觉自己就像是在等待法官宣判的犯人，结果很重要，等待很漫长……

22 只要你幸福

“为什么？”许久，郁筱梦发出疑问。

“为什么是我？”她补上一句。是的，为什么是她呢？

何煦明显被她问得怔住，将手中的一次性筷子投向墙边的垃圾桶，却没有命中。

“算了，当我没说。”他突然自我解嘲，然后起身直直腰，故作轻松，“哎呀！天好热，我回去了，你好好照顾林林吧。”

直到郁有德拎着白粥进了病房，郁筱梦才微微清醒。

何煦刚刚说什么，是交往试试？什么意思呢？她满脑子转着这个念头，郁有德连喊三声，才喊回了她的三魂七魄。

察觉到郁有德的眼光一直盯着自己转，郁筱梦抬起头：“爸！你盯着我看什么呢？我长尾巴啦？”

郁有德笑笑：“你那个何总监，很年轻啊。”

“谁说的，人家研究生毕业，比我大几岁呢。”郁筱梦没好气。

“面相很年轻啊！”郁有德有点吃惊。乍一看，他还以为何煦不过二十五六岁呢，现在人保养得体，还真是看不出年龄。

“他？其实人还蛮能干的，就是有时候能把你给气死！”说着，郁筱梦不觉笑了出来，“公司里很多女同事都很迷他的。”

她一笑，郁有德看她的眼神就变了：“筱梦，你们俩不会是？”

郁筱梦一惊，连忙摆手：“爸，你瞎想什么呢？”

“哎……”郁有德叹口气，没多说什么，看了看一床头柜的菜，小心地挪出一个空地，将手里的保温桶放上去，“其实你跟林医生也好，何总监也好，爸看着，都不错。闺女啊，只要你幸福，你爸我也没什么其他的想法了。

我也就想啊，有个人帮帮你，照顾照顾林林，你也轻松些。”

“爸……你看你，又说这些！”郁筱梦嗔怪。

“好好好，不说了，你也快三十岁了，是大人了，我老跟着瞎操心叫什么事呢？来，筱梦，喝碗粥吧。”郁有德哈哈一笑，打开保温桶，倒出一碗热腾腾的白米粥，递给女儿，又从一个玻璃瓶子里夹出郁筱梦最喜欢吃的腌芋头搁到保温桶的盖子里。

捧着热乎乎的白米粥，嚼着清香的芋头片，看着给郝林林轻轻地掖着被角的郁有德，郁筱梦陷入沉思。她想起自己刚同郝仁军离婚的时候，郁有德也说过同样的话。

当时，她告诉郁有德自己和郝仁军离婚了，郁有德分外吃惊。

郁有德这一代人，是不太能够接受“离婚”这两个字眼的。从一而终相伴到老是他们这个年龄的人对婚姻的看法。当他知道筱梦离婚后，吃惊地说：“筱梦，过得好好的，离婚做什么？孩子都这么大了。过年的时候不还好好的吗，这会儿怎么说离就离了？”

郁筱梦起身，走到郁有德身旁坐下，轻轻地拍了拍父亲的背，又将头靠在郁有德的肩膀上。

“爸，我们离婚也是有不得已的苦衷，过得好端端的，谁想去离婚呢？”她哑着嗓子说，“年前就决定了，只是想大家过个好年，所以一直没说。”

“你也知道，还离？”郁有德颇为生气。

郁筱梦无奈，直起身子，倒了杯水，递过水杯给郁有德，轻轻地说：“郝仁军他出轨了。”

“出……出轨？”郁有德愣了一下。他那个女婿平时看起来很老实，不像是会在外面瞎搞的人啊！

郁筱梦点点头。

“外面有人了？”郁有德将信将疑。

“嗯。”

"筱梦,我看仁军不是那种花天酒地的人啊。"郁有德还是不相信。

"爸——看人怎么能只看表面?"

"他都不是一次了,前两次,我没说而已。"郁筱梦小声说道。

"还有两次?那好几次啦?"郁有德真的吃惊了,也确信女儿不是在推卸责任或者撒谎。他对郝仁军的感觉不错,但是,他更相信自己女儿的人品。

"是的。还每次都被我捉到了,胆子大得,都带到家里。"郁筱梦说到这个,登时觉得难以启齿,"你要说像,谁想到他那样一个人,会干这么龌龊的事?"

郁有德不再说话,从他紧皱着的眉头可以看出,他不敢相信,自己的女婿会是这么一号人。

"那离婚……是你提的?"郁有德问。

郁筱梦想了想,摇头:"一开始我是想的,但是,和他谈了一次,我也有不够好的地方,所以,决定再处处看,毕竟都结婚四年了,不可能说离就离的。"

说到这,她的嗓子更哑了:"可是后来,他妈来了,直接要我离婚。"

"啊?"郁有德嘴巴张得老大,"为什么?"

"他妈一直不喜欢我。这您是知道的。还有,她明说了,嫌林林是个女孩,她想要抱孙子。"

听完这话,郁有德顿时心疼起女儿来,他知道余曼春一直不待见郁筱梦,但没想到竟然会到逼郁筱梦离婚的这一步。

"这个余曼春。当初你说谈的对象是郝仁军,我就怕你和她处不来。唉,我老了,你们年轻人的事,我也管不了了。离就离吧,要是离了你能过得开心些,我也认了。"他顿顿,"不过,林林归咱们!"

一听这话,郁筱梦的眼泪一下子涌了出来,她一头扎进郁有德的怀里,哭了起来。

仿佛是回到了郁筱梦小时候,受到委屈时,郁有德静静地拍着她的后背,轻声地说:"我就你这么一个女儿,只想你过得好。"

想到这里,病房中嚼着芋头的郁筱梦,不由红了眼眶。

郝林林住院两天,郁筱梦就请假陪了两天。两天后再去公司,刚露个影子,于乐乐就立马黏了过来。

“你家宝贝怎么样了？”

“急性肠炎，吊了两天水，差不多好了。”郁筱梦揉揉额头，这两天她都在医院里陪床，自然没睡好。

于乐乐又闲话了几句，最后干脆坐到郁筱梦对面的椅子上，没有离开的意思。

“还有事？”郁筱梦看她一眼，“哟，做新发型了！”

“什么呀！上个月就做了好吧！”于乐乐翻个白眼，拿指头戳戳桌面，又翻翻台历，拿起笔百无聊赖地画着圈圈。

“什么事，说吧。”

“呃……那我可真说了。”于乐乐凑近了些，她对自己使的这一招“欲擒故纵”产生的效果十分满意。

“说……吧！”

于乐乐清清嗓子：“筱梦啊，这两天你没来，蒋一澍给我打电话了。”

“哦？”郁筱梦抬起头，“他想追求你？”

“什么啊！”于乐乐哭笑不得，伸手拍了她肩膀一下。

“蒋一澍呢……说实在话，你俩当时分手时，我可是跟你统一战线的。不过这两天，他打电话给我，倒是说得情真意切，他还想跟你在一起，说得眼泪一把鼻涕一把的。我这个外人吧，看了都替他老人家难受。”

“乐乐……你信？”郁筱梦摇摇头，“反正我不信。”

“筱梦……”

于乐乐从桌上的口香糖小瓶子里掏出一粒口香糖，塞进嘴里，不过瘾，又掏了一颗：“蒋一澍这个人吧，总体上还是不错的。我也承认，为了所谓理想分道扬镳，是有点无情了。可筱梦，当初蒋一澍有自己的理由跟原因，他跟你说了吗？”

“他有什么理由啊？无非是 BOA 更适合他，而且开出了不错的条件。而我选择了 GR，成为了他的对手。”郁筱梦说到这，有点激动，好在定力不错，深呼吸一口气之后继续心平气和。

“那他当初有没有让你一起去 BOA？”

“有。怎么了？”

“你怎么说的？”于乐乐步步紧逼。

郁筱梦一迟疑："我说 GR 更适合我。"

"这就是了！蒋一澍当初选择 BOA，是因为那会他妈正好要做手术，得大笔的医疗费，BOA 为了吸引他过去，给他开出了预付三年薪水的条件。你说你来 GR，他也跟 GR 的人事部接洽了，但他提出预付薪水的时候，GR 这边拒绝了。你也知道，当时的 GR 跟 BOA 根本没法比。这些，他蒋一澍告诉你了吗？"于乐乐问。

郁筱梦不再说话，于乐乐所说的这些，是她不知道的。她没有想过，当年两人的分道扬镳，背后还有这么一段隐情。

看着泄了气的郁筱梦，于乐乐缓缓抛出一句："其实我们都冤枉他了不是吗？"

"蒋一澍说他这些年过得也不好，尤其是知道你离婚后，他总觉得跟欠了债似的。但他也没勇气再找你。他那天打电话给我，就是告诉我，他横竖要争取一下，让我别总拦着。他还说，当年因为经济原因，他给不了你的幸福，他要补回来。"

于乐乐说到这，眼睛里都闪着泪光了，看得出，那个电话是十足地打动了她。

郁筱梦沉默，手指搓捻着桌面那支派克笔。

"筱梦……我们好几年的朋友了。我真心希望你幸福，你这个人我还不知道吗？你表面上撑得这么厉害，刀枪不入的，我们同事都佩服你。但咱们都是个女人，谁不想人疼想人护呢？别人不理解，我还不懂你？"于乐乐颇为动情。

"你跟那位林医生……感觉不来电吧？"看郁筱梦一片默然，于乐乐试探着说。

郁筱梦一怔，于乐乐这话直戳她的内心。她终于明白，为什么和林医生在一起，总觉得少些什么。原来如于乐乐所说，就是所谓"不来电"。

"为什么这么说？"她反问。

于乐乐如老江湖般地一笑："恋爱中的女人，哪个不是死去活来患得患失的，你有吗？瞧你一门心思扑在工作上，哪有谈恋爱谈得这么不忘我的？"

郁筱梦莞尔，伸出手，握住于乐乐的手："乐乐……"

话未说完，却被于乐乐打断："别说！很酸的，我知道！"

在心中犹豫许久，郁筱梦告诉于乐乐，何煦在病房里同她说的那些话。

于乐乐一听，又是高兴又是吃惊，促狭道："有你的，筱梦，你最近桃花很旺啊！"

是啊！身边有一个所谓的男友，初恋男友还要来吃回头草，对郁筱梦来说看起来还算靠谱，可公司里万人迷的帅哥总监也说喜欢自己，这就真的没天理了。

于乐乐掏出手机特意翻了翻老皇历，还顺便查了一下星座运势：摩羯座，本月份事情多，折腾多。这段时间你的心情容易有郁闷的情况，容易招惹烂桃花，自己注意甄别，爱情运势比较旺，单身的摩羯有望找到真心伴侣。建议你依照自己平时的步调做事，必定可以顺利将事情了结。

看起来不错。

"烂桃花是在说蒋一澍还是林医生？那么真心伴侣……天哪天哪！"于乐乐越看越激动，指着手机屏幕大呼小叫，郁筱梦只差扑过去捂住她的嘴巴。

"不过，乐乐，我跟蒋一澍……真的不会再有可能。"郁筱梦实话实说。

"理解。其实我也就一劝，看他说得也真心实意。我一直以为他心血来潮吃回头草，当初伤了你，现在还这样，就太过分了。没想到，我们都冤枉他了。"于乐乐点头，"而且我看你跟林医生似乎也没什么戏，所以，蒋一澍好歹也是一个选择。"

"不过，跟何总监比，他俩都太'小巫'了！"于乐乐又开心地说道。

"你说……我答应他还是……"郁筱梦迟疑。

"当然是答应了！"于乐乐毫不犹豫。

"哦？为什么？"

"首先，三者相比，何总监最帅！你也说过的，何总监母亲也是很出色的女性，以此类推，你们若是有下一代，也必定是很优秀的。最重要的，你跟何煦的绯闻可是早已飞遍了 GR 大楼啊！不在一起，都对不起广大观众！你呀！我看你还是乖乖从了吧！"于乐乐笑得抽筋，差点从桌上滚下去，"筱梦师太，你就从了何煦方丈吧！"

郁筱梦又好气又好笑，抛出手边一个文件夹，正对于乐乐的脑袋。于乐乐伸手挡住，文件夹里的材料飞散一地，她连忙喊了起来："哎！我整理了半天的，你就这么抛了！"

“让你体验一下什么叫做大喜大悲！”郁筱梦说着，将落在桌上的两张材料顺手拨了下去，纸张晃晃悠悠地落地。于乐乐坐在对面直咬牙：“郁筱梦！我真是瞎了眼，还坐在这给你指点迷津出谋划策！你竟然就这样糟蹋我的劳动成果！恨你！”

郁筱梦乐不可支：“谢谢你了！于大师！麻烦你把你的劳动成果捡起来，再按顺序排好。”

于乐乐突然正色，一本正经：“筱梦，跟你说实话呢！你真的可以跟何煦试试。”

见郁筱梦面露犹疑，于乐乐接上去：“你担心什么？我觉得你什么都不用多想，林林啊，离过婚啊，他不在乎，你又怕什么？”

说到离过婚，郁筱梦不免微怔，确实，这是她最放不下冲不破的桎梏。她之所以当初能放下心同林叶柏交往，正是因为林叶柏也有过婚史……在这方面，她多少是自卑的。

“筱梦，你要相信你自己！试着接受他，走一段试试。”于乐乐转而一副鱼死网破的神情，“再说，就算不成，你也没什么损失啊！轰轰烈烈地去爱一场，多好！”

“爱什么啊？”未等办公室里的两个女人反应过来，何煦已经推开门，站在门口了。

说曹操曹操到。而且，这个曹操从来不敲门。郁筱梦和于乐乐傻了眼，尤其是郁筱梦，更是心跳得厉害。想到她刚刚同于乐乐的谈话，也不知道有没有被何煦听到，心中不免一虚。

“啊！郁总监！我那边还有事，我先走，先走！”于乐乐说着，笑嘻嘻地冲郁筱梦挤了挤眼，装模作样地弯腰收拾好地上的材料，“不好就不好呗，扔什么啊！”然后一溜烟，不见了影子。

23 想爱，就不能害怕有伤痕

一下子，办公室里安静了下来，何煦就那样站在门边，没走进，也没出去的意思。郁筱梦后背僵直地坐在椅子上，眼睛不知放哪里。

“嗯……”想了想，似乎还是她先开口比较合适，“有事？”

何煦摇摇头，又点点头。

郁筱梦被他逗笑了：“你到底是有事还是没事？”

何煦笑笑，却微微侧过了身子：“郁筱梦，那天我说的话，不是开玩笑的。”

“你……要是不愿意，当我没说。”他的声音里透着无奈和艰涩，说完拉过门把，准备出去。

“等等！”郁筱梦“腾”地一下站了起来，朝何煦走过去。每一步，都小心翼翼；每一步，都如履薄冰。

何煦转身看着她，见她脸色微微地有些红，目光闪烁欲言又止。

终于，下定决心一般，郁筱梦开口了：“何煦，我离过婚。”

“我知道。

“我有孩子。”

“我挺喜欢她的。”

“我……脾气也一般。”

“有心理准备。”

“我也不漂亮！”

“你有气质。男要潜质，女要气质。”何煦笑了起来。

“那个……我，你妈妈……”

“她也喜欢你。”

“何煦……”郁筱梦还是犹犹豫豫的。

“还有什么？”何煦认真地看着她。

见郁筱梦不语，何煦伸出双手，扶住她的双肩，将她推至玻璃窗前。

“筱梦，你恐高吗？”

“不。”

“我恐高。”何煦坦诚，“三楼以上，我就觉得很晕。丢人吧？”

“但我不能因为恐高，就拒绝到楼层高的地方上班。相反，我还很喜欢登山。不到一个合适的高度，是没办法体会那种居高临下的感觉的，因为恐高，而选择放弃的话，就永远不能体会最后的胜利带来的成就感。

同样，喜欢一个人也是这样。我不能因为你是一个单身妈妈，就放弃去喜欢你，爱你。那样，可能意味着失去的更多，也有可能意味着，我错过一个合适的爱人。而且，很可笑的是，我现在控制不住我自己，控制不住不去想你。"

"何煦……"

"嘘！女王，别说话，你看那边那朵云，像不像懒羊羊的发型？"

"你也看动画片？"

"很好看不是吗？"

"你的爱好怎么都跟林林一样啊？"

"下次我带她去肯德基抢玩具，一起去电影院看喜羊羊的电影。"

"唔。"郁筱梦不再吱声，何煦的双手有力地扶着她的肩头，带着不容置疑的坚定，那样的温暖。第一次，站在玻璃窗前的郁筱梦，觉得是这样的暖。

郁筱梦发了一条消息给林叶柏，婉转地表明，自己觉得两人不合适。林叶柏是个聪明人，过了片刻，回了条信息："祝你早日找到自己的幸福，筱梦！下次去福利院记得喊我。"

看到消息，郁筱梦莞尔，或许，林叶柏是个不错的伴侣，也是个不错的朋友，但……真的不适合她。

于乐乐第一时间得知消息，嚷着让她请客，郁筱梦说等周末，让何煦请，于乐乐闹了半天才作罢。一转头她就去出去散布消息了，这样做的直接后果是，全公司再一次被搅动，上上下下都知道设计总监郁筱梦跟销售总监真的谈了，间接的后果是，金蔷薇来了。

金蔷薇连门都没敲，径直就走了进来，郁筱梦正坐在电脑前改设计稿，被吓了一跳，一见是她，莫名的一阵心虚，说真的，她觉得最对不住的就是金蔷薇。

何煦告诉她，自己真的不喜欢金蔷薇，而且所谓交往，却是另有隐情。金蔷薇不知托了什么人，找到了何建平，从中当媒人牵线。何建平一听条件不错，便非逼着何煦和金蔷薇接触接触，何煦无奈，陪着吃了两顿饭。这样看来，金蔷薇倒是个痴心的人，虽然郁筱梦和何煦之间的绯闻漫天飞，她还是很执著地追求何煦。郁筱梦不由对她另眼相看。

金蔷薇一屁股坐到郁筱梦对面的椅子上，双手抱在胸口，颇有兴师问罪的架势。

郁筱梦放下鼠标，十指交叠："蔷薇，有事？"

金蔷薇不语，一双大眼波光潋滟，慑人心魂。她人如其名，真的是个极美的女子，又有清高的气质。论外貌，和何煦倒真能算是一双璧人。

"你应该知道的，筱梦。"郁筱梦没有喊她金总监，金蔷薇也直接称呼她为"筱梦"，言简意赅，大家心里都明白，与公事无关。这不过，是两个女人间的私事。

"何煦？"郁筱梦微微挑眉。

金蔷薇没作声，算是默认。

"你想知道什么呢？"郁筱梦问。

金蔷薇笑笑，脸上闪过一抹难堪："你们两个……是不是真的？"

"嗯。"

"什么时候，上次他拉你进电梯那时候？"

"不是。"郁筱梦坦诚。

金蔷薇沉默片刻，郁筱梦也没说话。一会儿，金蔷薇叹口气："其实我以为我有机会的。"

"我父亲的一个学生和他母亲相熟，我还特意托了人家去做媒。"她说完，掩饰般一笑，"我知道我肯定是挺丢面子的，追人家都追到门上去了。"

"不会的。蔷薇，你有这个勇气，我很佩服，也很羡慕。"郁筱梦坦言。

金蔷薇看她一眼，眼神复杂："筱梦，对他好点。何煦真的是个不错的男人。他同我吃过两次饭，很有君子风范。作为一个男朋友，他一定会让你开心浪漫地过每一天的。"金蔷薇说这话的时候，艰涩挫败，却是诚心诚意。

"我相信你说的，何煦如你所言，是个不错的男朋友。不过，蔷薇，你会碰见一个适合你的人，他一定会疼你爱你的。"郁筱梦动容。

金蔷薇笑了起来："承你吉言！不过，何煦只有一个不是吗？"

郁筱梦有些不忍，她不知道还能说些什么。她同金蔷薇接触不多，只从别人口中知道此女心高气傲，本以为金蔷薇此来是撒泼哭闹，却没想到，她不光长得人如其名，性格也是坚强笃定，出乎郁筱梦的意料。如此大度的女子，她真心见得不多，极为欣赏，竟然有了惺惺相惜的感觉。

“我走了。筱梦，输给你，我不服气，但我认输！因为何煦选的是你。希望你们好好珍惜，能够幸福。”金蔷薇站起身来，伸出一只手。

郁筱梦连忙站起，轻轻握住：“谢谢。”

金蔷薇离开后，郁筱梦一个人坐在办公室里，仔细地回想她跟何煦的过往。她嘴角扯出一丝微笑。她觉得很像在做梦。从第一次见面到办公室里争得不可开交，再到后来的交集往来，一幕幕在她脑海中播放重演，想到哪里，她都会无声地笑。一开始自己无意识，后来发现了，又嘲笑自己如初恋的小女生一样情难自禁。

她一直抗拒的，害怕的，竟然不过如此简单。她终于明白了自己的心。她想爱，一直想，却怕受伤害。曾经的爱情，带给她的伤痕那样的深，深得她不敢踏入下一次爱情，直到何煦伸出那只手，带着她，踏入新的爱情。

是谁说的？

对的时间，遇见对的人，是一生幸福；

对的时间，遇见错的人，是一场心伤；

错的时间，遇见错的人，是一段荒唐；

错的时间，遇见对的人，是一声叹息……

郁筱梦无声问，何煦，遇见你，将是一生幸福，还是一场心伤？

24 你的甜蜜，融化了我的心

一大早，郁筱梦匆匆走进办公室，满脸睡意还未散去。都怪何煦，昨晚非拉着她和郝林林，又拖着郁有德四个人浩浩荡荡地去郊外吃什么农家菜，吃完了还带着泡了一下所谓的温泉，结果导致今早起不来，直接迟到。

不过……昨晚的农家菜，味道真是不错，尤其那碗白肉，蘸上农户自己调的辣椒酱，味道真是极美。想到这，郁筱梦的起床气就消了一半。果然，美食的力量是无穷大的。

“砰”的一声，办公室的门被肆无忌惮地推开，郁筱梦一皱眉，头都没抬：“何煦！”

“跟你说了多少次，敲门！”

何煦“哦”了一声，退出，敲门，然后将门推开一丝小缝，伸进一只手，还拎着一个塑料袋，在那边晃悠着。

“郁总监！您早饭吃了吗？”

郁筱梦没理他。

“美女！赏个脸吃个早饭吧？”

郁筱梦继续绷着。

“女王陛下！您可以享用您尊贵而美味的早餐了！”

郁筱梦笑得歪在了桌上：“你快进来吧！也不怕被人看见。”

何煦走进来，将塑料袋扔到郁筱梦面前：“尝尝，我家小区门口的鸡蛋饼，味道一流的。”见郁筱梦拎过袋子打开，一副怀疑的模样，他连忙凑了过来：“没放香菜！”

“你怎么知道我不吃香菜？”郁筱梦挺吃惊的，她从来没有在何煦面前说过自己不吃香菜。一般在外应酬，她也是尽量不着痕迹地挑没有香菜的菜吃，很少谈及自己的个人癖好。

“上次你跟你那位林医生在我妈那儿吃饭的时候，吃那桶豆花，别的配料都放了，就是香菜你没放。”何煦笑笑。

郁筱梦咬着蛋饼，不作声，心里却是暖暖的。她真没想到何煦是如此细心的人，作为一个男人，相当难得。

如果说林叶柏是山，那何煦绝对是水。

林叶柏给郁筱梦的感觉总是稳妥不变的，没有多少惊喜，却踏实有序，不够主动也不够热情，不远不近地处在一个合适不过分的距离，却因此少了些热度。就像那句话说的：你来或不来，我都在这里。

而何煦……就像是水，各种各样的水，时而沉静时而激荡，时而温柔时而狂野。你说他有大海的深沉，他偏偏能折腾出山泉的跳跃；你说他有细雨的缠绵，他忽而又如山洪一般的激烈。郁筱梦很奇怪这么多复杂的感觉会在他一个人身上呈现，何煦说：“那你就当我是精神分裂的多重人格吧！”

“神经病！”郁筱梦笑骂，她其实是个定力很强的女人，对于办公室恋情，她一贯的态度是：谈恋爱可以，但一定要公私分明。可不知道为什么每次高层开会，一和何煦坐对面，夹在众人中，两个人一本正经地看材料谈看法，她就觉得很好笑。何煦在公司行事风格一丝不苟有板有眼，可私底下同郁筱梦在一起的时候，就是个大男孩，尤其跟郝林林在一起的时候，玩起来极疯。

最重要的是，何煦很尊重郁有德。

郁筱梦将自己同何煦谈恋爱的事告诉郁有德后，郁有德没多说什么，只是让她自己把握，觉得幸福快乐就好，又嘱咐她有空将何煦带回来吃饭。郁有德倒是开明，很直接地告诉郁筱梦，如果是以结婚为目的的恋爱，那么和对方父母的接触也就显得很重要，毕竟筱梦是有过婚史，还带着孩子的。

郁筱梦将这话委婉地说给何煦听，何煦脑袋直点，然后身体力行，过几天便主动登门拜访郁有德，又隔三岔五地带郝林林和郁有德一起出来吃饭玩耍，哄得老少两人十分开心，对他的好感度直线上升。

郁有德说："筱梦啊，何煦真的不错。好好把握！"连郝林林都看出了端倪："妈妈，那个何叔叔是不是在追你啊？我觉得他比爸爸好！总是带着我一起玩！"

郁筱梦怎么听怎么都有胳臂肘往外拐的味道，但心里却分外甜蜜。她和何煦都不是那种过分矜持的人，大家也都是熟男熟女，谈起恋爱来，没那么多心机和算盘，反而相处得轻松自然。虽在同一个公司，但不在同一个部门，既能知道对方的去向，又不至于太透明，这是一个很好的距离，郁筱梦很满意。

一个蛋饼吃完，那边何煦已经泡好一杯奶茶递了过来，然后悠闲地坐到郁筱梦对面，看她认真地用湿巾擦着嘴角。

喝了一口奶茶，郁筱梦满意地抬起头，笑了一下："咦，温度正好。"

何煦笑了笑："香港有个丝袜奶茶，我在那读书的时候，同学请过去喝，排了很长的队才到手。不过是真好喝，以后有时间，我们带林林去迪士尼玩，顺便去尝一下。"

郁筱梦垂下眼皮没作声，喝完那杯奶茶，很是心满意足："真好喝。"

"那我明天再给你泡。"何煦立马接口。

"好啊！"郁筱梦在心里暗笑，若是其他女同事知道风流倜傥玉树临风的GR第一帅哥何煦何大总监竟然屈尊给女朋友泡奶茶，而且手艺还相当不错，恐怕眼珠子要集体掉地上去了。

金蔷薇说得没错，何煦确实是个相当称职而优秀的男朋友。他细心体贴，跟他在一起，出去吃饭也好，唱歌逛街也好，他总能将对方照顾得妥帖而不过分，这点很出乎郁筱梦的意料。刚开始同何煦接触，她是有所顾忌的，毕竟从第一次见到何煦到之后的每一次相处，何煦给郁筱梦留下的印象，除了小气自大不讲理之外，还是小气自大不讲理……她甚至在答应与何煦的交往之后，有那么一瞬间的后悔，怕自己做出了一个错误的选择，但目前看来，这个选择是正确的。

何煦人如其名，让郁筱梦感受到了恰到好处的温暖，她常常会忘了自己是离婚女人单身妈咪的现实，仿佛是回到了最简单最纯粹的恋爱时光。

周六，这星期郁筱梦破例没去福利院，也破例没将郝林林送到郝仁军那儿，因为何煦说好带她们去游乐园玩。

八点多的时候，何煦就过来接她俩，还不忘问一声郁有德要不要一起去。郁有德笑着说自己一把老骨头，经不起那些过山车海盗船的折腾，还是看家守舍更适合他。

郝林林在后座上跳得厉害，嘴里不停喊着“叔叔快开车快开车”。她今年五岁，还是第一次去游乐园，难免兴奋。之前郁筱梦一直说她岁数太小，游乐园的项目不适合她。这次何煦说带郝林林去游乐园，郝林林整整乐了两天，还告诉了幼儿园同班的所有小朋友。等到了游乐园门口，她就真的像脱了缰的小马驹一样，撒欢着到处跑，

六月底，天气已经很热。坐了一圈小火车，又玩了一会儿沙堡，郁筱梦就直喊“热”，郝林林又闹着要吃冰激凌，何煦转身便去买了，回来的时候拿了两支“可爱多”蛋筒冰淇淋。

一支剥好，递给郝林林，另一支剥好，递给了郁筱梦。郁筱梦接过，咬了一口，冰得牙酸。她看着何煦额头上沁出的细密汗珠，有点过意不去：“你怎么不吃啊？”

“我不太爱吃这个。”何煦笑笑，又俯下身子将郝林林的冰激凌外面的包装纸撕开一点，“慢点，要吃到纸了。”

郁筱梦默默地看着何煦照顾郝林林，突然感叹：“何煦，你跟我想的还真不一样。”

“哪里？”何煦直起身子，翻着手里的游乐园地图，拿笔标注着下一个项目

去哪里玩。郝林林还小，确实大部分的项目不适合她，得挑那些没危险不算太刺激的。

“我以为你这个人，大男子主义会很强的，没想到你竟然还有耐心照顾小孩子。”郁筱梦边咬着冰激凌，边悠闲地说。

何煦合起地图，看了她一眼：“我哪里……”话音未落，郁筱梦将冰淇淋下面那块有巧克力的部位塞到了他的嘴里，然后笑着跑开了。

何煦哭笑不得，皱着眉头咬着那块巧克力，然后发出不满的抗议：“太甜了！”

站在远处的郁筱梦“咯咯”笑着，咬着手里没有尾巴的冰激凌，跟小女孩似的洋洋得意：“我也不爱吃这个小尾巴，就是太甜了。不过你放心，我是拧下来的，绝对没口水！”

何煦一扭头，笑了起来，露出一口白白的牙齿。郝林林仰着脸，拉拉他的手：“何叔叔，我的也给你吃吧！真是太甜了！”

旁边有穿着小丑服装的工作人员卖花，红色的玫瑰，用彩色的棉纸包着。何煦站定，掏钱买了两枝。

何煦先是半蹲下来，递了一枝给郝林林。郝林林高兴得不得了，摇着手里的玫瑰花，叹道：“我可是第一次收到男生送的花啊！妈妈，我太幸福了！”接着搂住何煦的脖子，冲着他的脸“叭”地亲了一口。何煦脸上沾上了一片冰激凌奶油，也没擦，起身将另一枝花递给郁筱梦，目光灼灼。

郁筱梦红着脸接过，无奈郝林林这个灯泡极为称职，大呼小叫了起来：“妈妈妈妈，你的脸好红啊！比花还红！”

一下子，郁筱梦的脸更红了，但心里却是喜滋滋的。

晚上吃饭的时候，郝林林毫不犹豫地选择了肯德基。买儿童快餐的时候，服务员很客气地告知，玩具没有了，刚刚卖完。

两人想起第一次见面，就是为了一个玩具，不由会心一笑。何煦朝周围扫了一眼，看见角落里，有一家三口正在那里吃东西，儿子的手里就有一个小小的玩具——猪猪侠爬楼梯，应该就是套餐附送的玩具了。

“林林，想不想要玩具啊？”何煦问林林。

郝林林脑袋直点：“想啊！可是不是没有了吗？”

“你等一下！”何煦说着，朝角落的一家三口走去。

郁筱梦只见他说着什么，又朝这边指了指，那一家三口朝这边看了看，还很礼貌地点了点头，郁筱梦连忙回礼。

何煦回来的时候，手里居然拿着那个小玩具，郝林林欣喜异常。

郁筱梦极为吃惊：“你怎么要的啊？”

何煦眨眨眼：“保密！”

“瞧你神秘的。要是第一次见到你的时候，你也能这么爽快，哪会让我后面总是看你不顺眼？”郁筱梦嗔怪，“你看人家多大方！”

“不一样。”何煦咬了一口汉堡，大大咧咧，“我跟人家说的，搞不定这个小姑娘，她妈妈就不同意嫁给我，所以对方很爽快地给了！”

郁筱梦一听，又气又急：“谁要嫁给你了！”

郝林林握着猪猪侠，一下子站了起来：“妈妈不嫁，我嫁！”

何煦的汉堡一下子噎在了嗓子里，憋得满脸通红。郁筱梦看着一本正经的女儿和满脸通红的何煦，一下子笑趴在了桌子上。

25 爱情最怕太仔细

有得必有失。情场得意的郁筱梦把那辆心爱的飞度华丽丽地给撞了。

对方是位开奥迪 A6 的爷。等红绿灯的时候，郁筱梦忙着接何煦的电话，一个不小心，蹭了上去。A6 跳了下来，看着黏在车屁股后面的白色小飞度，眉毛立刻竖了起来。

“这一大早的，还真晦气！”A6 扯着嗓子。

其实 A6 真没怎么样，倒是郁筱梦的小飞度，撞瘪了正脸，看情况要送到修理厂进行面部整容了。

郁筱梦理亏：“哎呀，不好意思不好意思，失手了。”

A6 上下打量她一眼：“美女，这一大早的，哥大好的心情可都被你给破坏了啊！”

“真不好意思了，大哥。要不，咱们等交警来，看看怎么说？还是？”郁筱梦在心里祈祷：大哥您私了吧私了吧私了吧……

A6绕着车子屁股看了一眼,倒也爽快:“罢了罢了,大热的天,姑娘你下次小心点吧,我可没时间跟那些交警打招呼。几百万的单子在那等着我签呢!”说完,屁股拍拍上车走人了事。

倒是郁筱梦,还原地站着,没反应过来,一想也是,人家A6一点事都没有,还有什么好和她计较的?

开着毁了容的飞度,她心烦气躁地到了公司。下车后,路过何煦的车子,郁筱梦上去踢了两脚,要不是忙着接他的电话,怎么会一下子同那辆A6“吻”上?想到这里,她就火大。怎料何煦的雷克萨斯也不是吃干饭的,郁筱梦的脚刚落上去,它便尖叫了起来。

捂着耳朵,郁筱梦飞快地逃离停车场,真是要命,这家伙什么时候装了报警器?

知道郁筱梦的车撞坏了,何煦足足笑了一分多钟。郁筱梦就这样站在他的桌边,掐着手表,看他笑得前俯后仰,心里的火气越憋越大,终于,忍无可忍:“笑够了没有啊?”

“没……”何煦很老实。

“你!”郁筱梦银牙直咬,眼见着要发飙。

何煦适时地打住,清了清嗓子,正色道:“说真的,你那辆飞度,我看也该下岗了。要不,给你换辆?”

“不要。”郁筱梦摇头,她挺喜欢自己那辆飞度的,小而便利,开得很顺手。

“也行。不过你这几天车要送去修吧,我给你当几天司机?”何煦提议。

郁筱梦想想,又摇头:“算了,我跟修车厂老板借辆车开两天,正好认识。光指着你接送,太不方便了,再说我还要接送林林呢。”

何煦点点头,笑笑:“你别跟什么老板借了,我借你一辆。”

那辆拉风的蓝色玛莎拉蒂一下子出现在郁筱梦的脑海里,她猛地摇头:“不要不要,你那辆跑车我可开不起,万一磕着哪儿了,修都不方便。”

“那车我不给你,有辆大众的车,要不要?我买来还没开过,打算换车的。”何煦起身,凑了过来,伸手将郁筱梦脖子上的项链吊坠扶正。他的呼吸热热的,拂在郁筱梦领口裸露的皮肤上,一阵发痒。郁筱梦身子往后微微一缩,何煦却已缩回了手。

“大众？别是跟压路机一样的途锐吧？”想到那车的庞大，郁筱梦不由感到惊悚。

何煦无声一笑：“你这身板还能开途锐呢？没那么大，就一普通小车，跟帕萨特差不多。”

郁筱梦心安，好歹何煦也是自己现在的正牌男友啊，借他一辆车开两天有什么的，当下点头。

等到何煦将那辆崭新的“帕萨特”开到郁筱梦面前的，她怔了半天，这帕萨特没怎么见过，大号的？

“这是帕萨特？大了好多啊，新款的？”郁筱梦怔道。

“是，加长版。”何煦“嘿嘿”一笑。

如同大部分的女人，郁筱梦对车并不敏感，在她眼里，再好的车也就一个代步工具，无非四个轱辘上面架了个铁身板，有玻璃和方向盘，能上路跑就是辆车了。所以当何煦兴致勃勃地向她介绍这车那里怎么样，这里怎么样时，她真有点头大。开两天而已，知道油门在哪，档位怎么加就可以了，说那么详细干什么。看着何煦尽职尽责得如同4S店的售车先生，郁筱梦叹口气，拧开一瓶矿泉水，递过去：“辛苦了，何先生，这车我也就是开两天而已，您这高度热情，我真吃不消！不过，冲您这态度，我在试车报告后面，会在服务态度一栏，给您打个五颗星的！”

何煦哈哈大笑，拍拍手：“来，你试试。”说着，将她推上了驾驶座。

开了一圈，郁筱梦赞叹：“啧啧，不错，到底是二十几万的车，比我的飞度好多了。”

何煦更乐了。

于乐乐说郁筱梦同何煦谈恋爱，她要沾喜气，非赖着郁筱梦请客。无奈，郁筱梦只好同何煦讲了，何煦倒也大方，让郁筱梦请设计部所有的职员一起。征求了半天，设计部才统一思想，决定狠狠地吃何煦一顿，大家敲定去吃澳门豆捞。

“我一个人要吃掉一斤斑节虾！”于乐乐跟在郁筱梦后面，朝停车场走去，边走边喊，雄心万丈。

旁边的莫春阳打趣："小心吃成胖姑娘，嫁不出去！"

"去你的！回头我告诉嫂子，扣你零花钱！"于乐乐笑骂。

大家热热闹闹地走到各自车前。于乐乐没车，郁筱梦喊她过来坐。一看见那辆黑色的大号"帕萨特"，于乐乐就眼睛发直，嘴巴直撇："啧啧啧！筱梦，发达了啊！鸟枪换炮了！"

郁筱梦不以为然，笑笑："飞度撞了，何煦把这个借我。"

"哦！"于乐乐点点头，没说什么。

到了澳门豆捞店面门口，服务生指挥着停车，都快七月了，豆捞店的生意还那么好，停车都费力。郁筱梦七扭八扭地，好容易顺直车身，往后倒去。

刚停稳，同于乐乐下了车，旁边一辆 A6"吱溜"一下滑了过来，稳稳停住，下来一个脸熟的胖子。那胖子一抬头，看见郁筱梦，乐了："哟！姑娘，你啊！真巧，这也能碰到。"

于乐乐捅了捅郁筱梦："谁啊？"

郁筱梦没理她，冲 A6 笑了笑："是好巧。"

"你那小车？问题不大吧？"

郁筱梦俯身拎出包，关上车门："送去钣金了，整一下就好。"

看看郁筱梦身后的车，A6 的脸开始变色："看不出来啊！姑娘你还是一有钱的主啊！"

"这玩意，可真不是一般人开得起的！"他说着，开始在大号"帕萨特"周围转悠，一边拿手指扣扣玻璃，摸摸边角。

"朋友借我的，新款帕萨特。我先走了，再见啊！"郁筱梦说着，拉过傻了眼的于乐乐，往店里走去。

身后的 A6，也傻了眼，半晌，才挤出一句话："这姑娘真傻假傻，还是当我傻？"

"筱梦，这车……是何煦借给你的？他的车？"被郁筱梦拖着的于乐乐半天冒了一句。

"是啊，他刚买的，还没开过，借给我开两天。"郁筱梦一边说着，一边掏出电话，询问何煦包厢定在哪。

于乐乐更不说话了。

设计部的人都不是省油的灯，想出了不少法子折腾何煦，一顿豆捞吃得热火朝天。结束后，郁筱梦送于乐乐回家。于乐乐喝了不少啤酒，有几分醉意，但还算清醒，两人一路聊着，直到于乐乐家门口。下车后，于乐乐突然回头，敲了敲郁筱梦的车窗玻璃。

摇下玻璃，郁筱梦疑惑地看她。于乐乐笑道："筱梦，何煦可是潜力股啊，你好好把握，"说完，她用力地拍拍车顶，"就冲这，一百多万的辉腾，你也要好好把握，别给我们设计部丢脸啊！到嘴的鸭子，千万别让他跑了！"

什么？一百多万的辉腾？郁筱梦愣住。

从第一眼开始，她就以为这车是二十多万的帕萨特，天底下哪有一百多万的车和二十多万的车像成这样的？大众好歹也是车界元老啊，偷懒也不能偷成这样吧？转而想到，自己说这是帕萨特时，何煦笑得那样诡异，原来如此……

她不死心，转到车屁股后面，"P"字开头的英文，没错。再细看，却不是帕萨特的英文。这个……明明是"Phaeton"。

一阵恼火上心头，郁筱梦手指飞快地拨出何煦的号码。

"何煦！"

"嗯，你到家了？"

"车是怎么回事？"

"怎么了？"

"你借我的车！"

"哦，新款'帕萨特'啊！"何煦笑了起来。

"明明不是！"

"好好好，我逗你的。我怕一说车的价格，你就不愿意开了。"

"你要告诉我这么贵，我肯定不会开！"

"筱梦……其实你开十几万和一百多万的有什么区别？关键在于你自己怎么想，不是吗？再说了，只是借你开两天，算是帮我暖车，好不好？"何煦好声好气，倒是说得郁筱梦没了脾气。

是啊，人家那么相信你，将一百多万的车借给你免费开几天，多少人盼还盼不来呢。只是，郁筱梦总是觉得自己被何煦骗了似的，反而搞得自己相当小家子气。

“何煦，以后再有这种事，你就老老实实地告诉我这东西的价值，好吗？我对这些不敏感，连于乐乐都看出来车子价值不菲，我还跟人家说是新款帕萨特。”想到这里，郁筱梦又生出些怨气。

“筱梦，筱梦……两个人在一起，要那么小心仔细，有必要吗？”何煦唤住她，“每个男人，都希望给自己深爱的女人最好的东西。你对我来说，胜过我身边所有一切有价值的东西。所以，你就坦然地接受我给你的一切。对我们来说，二十万也好，一百万也好，不过就是一辆车。”

“筱梦，我爱你……”何煦的声音瞬间飘散在深夜薄薄的湿气中。

郁筱梦湿了眼眶。

“爱得太仔细。”戳到了她心里的痛处。

同何煦之间的感情，她一直是小心的，带着茫然，带着不安。她一直不敢相信，这样一个优秀的男人，会出现在自己的身边，会说爱自己，会陪着自己。在事业上，她是强大的女王，可是在爱情里，她却是脆弱的玻璃娃娃。

她好怕，好怕再受伤害；她好怕，好怕再次失去。所以，她小心翼翼仔仔细细，和他的每一份酸甜苦涩，她都小心地收好，放进心中，慢慢品味仔细分析。再以此，衡量判定同何煦之间该怎么走，保持多合适的距离。

患得患失。她觉得，这场恋爱，更像是一场博弈，一盘迷局，每走一步棋，都要用心算计。

可是，好在对方是何煦，总能不变应万变，化解她无声的距离感。

何煦说：“郁筱梦，不管你在哪里，我都会过去。”

碰上你，是我的幸运，还是不幸？郁筱梦摸着方向盘，无声叹气。

26 一个人的思念，一个人来背

连着两个星期，郁筱梦都没有将郝林林送到郝仁军那里去。第一个周末，是何煦带她们去游乐园玩，第二个周末没送去，是因为郝仁军出了车祸，伤得还蛮严重，主要是伤在了下半身，医生说很有可能半身不遂。

郁筱梦带郝林林去看了两次，医院环境不好，郝家人心情更不好，所以她们没有久坐。郁筱梦见郝仁娟也瘦了不少，便喊她来家里吃饭，再不待见郝家人，她还是蛮心疼这个小姑子的。

正好是周末，难得清闲，郁有德同老友有约了，一大早便提着水桶钓竿去钓鱼了。郁筱梦便亲自下厨做了几个菜，她不是特别会做饭的人，手艺一般般，不过有两个菜烧得很不错，一道菜是红烧排骨，一道菜是白灼虾。她做的排骨偏一点点酸甜，白灼虾的火候把握得很好，熟了，但很嫩，和大饭店的有得一拼，但凡吃过的人都会说好吃。

郝仁娟来得极早，便在厨房里帮着她。她平日里都是吃的现成饭，可谓十指不沾阳春水，所谓帮忙，也是手忙脚乱地添乱罢了。不过，姑嫂两人在厨房里说说笑笑，郝林林在客厅看动画片，倒也融洽。

门铃响起，郝林林去开门，随即跑到厨房："妈妈妈妈，何叔叔来啦！"

"咦？我没喊他啊。"郁筱梦下意识地嘟囔一句。擦干手，走到客厅，一看何煦拎了好大一个袋子站在门口，也没进来的意思。

"进来啊。你怎么来了？"郁筱梦笑着说。

何煦黑着脸，递过袋子："沈姨做的龙虾，让我给你带些。"

"哦，进来一起吃饭吧。"郁筱梦接过袋子，发出邀请。

"不了。我还有事，先走了。"说完，他头也没回，关上门便走了。

郁筱梦只觉奇怪，这个人真是的，喜怒无常的，又无奈一笑，拎着袋子去了厨房。

郝仁娟正在切一段白萝卜，颤颤巍巍的。郁筱梦接过，熟练地切了起来。她虽然会做的菜式不多，味道也一般，不过好在刀工不错，切出来的丝是丝，片是片。郝仁娟靠在旁边，看着满脸含笑的郁筱梦，欲语还休，半晌，还是开了口："嫂子……你跟林医生？"

郁筱梦的刀顿了顿："娟子，我跟他可能还是不合适。"

"我还以为你俩能成呢。"郝仁娟凝神。

"林医生是个不错的人，只是，我老觉得跟他之间平平淡淡的，没有一丁点的热度，连于乐乐都看出来了。"郁筱梦动容。

郝仁娟看了她一眼，半真半假地说："嫂子，你不会对上次那个酒吧里的初恋动心了吧？"

“怎么会！”郁筱梦失笑。

“娟子，其实，其实我现在有个男朋友了，不过也刚谈没多久。”郁筱梦顿住手里刀，想了想，还是决定将自己同何煦相恋的事告诉郝仁娟，“是我们公司的销售总监。感情还没怎么稳定，所以前段时间也没告诉你。”

“哦？是吗？”郝仁娟又问，“什么时候让我见见本尊啊！嫂子能看上的，条件一定不错。”

“还行吧，乐乐她们都说蛮帅的，研究生毕业，比我大两岁。条件是很不错。”郁筱梦说着，一脸笑意。

郝仁娟感叹：“哎呀，这么说我哥一点希望都没有了？我还幻想某天你俩复婚呢。”

“你哥……”郁筱梦一犹豫，“这两天，他怎么样了？”

“哎，老样子，医生说了，就算能站起来，下半辈子也没性福可言了。那方面的功能，怕是不行了。”郝仁娟微微摇头。

那方面的功能……郁筱梦一怔，如果真是这样，对于郝仁军这种对女色总有孜孜不倦追求的男人来说，可真是最坏的消息了。

何煦虽然早已做好心理准备，但接到郝仁娟的电话时，还是有些意外。

这个人，这个名字，在他的生活中，曾经消失得那样彻底，却因为他和郁筱梦的关系，又一次出现在他的面前。

郝仁娟说：“何煦，你真的不打算同我见一面，你不想知道我和郁筱梦是什么关系吗？”

何煦一时哑然，挂了电话的他，对着手机屏保上那张照片发呆，那是不久前他同郁筱梦和郝林林一起去游乐园时拍下的，三个人都戴着小丑帽，挤在一起。

该来的，终归要来；该结束的，终会结束。

他滑动开锁键，回拨给了郝仁娟：“好，在哪？”

“阅读时光”书吧，算是H市不可多得的谈话佳地，安宁清净。郝仁娟静静地坐在这里，她提前半个小时就到了，出门前还精心地收拾了一番。她继承了她母亲的靓丽容貌，稍加修饰便是一种张扬肆意的美，一把束起的马尾乌黑水亮，衬得皮肤白皙，高高的额头光洁饱满，一双美目顾盼神辉，眉间一颗小痣随着一颦一笑更添风情。她特意挑了一件宝蓝色的连衣裙，配上细细的金链，高贵而神秘，她深知这个颜色是最衬自己气质的。

她向来如此，知道自己的长处，亦知道自己的短板。

旁边有人偷偷看她，这样的美女，走到哪里都是吸引人眼球的风景线。她倒也不恼，朝对方微微一笑，算是招呼，对方反而被她弄得不好意思，只得别过视线。

何煦走过来的时候，郝仁娟不由挺直了腰背。几年未见，何煦还是那样，高高的个子，修长笔直，额头的碎发随着走动，有节奏地颤动，很有朝气。一双黑白分明的眼睛，盯住某一点看的时候，会有一闪而过的一点忧伤。抿着的嘴角，看得出他有些许不自然，或者是紧张。

今天的何煦穿了一件卡其色的休闲衬衣，黑色九分裤，很少有男人能像他这样，将九分裤穿得如此好看，休闲不羁没有娘气。他一进来，就吸引了两边正在喝茶谈话的人们的视线。众人视线一路跟随，见他径直坐到郝仁娟对面，大家的眼中除了惊艳羡慕，便是理所当然。

理所当然的，这样的帅哥，就是用来配这样的美女，稍微低一点点档次，便是暴殄天物。这面对面坐着的两人，是如此的相称。

"何煦，好久不见。"先开口的是郝仁娟，她浅浅一笑，露出两个酒窝。

何煦点点头："是。"他的眼睛里没有任何温度。

郝仁娟轻咳一声，将手里翻看的酒水单递过去："喝点什么？"

"随便吧。"何煦无意点单。

"那……还是清咖？"郝仁娟试探地问，眼神里有微微的探究。

何煦摇了摇头："柠檬水吧，我好久不喝咖啡了。"

"哦……那就柠檬水吧，我也点柠檬水好了。"郝仁娟召唤过来服务生，点了单。

何煦默不作声。郝仁娟咬了咬牙，想开口却又不知从何说起的模样。

半晌，她开口："我……和筱梦，她是我哥的前妻。她是我嫂子。"

"好巧。"她自嘲，"不过，我还没有告诉她，我们之前的关系。"她别有深意地看了何煦一眼。

何煦的眼睛动了动，却仍旧没说话的意思，郝仁娟有点憋不住了。

“何煦，你是不是还恨我？”郝仁娟说这话的时候，一双大眼里已经蒙上薄薄一层雾气。

何煦嘴角抿了抿，终是苦笑一声：“时间太久了，忘了。”

郝仁娟一怔。

“是我不对，我一直在等你，等你给我个机会。”她鼓起勇气，说出这句话。

霎时，何煦的脸色全黑了。

“仁娟，你该知道，我在和筱梦交往。”

“我……我不相信。”郝仁娟摇头。她是真不相信，不相信何煦会看上郁筱梦。

何煦叹口气，盯着郝仁娟略微苍白的脸，这张脸，还是那样的美丽，可惜，却再也勾不起他任何的兴趣和好感：“仁娟，我们两个，早就结束了。我很喜欢筱梦，我也希望你能找到你的幸福。”

说罢，他便起身离去。郝仁娟怔怔地看着他，突然清醒过来，喊出了声：“别，何煦！你别这样。”

其他桌上的客人纷纷朝这边看，何煦背对着郝仁娟，只是停顿两秒钟，快步离开。

既然已是过去式，又何必多留恋？

看着眼前哭得不成样子的郝仁娟，郁筱梦呆了。

她只是从郝仁娟断断续续的描述中，知道了这样一个事实：郝仁娟遇到了她的初恋男友，当初无情抛弃她的负心人。最重要的是，那个男人的名字，叫何煦，在 GR 做销售总监。

郁筱梦觉得天一下子塌了。

而那边，郝仁娟还在哭哭啼啼地诉说自己那段刻骨铭心的初恋，浑然不觉郁筱梦的脸色瘆人。

心高气傲的郝仁娟在大二的时候，认识了港大派回 H 大做交流的何煦。那时的何煦还在读研，没有女朋友，人长得又帅，一到 H 大，就被众多女生奉为校草。在一次报告会上，作为学生代表上台献花的郝仁娟，见到了何煦，一下子动了心。

经过观察，她发现何煦喜欢打网球，每天下午的四点钟，会雷打不动地去体育馆打上两个小时。郝仁娟在高中的时候，便开始学习网球，也是一把好手，加上人长得漂亮，还被称作“网球公主”。上了大学后她便加入了了网球社团，大二的时候便当上了副社长。所谓近水楼台先得月，她以网球同何煦结缘，两人成为很好的搭档，一来二去，成了男女朋友。

那个时候，何煦并不像现在这样显得多金，他甚至很节俭。家境还算不错的郝仁娟一直以为他家境平平，只知道他没有父亲，母亲一个人将他带大。但对于郝仁娟来说，这些都不是问题，况且何煦对她是出名的宠，很让周围的女友和同学们艳羡。

可是后来，半年交流期结束，何煦回到了香港，同郝仁娟渐渐断了往来。

郁筱梦闷了大半个小时，才消化了郝仁娟所描绘的事实。目前的状态就是，她现在的男朋友，是曾经抛弃了她前任小姑子的负心人。这个真相，让她有点喘不过气来。

而郝仁娟呜咽地说，她还爱何煦，这么多年，从来没有变过。

郝仁娟说:“嫂子，你说我怎么办？”

“我去找他了，可他说他有女朋友了，还说我和他早就过去了……”她泣不成声，清清的眼泪滑过脸庞，格外地惹人怜惜。

郁筱梦看着哭成泪人的小姑子，一句话也说不出来。

郝仁娟忽而抬起一双泪眼:“嫂子……我想通了，他不要我就不要我，但我还是爱他的。我就继续一个人喜欢他，祝福他好了。我也不在乎了，等了他这么多年，还不是一个人扛过来的？”她说完，一头扎进郁筱梦的怀里，抽泣不停:“只是，他连一个机会都不给我……”

郁筱梦手足无措，嘴巴微张，她觉得心脏好痛，真的要沉入腹中了。

27 回忆是抓不到的月光

郁筱梦说:“何煦，你认识郝仁娟吗？”

“我认识。”何煦说。

“你知道她是我什么人？”郁筱梦又问。

“知道。”

“那你为什么不告诉我你们以前谈过？”郁筱梦紧追不舍。

“我以为那些都不重要。筱梦，只要我们两个人……”

“怎么不重要？”

“筱梦，别为这个跟我吵架好吗？”

“这个怎么了？我只是想知道事实。”郁筱梦挺难受的，其实这件事，她是最受伤的人。刚刚下定决心去爱的人，竟然是自己前任小姑子的初恋情人，最要命的是，小姑子对他还念念不忘。

“筱梦，你相信我，我没有对不起郝仁娟。所以，我才敢坦然地追求你。”

“你骗我！娟子说明明是你当年抛弃了她！”

“她是这样说的？”何煦愕然。

“是。”

“筱梦，你想听我说的事实吗？”

“想，只要是真的。”

“好。你想听，我就告诉你。”

“我是和郝仁娟谈过恋爱，当时我从香港交流到 H 大半年，我喜欢打网球，郝仁娟也喜欢打网球，我们就认识了。仁娟是个漂亮的女孩，很优秀，足以让我动心。她当时才大二，我在港大的学业还有一年才毕业，所以，半年交流结束，我就返港继续读书了。我和她说好，我毕业就回来就业，等她毕业，就考虑结婚的事。

回到香港以后，因为要写二十万字的毕业论文，还要协助导师做课题，所以同仁娟之间的联系就有些少，她开始有些抱怨，后来慢慢抱怨也就少了。我以为她习惯了，当时我确实没办法，香港的研究生体制沿袭英制，很严格。我虽然拿的全额奖学金，成绩不错，但各方面还是很吃力，也没有什么心思多考虑她。

大概我回香港不到三个月，感觉仁娟有些异样。我打电话给她，她接得很少，发短信，也很少回，我意识到我们之间出问题了，可能是我对她太不够关心，正好要过春节了，我向导师请了假飞回来找她。可是，我却在她的宿舍里，看到了另一个男人。"说到这里,何煦顿了一顿,似有无限伤感。

"我当时就想,是我先冷落了仁娟,错在我,她若是移情别恋,也怨不得她。既然是这样,我选择了放手,与其两败俱伤,不如有一个人是幸福的,这样也是好的。

那一年,我春节没有在家过,连夜回了香港。可是我回香港不久,仁娟打电话给我,哭着说她被人骗了。那个男人只是欺骗她的感情罢了,她说她爱的还是我,希望我回到她身边。"何煦又停住,黑白分明的眼睛中,闪过一抹痛楚,可见当年这份情,对他造成的伤害。

"你答应她了吗?"郁筱梦哑着声音问。

何煦轻轻摇摇头,两人一阵沉默。

"为什么?"郁筱梦问,"你不爱她了?还是觉得……你被她背叛了?"

何煦默然,许久,缓缓开口:"很长一段时间,我都忘不了郝仁娟,我是她的初恋,她也是我用心去爱的第一个女孩。这件事过后,严重地影响了我当时的学业,我的导师都知道。所以,你相信我,我没骗你。"

"那你为什么不重新去接纳她?"这句话出口,郁筱梦感到了一种无力感,她选择了相信何煦,但她不知道自己此刻到底在做什么,她自己的心里又希望什么。

何煦的声音透出一丝苦涩:"筱梦……三个月时间,她就爱上了别人。你觉得,她会是真心回头吗?我不在乎她跟谁谈过,但是,我在乎的是,她心里到底有没有我。"

郁筱梦的喉咙似乎被什么东西哽住,她用力挤出一句话:"她说她等了你这么多年,她还爱你。"

何煦站起身来,背朝郁筱梦:"可是我不爱她了。"

"筱梦,这些年,我一直没有再谈女朋友,我被她伤怕了。直到遇见你。可能你觉得这些话有些肉麻。"他的身影依旧挺直,声音却有说不出的艰涩。

他转过身,黑白分明的眼睛紧紧地盯住郁筱梦:"筱梦,别把我往别人身边推,好吗?其实我没你想得那么坚强。"何煦的话音带着一丝恳求。

郁筱梦默不作声,几乎将时间沉默成为静止,许久,她才叹口气道:"可是你……你跟她有那么多的过往,我插不进去。我怕你把我先挤出来。我不想那么辛苦,我怕输!我真的很怕输!何煦,我不是仁娟,我输不起,我也等不起。我承认,我也很爱你。可是,我真怕……你不要我了,要是你爱上别人了?我怎么办?"说着说着,郁筱梦说不下去了,她觉得心口抽痛得厉害,五脏六腑都在纠结。

"怎么会呢?傻女孩。"何煦轻轻拥住她,哑然失笑。

傻女孩……多么宠溺的称呼,不是女人,不是姑娘,是女孩……郁筱梦一下子醉在何煦的气息中,很平定,很安静,她不由得为自己刚刚的失态而难为情。

"你记住,现在我只爱你。仁娟,是存在过去里的回忆,我抓不到她,也永远不会去抓她。"何煦轻声地说,"我现在喜欢的人,叫郁筱梦。是个很厉害的设计师,能干,却没有野心。她大学毕业的时候,参加了一届新人大赛,作品叫做《夜空》。她进 GR 第二年,推出了'It girl'这个副线品牌,同年她参加'新跃'杯,提交的作品《Flower princess》,得了一等奖。第三年,她参加'新跃'杯大赛的作品叫《Variety of Queen》,又得了一等奖。她是业界公认的最有潜质的设计师。BOA 出高价挖她,但她没走,她说她爱 GR。我说的,没错吧?"

郁筱梦惊讶地抬起头,看着他:"你看了我的档案?"

"就说你傻。"何煦轻轻笑了起来,下巴抵住郁筱梦的额头,"你忘了,我是做什么的?"他低下头,很认真地看着一脸难以置信的郁筱梦:"第一次在肯德基看到你,我就认出了你。你总是挽着一个发髻,因为个子有点矮,老穿高跟鞋。"

"你从来都没有说过这些!"郁筱梦十分吃惊。

何煦宠溺地将她揽入怀里,闻着她发间传来的熟悉而美好的樱花香味:"只有当你爱上我的时候,我才能说这些。"

钻在他怀里的郁筱梦无声地笑了,调皮地伸出一根指头,轻轻捅了他的腰一下:"自恋,谁爱上你了……"

"唔,我基本确定。"何煦喃喃。

哪间办公室里悠悠地传来陈奕迅的那首《爱情转移》,是那样的贴切动听。这曾经是郁筱梦最爱的歌曲,此刻,却唱出了她的心声。

把一个人的温暖转移到另一个的胸膛,

让上次犯的错反省出梦想。
每个人都是这样,
享受过提心吊胆,
才拒绝做爱情待罪的羔羊。
回忆是抓不到的月光握紧就变黑暗,
等虚假背影消失于晴朗。
阳光在身上流转,
等所有业障被原谅,
爱情不停站,
想开往地老天荒需要多勇敢……

28 被尘封的身世

郁筱梦预感,郝仁娟一定会来找自己。想到这个小姑子,她的心里,是说不出的感觉,曾经的疼爱,如今变成了一种愧疚。可是,从郝仁娟嘴里说出的真相,与何煦所说的真相,是截然不同的,这在郁筱梦的心里,成了一个问号。

但是,她不想因此而后退,何煦说得没错,郝仁娟终是过去的月光,照不进现在的生活。她相信何煦,她想要走完这段爱情,她不想在自己刚想去爱的时候就选择放弃,让这份爱情夭折。

找一个爱自己的人,很容易,找一个自己爱的人,也很容易。但找一个爱自己的也能被自己爱的,却很难。如金蔷薇所言,好男人很多,但何煦却只有一个。

想了半天,郁筱梦决定,告诉郝仁娟,自己在同何煦恋爱。

巧得很,郝仁军又打电话过来,说是想林林了,让她将林林带到医院去。一路上,郁筱梦想了无数个开头,如何告诉郝仁娟。她怕说得轻了,会留余地给郝仁娟;说得重了,郝仁娟又无法接受。

她不由叹口气,第一次发现同人谈判是如此痛苦的事,尤其对方还是和自己情同姐妹的前小姑子。其实何煦已经答应郁筱梦,快刀斩乱麻,不会留任何余地给郝仁娟遐想。但郁筱梦总觉得,还是自己亲口告诉郝仁娟这个事实比较好。

郁筱梦到医院的时候，郝仁娟并不在。郁筱梦有些心不在焉，同郝仁军说了几句话，正巧何煦打电话过来，便起身去走廊接电话。走廊有些吵，隔壁病房里有病人家属在吵闹，五六个医护人员夹在其中辩解着什么，一片混乱。她皱皱眉头，握着电话，朝走廊尽头楼梯口走去。

一个电话说完，郁筱梦转身回头，赫然发现郝仁娟在身后不远处站着，正言笑晏晏地看着自己，她不禁打了一个激灵："娟子？你什么时候过来的？"

"刚到，哥说你在接电话，我过来看看。"郝仁娟倒是很镇定，没什么异常，"男朋友打来的？"

"啊？是。"郁筱梦有点心虚，握着手机的手心开始出汗。

郝仁娟一笑："走啊，去病房吗？"

"嗯，好。"郁筱梦点头。

郝仁娟转身，郁筱梦一咬牙，叫住她："娟子，你等一下，我有话说。"

两个人一直走到医院后面的小花园。正值盛夏，花园的人很少，大片的树荫清凉地罩着石子小路，让人顿时少了不少烦躁。

"嫂子，什么事啊？"郝仁娟问。

"嗯，你哥……"郁筱梦犹豫，又恨自己没用，竟然不能理直气壮地告诉郝仁娟自己想说的话。

郝仁娟低下头，踢踢脚下的石子："最近也没什么起色。"

"哦。"郁筱梦咬住下唇，定了一会儿，沉下心，"娟子，有件事我必须告诉你。"

"哦？"郝仁娟抬眼看她，一双大眼如秋水深潭，几乎要直看到人心里去。

难怪当初何煦会喜欢她，这样美丽的女子，当年又是那样的年轻饱满和傲气，没有几个男人看了不会动心的。郁筱梦苦笑一声："娟子，你上次说，我们GR的销售总监何煦，是你的初恋男友？"

"嗯，是的。"郝仁娟点头。

郁筱梦强自镇定地说："其实我一直没告诉你，何煦……就是我现在的男朋友。"

郝仁娟极其吃惊，瞪大了眼睛，微张着嘴，半天没有说话："嫂子……"

看她的表情，郁筱梦的心中涌起一抹不忍，她一直视这个女孩为自己的亲妹妹。可如今,却亲手破坏她的感情,终是残忍。

“嫂子……你们……多久了?”郝仁娟喃喃地说。

“关系定下来才个把月吧。娟子,我不知道你们之前……要是知道……我不会。”郁筱梦轻轻说。

郝仁娟没说话,脸色有些仓皇,转而一笑:“他是个很好的男人,很会体贴人。你爱上他也是很正常的。”

“是,何煦是个很好的男人。”已经不是从一个女人的嘴里听到这样的话了,郁筱梦反而坦然了。

“嫂子,他……对你好吗?”郝仁娟突然问。

“嗯。”郁筱梦点头。

“既然他对你好,就行了。”郝仁娟叹口气,转过身子,看着郁筱梦,“嫂子,你要是能幸福,还有……他也能幸福,我祝福你们。我和他之间,毕竟是过去的事了。”

“真的?”郁筱梦颇感意外,觉得自己似乎太以小人之心度君子之腹,未免过于小心眼。

郝仁娟别扭地笑了一下:“什么啊,我是那么小气的人?我是还爱他,但是……他不爱我了,我再争取和努力也没有用,不如松手,你们幸福就好。”

说完,她伸出手,扶住郁筱梦的肩膀,很诚恳地说:“祝福你,嫂子!好好抓住他。”

“对了,你见过何煦父母吗?”她又突然问。

郁筱梦怔了一下:“何煦是单亲家庭啊,我不知道他父亲是谁。”

郝仁娟讶异地看着她:“他没告诉你?”

“什么?”

“他的身世啊?”

郁筱梦恍然记起何煦说过他的身世:“哦,这个我知道,他妈妈是未婚生子,他父亲好像不知道他的存在。”

“是吗?”郝仁娟微微一笑,“看来他打算瞒着你了。”

郁筱梦不解地看着郝仁娟,郝仁娟的嘴角扯出一个奇怪的笑容,缓缓说出一句话,“何煦的生父,就是GR的董事长——韩功远。”

怎么回的家，郁筱梦不知道，她一路迷迷糊糊地开着车子。

何煦——韩功远——郝仁娟——何煦——GR……这些字眼在她的脑海里不停地来回盘旋，彻底扰乱了她的思维。

何煦竟然是韩功远的儿子，是韩功远和何建平的儿子？连郝仁娟都知道他的身世，何煦为什么从来没说过？是刻意的隐瞒，还是……

他来GR做总监，又是为什么？他想要干什么？

满脑子的疑问，让郁筱梦压制不住内心想要向何煦求证的想法。将郝林林送回家，她一转车头，朝何煦住的地方驶去。

一路上，她摸着手机，拨打何煦的号码，却又猛地挂掉。她有隐隐的不安，这背后，有个真相，她不想去触碰，却又忍不住。她急于剥开掩盖真相的那层外衣。

终于，驶近何煦所住的小区时，她还是拨通了何煦的电话。

“筱梦？”

“你在家吗？”

“在，本想睡一会儿再去找你的。”

“不用了，我过来了。”

何煦明显有些意外，但他反应很快：“哦？到哪儿了？知道我家在哪一幢吗？”

“不知道。”

“我下去接你。”

“好。”

将郁筱梦迎上楼，郁筱梦一言不发，只是沉默地跟在何煦的身后。何煦回头看了她几次，想问，终是忍住。

两人进门，何煦关上门。

很突然地，郁筱梦伸出双手，从背后抱住何煦。这是她第一次抱何煦，有种说不出的决绝，却让何煦没由来地一阵心悸。

“筱梦，你怎么了？”

“别说话，我想抱着你。”郁筱梦将脸贴近何煦的后背。结实的线条，笔挺的脊梁，从衬衫里透出的隐隐温暖，熟悉的气味，她闭着眼，不想睁开。

“何煦，你爱我吗？”她喃喃地问。

“我爱你，筱梦。”何煦没有回头，却带着笑意，轻声说。

“有多爱？”

何煦停了一下，想了想：“超过你爱我。”

郁筱梦的身子抖了一下，闭着的眼睛里溢出隐隐泪花。

“要是让你放弃所有的一切呢，你愿意吗？我和你能拥有的一切相比，你选什么？”她发问。

“我愿意，放弃所有选你。当然，只除了一样。”何煦转过身来，将她拥入怀里。

“什么？”郁筱梦仰起脸，心往下沉。

“我妈妈。”何煦笑着说。

沉下的心一下子回归原位，郁筱梦将脸重新埋进他的怀里：“何煦，你千万别骗我。我怕。”

“我发誓！我不会骗郁筱梦一点一滴，如有违背，天打雷……”何煦煞有介事地发誓，话音未落，嘴唇却被郁筱梦伸出手掩住。

“不要瞎说。”郁筱梦颓然道，伸手将何煦的腰揽得更紧。

何煦的呼吸有点发重，他用下巴开始蹭郁筱梦的头发。郁筱梦微微扭头，偏过。

“何煦……你爸爸，是不是韩功远？”

29 陈年的旋涡

何煦很小的时候，就知道自己和别的孩子不一样。别的孩子都有爸爸，他没有。他只有妈妈，一个整天忙得不可开交的妈妈——何建平。

他很羡慕有爸爸的孩子，可以撒娇，可以无礼，可以被宠坏，甚至可以蛮横不讲理。别的孩子可以攀着爸爸的胳臂当单杠，让爸爸手把手地教骑车，缠着爸爸一起踢球，这些，他都没有体会过。他对父爱的强烈渴望，早就超出了身边人的想象。

他曾无数次地追问何建平，为什么别人有爸爸，而他没有，何建平缄口不语。直至他十三岁时，被人骂做野孩子，他同对方狠狠打了一架，右肩膀都被地上的石子割破,至今还有两公分的疤痕。那次回来,何建平抱着他哭了很久,然后才告诉他,他有爸爸,还活着,只是,却不知道何煦的存在。

何建平告诉他,他的爸爸叫韩功远。

当年何建平和韩功远是大学同学,两人相恋。毕业后,韩功远选择了服装业,而何建平坚守传统园林设计,两人因此产生隔阂,个性要强的他们为此闹得不可开交。彼时,两人已经同居,几乎要谈婚论嫁。

终于,在一次争吵后,何建平收拾了自己东西,选择了离开,同韩功远断了联系。不久,她发现自己怀孕了。当时的何建平在园林设计上刚刚崭露头角,生与不生,对她来说是个很艰难的选择。权衡再三,她还是生下了这个孩子,取名何煦。她决意一个人带大这个孩子,圆自己做母亲的梦。

三十多年中,何建平再辛苦再艰难,都没有想过要去找韩功远,而韩功远在何建平离开的两年后, 也娶妻生子, 并赤手空拳开创了属于 GR 的一片天空,成为业界的传奇。至于何建平,她含辛茹苦地带大何煦,尽心尽力地培养他,另一边自己在古典园林的设计和维护方面,也取得了世界级的荣誉。

这些年里,何建平同韩功远不是没有偶遇过,尤其是何建平回到 H 市以后,在一些或大或小的场合中,都有碰见到韩功远。但彼时,韩功远家庭美满,事业有成,两人再见,不过是物是人非事事休。

何煦淡淡地讲完他所知道的故事,脸上有一抹疲惫。学校毕业后,他选择进入 BOA 做销售,一路披荆斩棘,终于成为了 BOA 史上最年轻的销售总监。这时,韩功远创立的 GR 进入前所未有的盛世,开始谋求更大发展,于是有猎头向他抛出了橄榄枝。

若是论名气,GR 不如 BOA, 毕竟 BOA 在市场是高端的主宰。而 GR 相反,一直走中低端路线,这两年,也有往高端发展的意思。GR 的野心被 BOA 高层看在眼中,更是格外防范。当何煦决定离职前往 GR 发展的时候,BOA 的高层几乎轰动,开出了前所未有的天价挽留,被何煦拒绝。

为此, 何煦还惹了官司上身。挽留不成之后,BOA 告他涉嫌透露商业机密,最后法院判定何煦一年之内不得离开 BOA。

何煦说那一年中自己在 BOA 十分不开心,高层对他不再信任,名义上还是销售总监,却受到了其他同事的排挤,基本中层以上的事情很少喊他,年终奖都少得可怜，因为作为一个销售总监，他竟然没有业绩，副总监早已代理了他全部的工作。说白了，何煦就是一个被孤立在一边的空壳总监。

终于熬满一年，何煦如愿地来到了GR，开始全盘负责GR的销售，好在韩功远对他格外器重。而何煦靠着在BOA打下的深厚功底，将GR的销售业绩在短短的半年里，上了四个百分点。

看着何煦沉静的侧脸，郁筱梦半天没说话，许久，才缓缓开口："何煦，你告诉我，你来GR，就是为了能看到你爸爸？"

"算是吧。我想靠他近一点，毕竟他是我生父。"何煦轻轻一笑，却有无限凄凉。

"你恨他吗？他都不知道你是他儿子。"

"这有什么好怨恨的？当初生下我，是我妈妈的个人决定，与他无关。我想如果他知道我的存在，他一定会千方百计地找到我妈妈的。我相信，他是个负责任的男人。"

何煦想了想，又说："我在BOA的时候，有一次在业界大会上看到他，觉得他老了，有白头发了，那一刻，我特别想尽自己的力量帮他。虽然，他有可能永远都不知道我是谁。"

"所以你就想来GR了。"

"嗯，说来也怪，到GR后，我很心安，虽然他不知道我是谁，但是，我心里很满足。"

"阿姨知道吗？"

"她知道，我妈这个人，豁达得很，她说只要我觉得想做，就去做，人生不能有遗憾。"何煦说到母亲，言辞中充满感激。

郁筱梦想起何建平曾经说过的话——因为自己年轻的时候，不懂进退的分寸，错过了很多东西，如今想弥补，却时不再来。有时候，坚持未必是错，但是大胆一些去试试新的东西，未必不是一件好事。一旦错过了，就只能在未知的以后去回忆从前了。

何建平是在感慨自己同韩功远那段夭折的爱情吗？郁筱梦如是想。

30 得不到的永远在骚动

窝在何煦家的沙发里，郁筱梦捧着何煦泡着的奶茶，暖暖的。空调的温度很舒服，仿佛这种清凉感是自然的天气带来的，而非机器制造。

“你用的什么空调啊？挺自然的，也不干，声音又小。”郁筱梦好奇。她特别不喜欢开空调，总觉得鼻孔干得难受，用加湿器也不舒服。

何煦喝完手中的矿泉水，站起身来：“对了，你是第一次来吧，哦，第二次，但上次醉酒了，不算。”他将手里的“依云”空瓶扔进垃圾桶，一个漂亮的抛物线，然后伸手拉郁筱梦，“起来起来，我带你看一下，什么叫做现代化智能家居。”

郁筱梦哑然失笑：“还智能家居呢，瞧你跩得。”

“不准流口水啊！”何煦信心满满地拉起她，推着她的双肩，从客厅那里开始介绍起来。他指着一排面板，煞有介事地说：“女王陛下，万分荣幸地邀请您参观一下您未来有可能入住的皇宫……首先，这是总控面板。”

郁筱梦笑得浑身没力气，只能由他推着。

“喏，你看这个，你觉得我这的空气好是吧？中央空调，外带智能换气系统，室内空气每三小时自动更换一遍，也可以自己设置更换的时间和频率，还可以远程遥控，用我的手机就行！”

“真的？我听说过这个，但第一次见到。”郁筱梦吃惊，抬头一看，门厅那有个小小的监控探头，不由一惊，“你装了摄像头？”

“嗯，安全。其实是个无线感应探头，有人来的话，它可以触发自动门铃，可以自动开灯。你想，每次当你回到家的时候，总有一盏温馨的灯及时地亮起，你心里是不是会觉得很温暖？”何煦煽情地说道。

“还可以根据需要设置开音响、热水器这些。如果放在阳台上，可以知道是不是有人从阳台非法闯入。无线的，你想摆哪儿就摆哪儿，方便、灵活、随心所欲！”何煦口若悬河，真不愧是销售出身。

郁筱梦是第一次见到这种智能家居，何煦还特地将她所感兴趣的东西操作了一下，只听他冲着手机喊了一声：“浴室系统启动。”

话音刚落，卫生间的位置就传来了“哗啦啦”的声音，郁筱梦颇为震惊：

“天啊！太神奇了！何煦，你怎么办到的？”

何煦“嘿嘿”一笑，打了个响指：“看我的！”

接着是餐厅，厨房，影音室。何煦很喜欢看电影，所以影音室装修得相当专业。本身整套房子就是全宅音响系统，他在影音室内听音乐的时候，可将音乐延伸到家中的每个房间及每一个角落。也就是说，只要你想，你在蹲马桶或泡澡再或者在阳台晾衣服的时候，都可以欣赏到效果奇佳的音乐。

更神奇的是，系统能接播到家中所有的电视或广播。你可以根据自己的喜好，选择收听的内容，还可以配合照明、空调，甚至是窗帘调解，来布置合适的场景，让你有更好的观感享受。

为了证实效果如何震惊，何煦放了夜愿(Nightwish)这支乐队的一首歌曲。当贝司、吉他、键盘、鼓点声开始响起，缓缓升起的凌厉女声配合热辣奔放的铿锵节奏，带着歌剧质感的唱腔，狂风暴雨一般地砸来，哥特式的重金属曲风令人热血沸腾。一曲终了，郁筱梦如梦初醒。

“太美了，这感觉，我还是第一次感受到，感觉像是听现场。”她惊叹。

“当然了，完全高保真！”何煦得意洋洋。他这个人就这点好，永远不像有些男人，明知这些会让你震惊，还正儿八经地绷着脸，让你觉得自己特别没见过世面，特别低档次。何煦不然，他会同你一起高兴，一起震惊，看你兴奋的时候，他也一起跟着来劲。其实这也是作为一名成功的销售者所必备的素质，这样，才能带动对方的情绪。

“快快快，还有没有别的好玩的，我还要看！”郁筱梦连拖鞋都没穿，光着脚原地转了一个圈，被何煦伸手拢住，拉着朝书房走去。

何煦的书房出奇的大，长长的一间，隔成两个区域：一进书房门，先是一个十来个平方的阅读区，北欧风格的沙发茶几，简洁明快；通往里间的，是一面书架，从上至下，如一面墙般。郁筱梦走了两步，停了下来，一脸狐疑：“怎么进去啊？”

“你再走两步啊！”何煦原地站着，笑着说。

郁筱梦将信将疑地跨出一大步，那扇书架从中间分开，无声地往两边滑去，出现了一米多宽的通道。郁筱梦惊得张大了嘴。

“天哪！”她太吃惊了，她有见过感应门，但是从来没有见过感应书架。她转而看向何煦,眼里满是不相信:“何煦,我是在做梦吗?这个构思太巧妙了。”

何煦双手插进裤兜,笑着摇了摇头。

郁筱梦兴奋地走进里间,当书架滑回原轨,又变成一道镂空的墙时,她孩子气地伸出一条腿,书架又分开,无声地往两边滑开。如此反复,她做了好几次,乐不可支。

何煦也笑了,走了进来,拍拍她的脑袋:“傻孩子,好玩吧?书架说它累死了!”

郁筱梦脸一红,缩回刚刚又想伸出的腿,随何煦一同进了里间。

里间看来是何煦正常办公的地方,清爽简洁。有一张电脑桌,放着苹果的台式机,旁边还有一架书橱。往落地窗那边延伸过去的,是一小排艺术品,几乎都是现代雕塑,看来何煦很钟爱现代雕塑品。

郁筱梦凑过去看了看,她毕竟是学设计的,对于这类东西总是很感兴趣。看了半天,又发现墙上挂的几幅画和工艺品,走了过去:“朱利亚诺·梵吉(Giuliano Vangi)?马里奥·奥罗列(Mario Ceroli)?”

“你知道?”这下轮到何煦吃惊了。

“嗯哼!没想到你竟然喜欢意大利的艺术家。”郁筱梦做了个理所当然的表情,两人相视一笑。

等郁筱梦将视线移到那个书架的时候,不禁愣住了。两米多高的书架上,密密地摆满了各种各样的小玩具,统统都是肯德基儿童餐里赠送的。

郁筱梦呆住,伸出手拿起一只粉色的塑料小兔子。这是一个钥匙扣,一拉上面的绳子,耳朵会上下动。那边还有一排小猫,全套的;一排哈姆乐园;一溜四个的肯德基中国节刺绣包;还有很早前推出的小汽车玩具,两种颜色的套在一起,滑行的时候可以把车腹里的那个弹出去;喜羊羊系列。很多很多,几乎囊括了这几年肯德基出过的所有玩具。

拿着手里的玩具,郁筱梦转过身去看何煦。何煦只是冲她微微一笑,眼睛里闪过淡淡的忧伤。他慢慢走过来,随手拿起一只怜小猫,拉了一下脑袋上的绳子。怜小猫的眼睛一翻,特别无辜。

“我很小的时候,还不知道我爸是谁,后来知道了,我就特别留意收集他的资料。我在杂志和报纸上,见过很多他的照片。他不认识我,但我能认出他来。

后来有一次,我和同学去肯德基,看见了他。他跟他的儿子,坐在很角落的地方，根本不引人注意。那个时候GR刚刚崭露头角，不是业内的，认识他的不多，但我还是看到他，并第一眼就认出他来了。我就坐在不远处，喝了一杯可乐，看了他很久。

我记得很清楚，他买了套餐，送了个小玩具。其实那时候他儿子也蛮大的了，应该不会喜欢这种小玩具，不过我看他的表情，似乎是很满意，简单的玩具自己都玩得很开心。可能他更喜欢的是这种父子相伴的温馨感觉吧。"何煦说到这，声音哑了下去。

郁筱梦伸出手，轻轻地抱住他，贴着他的胸膛，感受他一下一下的心跳："所以，你就迷上了买儿童套餐，就为了这个小玩具？"

"是。我总想着，如果他知道我的存在，会不会也给我买这个。"何煦自嘲地笑了。

"一定会的。"郁筱梦想了想，又抬起头，"他儿子……是韩燊？"

何煦默认。

郁筱梦没有多说什么，突然想起那一次作品过堂结束后，韩燊盯着何煦的眼神。难道，韩燊知道了什么？

她想问，却又忍住，只是轻轻地抱着何煦，也由他紧紧地抱着自己，很安静。这样就好，最好一直到天荒地老……

第四卷

抉择

31 想开往地老天荒，需要有多勇敢

“什……什……什……什……什么？”于乐乐吃惊地张大了嘴巴，声音高了几个八度。

郁筱梦适时地将一颗“费列罗”巧克力塞了进去，于乐乐才闭了嘴，发出不满的“呜呜”声。她翻着眼，消化着刚刚听到的事实。等一颗“费列罗”吃完，也不顾甜得发齁，她赶紧问：“真的假的？”

一眼瞥见于乐乐雪白的牙齿上还沾着的巧克力，郁筱梦没好气地从抽屉里取出镜子，递过去：“牙上有巧克力。”

于乐乐根本不关心自己的牙齿，表情悚然：“何煦……是郝仁娟的初恋，是韩董的……私生子？也不算！毕竟他不知道何煦的存在。总之，何煦是韩董的儿子，那就是二世祖同父异母的哥哥。”

“是啊，我也很吃惊。”郁筱梦有气无力。

一向很积极的于乐乐也有些颓然，垂着肩膀：“怎么会是这样？”

“这也太巧了吧？”她转而愤慨，“筱梦，你不是编瞎话诓我吧？真不好玩！”

郁筱梦白了她一眼：“我骗你干什么？这种事，能瞎开玩笑吗？”

“天哪！”于乐乐长叹，“你现在打算怎么办？”

“我也不知道。”郁筱梦一脸纠结。

于乐乐摇摇头：“完了完了，就冲这，筱梦你是真的爱上何总监了。你栽了！”

郁筱梦脸一红，嘴还硬：“你怎么知道的？”

“啧啧！瞧你这纠结的模样。”于乐乐鄙夷地看她一眼，又叹口气，“这可是趟浑水啊！对了，郝仁娟知道你俩关系没？”

“我跟她说了。不过,我总觉得这事有点怪。”

“怎么了?”

“娟子一开始跟我说,说是何煦抛弃她的,但何煦跟我讲,是娟子先变心的。还有,我觉得太巧了,怎么我刚跟何煦谈,娟子就把这些告诉我了呢?”郁筱梦说出心中的疑虑。

“对!”于乐乐眼珠子一转,“你跟她姑嫂这么多年,她都没透露半点,这么突然……肯定有原因。”

郁筱梦不由点点头:“我怀疑,她肯定多少知道点我跟何煦的关系了,刻意地试探我的。”她猛然想起那天喊郝仁娟吃饭,何煦送龙虾过来,当时郝仁娟脸色就不好看,莫非是那个时候,郝仁娟在自己的身后,看见何煦了?

只有这个可能。再然后……哭诉自己被抛弃,郝仁娟到底想干什么?郁筱梦拧起眉头,她又想起那天在医院,郝仁娟说的祝福的话,前后反差如此之大,确实反常。

“筱梦,娟子跟你姑嫂几年,应该不会在这事上使坏吧?”于乐乐皱着眉,很是担心。

“不知道,但我感觉有点不对劲。我总觉得,这事奇怪。”郁筱梦摇摇头,她不是个特别细心的人,不善于察言观色。或者说其实是个天真的人,人不犯我我不犯人,容易将人想得太好,蒋一澍和郝仁军都说过她这话。

“那何煦怎么说?现在你们两个人才是最重要的。”

“他能怎么说?说真的,我现在都不太敢相信他了。”郁筱梦苦笑。

“那你自己怎么想的?”

郁筱梦愣了愣,咬咬嘴唇:“乐乐,你说得对,这是趟浑水。我怕我蹚不起。”

“何煦同韩董的关系,就是一枚炸弹,郝仁娟知道,我也知道。我怀疑,韩燊也知道,当然,这只是怀疑。你要知道,何煦的妈妈何建平,她的名气比韩董大得多,一定会有好事的人去刨她的底根,这枚炸弹,指不定什么时候炸开来。到时候,何煦来 GR 的目的,我跟何煦谈恋爱的动机,都能被人说出鼻子眼睛嘴巴来,我真怕,到时候一塌糊涂不可收拾。”

“对了,现在你也知道这个秘密!”转而,她又说。

于乐乐连忙摆手:“筱梦,平心而论,我可从来没出卖过你,我还是很有底线的。我自认,我的人格还是很高尚的!”她说着,举起手,向天发誓。

“我相信你,要不怎么告诉你了?”郁筱梦笑言。

两人一时沉默,各自的脑筋在飞快地转着。

先开口的是于乐乐:“你……不会想放弃了吧?”

郁筱梦一怔,她的手微微攥起,露出青白的指节。许久,又松开,双手交叉在一起,无意识地搁在笔记本电脑的键盘上,屏幕上登时出现了一行接一行的乱码。

爱一个人要多大的勇气,郁筱梦不知道,她只知道,自己眼前要去蹚一趟深不见底的浑水,这水不光浑得看不清,还冷得刺骨。

于乐乐说得对,她栽了。她比谁都清楚,自己爱上何煦了。

原来,一直小心翼翼保护的情感,等爆发出来,竟是那样的热烈浓厚。她贪恋何煦给的温暖,贪恋何煦的贴心,贪恋何煦的纵容,贪恋何煦的……总之,她贪恋他所能给的一切的一切。

她爱上他了。她真的爱上他了。这件事,突然变得如此可怕!

所以,得知郝仁娟同何煦的关系,她才有崩溃的心痛。所以,得知何煦真实的身世,她才会有无法触及的绝望。

她怕这一切爆开,会砸得她晕头转向四分五裂。如果……可是没有如果,一切都是真实的,都是已发生的。她不过是个后来者、参与者,却从来不是策划者和组织者。

是不顾一切地忘我爱下去?

还是理智而及时地全身而退?

绝望、烦躁、无力、颓然、忧伤……第一次,这么多种感觉同时充斥着她的心和身体,这是一种说不出来的混合感,她觉得自己的心和脑子甚至身体都分成了无数瓣。每一瓣,都有各自的思维和感触,却又交揉混杂成为一个综合的她,这么多的矛盾在冲撞,味道繁杂。

看着电脑屏幕上的讲解稿,她的心却怎么也静不下来。她的作品已经进入“新跃”杯的决赛了,她要为即将到来的作品理念讲解描述做准备,她还要准备现场设计和剪裁，这些，都是需要她心无旁骛，全身心投入的，可是……她真的定不下来。心一会儿飘去了何煦那里，一会儿飘去了不知名的去处，那样悬，好像，已经不是她的心了。

郁筱梦懊恼地抓了抓头发，抬眼看见桌面上的鼠标，一阵火气上来，捞起，砸向远处的墙角。

当她下定决心想去爱要去爱的时候，才发现，在现实的面前，自己竟然是如此胆小怯懦。

她想退缩了，她不想再受伤害，也不想将自己立在一个尴尬的位置上。可是，她舍不得。她舍不得那个温暖的怀抱，那个刚刚熟悉习惯起来的味道，那个明朗的笑容，那双黑白分明的眼睛，还有……那一抹擦不掉的总是淡淡地疼在她的心上的忧伤。

她想，或许趁情未深先放手，才是正确的。

32 心的声音

郁筱梦有了心结，何煦再约她，她就有了些吞吞吐吐的不爽快。

何煦说："你怎么了，不舒服？"

"嗯，有点，天热了，不太想出去。"郁筱梦一手握着电话，伸出一根指头敲着键盘的空格键，小光标一格一格地往后退去，仿佛永无止境。

"出来吧出来吧，我找到一家很有意思的店。保证清凉！"何煦坚持到底，他的声音很有感召力。

郁筱梦无声轻叹，何煦总是这样，三十多岁的大男人，在公司派头十足的成功人士形象，可私底下还会傍着你撒娇。"好吧。"她答应得有点勉强，心里却是说不出的感触。若不是之间这么多纠葛，往日何煦喊她，她肯定如小鸟一样，欢快地拍着翅膀飞去。

可如今，她多了顾虑，自然就少了爽快。

"带上林林。"何煦又嘱咐一句。

何煦带她们去的是一家粤菜馆，里面的海鲜和刺身很出名，还有砂锅粥。来得还早，吃饭的人不多，空调霸气得很，确实清凉感十足。三个人坐定，何煦很快点好了菜，这也算是他的一个优点。郁筱梦是个懒人，虽然爱吃，却怕点菜，她觉得点菜是相当痛苦的事，所谓众口难调，不光要自己爱吃，还要考虑他人，看菜单的短短时间，脑筋就要转得飞快，辛辛苦苦点好了，还生怕不合别人的胃口。

而何煦就不一样了，他点菜又快又好。饭店的招牌菜，做得好的菜，自己爱吃的，别人爱吃的，他都能快速地选单，花样和口味都能考虑到，连站在一旁的服务员都很满意。于是，郁筱梦只要是跟他出来吃饭，肯定是做甩手掌柜的。

何煦今天点了四个菜，一份卤水拼盘，还点了一份生滚虾粥。郝林林嚷着要喝鲜榨的果汁，何煦没答应，嘱咐服务员拿了一小盒酸奶过来。

"林林，记住啊，叔叔跟你说，鲜榨的果汁千万别喝。"他好声好气。

一直没什么心情说话的郁筱梦倒是开口了："为什么？"

"反正我有做餐饮的朋友，出去吃饭，他们是不点鲜榨果汁的。"何煦笑笑。

郁筱梦默然。

菜还没上来，郝林林嚷着要去大厅里看鱼。粤菜馆主打海鲜，大厅里有一大片透明鱼缸，里面有各式活鱼、活虾、海蟹、海贝，加上氧气管不停地吐泡泡，小孩子看了很感兴趣。郁筱梦嘱咐她小心点，郝林林就跟小兔子一样蹦了出去。

看着郝林林欢快的背影，郁筱梦感叹："还是小孩子好，天真无邪的，没心思、没负担。"

"你有心思跟负担么？"何煦喝了一口茶，抬头问。

郁筱梦卡住，再次沉默。

"筱梦，你是不是有顾虑了？"何煦轻声地问。

"是。"郁筱梦如实回答，她不想骗何煦，也不想骗自己。她也深知，自己那点道行，根本骗不了谁。

"你顾虑什么，仁娟还是我爸是谁？"何煦垂下眼睑，眼神有些游离。从郁筱梦的角度看去，此刻的何煦特别的无辜，他的睫毛挺长的，眼睛线条优美柔和，让人不禁嫉妒。

郁筱梦不作声，心里却虚得很。

一会儿，见她没开口的意思，何煦按捺不住："筱梦！郁筱梦！"语气中有不满，又有点怒气。

郁筱梦被他吓了一跳，何煦已经很长时间没用这种口气同她说话了，以至于有一瞬间她怀疑自己穿越到了过去，定了定神："你喊什么？我听得见！"

"你听见我问什么了？"何煦提高声音。

"我听见了！"郁筱梦也很大声。

看着郁筱梦剑拔弩张的模样，何煦一下子笑了起来："对嘛，这才像郁筱梦！"

郁筱梦一愣，再看自己，挺直着后背，双手五指分开，平平地放在胸前的桌子上，完全是一副准备吵架的预备式。她一下子想到那些骂街的泼妇，心里好笑，也松了下来。

"何煦……我觉得，我们两个分开一段时间比较好。"郁筱梦精神一松，心里想的，也自然地说出了口。

何煦一愣，他似乎没想到郁筱梦会这样说，又似乎料到，却有些突然："为什么？"

"因为我的初恋女友郝仁娟是你的前任小姑子，还是因为我生父是韩功远？"他的声音里明显有些烦躁。

"两者都有。"郁筱梦老老实实地回答，只是眼神淡得跟水一样。

"我和郝仁娟是过去的事了，你有什么放不下的？至于我爸是谁，对我们没有丝毫影响。他不知道我的存在，我是何煦，何建平的儿子。这些有关系吗？"何煦看着郁筱梦那一双沉得如潭水的眸子，他有点害怕这样的她，总觉得她似乎马上要消失在自己的面前。何煦彻底失去了镇定，开始心慌。

他伸出手，想要抓住郁筱梦的手，却被郁筱梦躲开："何煦，只是先分开一段时间，我想静一静。每天在公司看见你，下班了还看见你，我想要点自己的空间。

"而且，我的作品已经进决赛了，会有现场设计、剪裁这些环节，我想定下心来，好好比赛。这些，都需要大量而独立的时间和空间。"郁筱梦说这些话的时候，心里有隐隐的痛。她知道，这种痛，叫做口是心非。

看着面不改色的郁筱梦，何煦的眼神在瞬间黯然，仿佛是一个犯了错的孩子，既无辜又无奈，他想了很久，终于开口："郁筱梦。"

他的声音很沉，失了温度，有点冷。

"郁筱梦，我可以离你远一点。可是你想离开我了，不是吗？"他问。

郁筱梦的心一抽，仿佛进了冰水，猛地缩紧。

"我每天都想看到你，恨不得搬张桌子到你的旁边跟你一起办公，下了班我就想喊你出来，哪怕什么也不做，这样看见你，就很心安。可是你竟然说要分开一段时间……"他止住，不说话，定了定，无奈地笑了起来，"其实你不用这样顾虑我。"

"想分手，你可以直接说，何必找那么多冠冕堂皇的理由？"何煦终于抬起眼，眼神里有迷茫，有无奈，有说不出的爱恨交织。

郁筱梦仿佛是气球，被人一指戳破。分手，这两个字听起来怎么那么刺耳？怎么那么疼？怎么那么锋利？这是自己想要的？这话从何煦的嘴里说出来，怎么就如此说不出的别扭？仿佛是一把锯子，一下一下拉在她的心上。

何煦吸了一口气，站起身："算了，郁筱梦，你真残忍。"

看着何煦受伤的表情，郁筱梦真真觉得自己成了刽子手，抹杀了何煦脸上本有的快乐。她张着嘴，怔怔地看着何煦起身拉开椅子，走到包间门口，然后转身——

"你为什么不听听你自己心的声音，它怎么说的？"何煦惨然一笑，关上门。

看着何煦愤然离去的身影，郁筱梦感觉周身顿时陷入一片无际的落寞中。

他们的爱情才刚刚开始，他们的爱情还很脆弱，却在此时，发出了如同玻璃般蜿蜒裂开的声音，碎而细小。

33 轻易放手的人最后悔

"新跃"杯设计大赛决赛现场。

这是国内目前等级最高的服装设计大赛，业界的设计师们都很看重，能够获得大赛的奖项，一来是对自己实力的肯定，二来，也是职业生涯上相当有力的跳板。没有一个设计师会不愿在自己的履历表上，写下得过该大赛的奖项。

参加的人越来越多，实力也越来越强。郁筱梦浏览了一下进入决赛的对手名单，除了她和蒋一澍算是业界小有名气的，还有几位也是各类设计大赛的常客，亦有一批名字，眼生得很，恐怕是这一两年，业界冒出的新人，但实力也不容小觑。

临近此时，她心里倒是突然没了底，不知为何，空荡得很。之前的信心满满突然消失不见，仿佛从来没有过似的。

她一个人独自坐在后场，虽是决赛，但选手众多，分了批次，随机抽了签，她的号码靠后。其他的选手忙得很，有的忙着同化妆师商定模特的妆容，有的忙着为模特身上的成衣做最后的细节调整，还有的在默背自己的开场和设计理念词，只有郁筱梦，为模特理完衣服，定好妆容，便颓然地坐在旁边，握着理念解说词的手无力地垂下，那张纸悠然落地却浑然不觉。

蒋一澍走了过来，蹲了下去，捡起那张纸，轻轻咳了一声。郁筱梦毫无察觉，还是两眼空洞地发呆。

叹了口气，蒋一澍坐到旁边。长椅受到重量，突地往下一沉，郁筱梦身子一抖，清醒过来，再看身边仿佛是突然冒出来的蒋一澍，颇为惊讶："蒋一澍？"

"轻手轻脚的，你想吓人啊？"她挤了个笑容，开了个玩笑。上次于乐乐向她解释过蒋一澍当年的难处之后，她的心结也随之陡然而解，既然当初不是没有做过努力，那还有什么好迁怒于他呢？再见蒋一澍，郁筱梦的心中多了份释然。

终于，数年之后，能平静地对他，而不是再拿他当作负心人。

蒋一澍并不知道她心中的所想，只是见她一个人孤零零地在场边发愣，心里难免放心不下，走过来同她说话，看她魂不守舍的样子，便奇怪地看她一眼。"你不是紧张吧？这可太难得了。"蒋一澍轻笑道。他隐隐觉得哪里不妥，今日的郁筱梦似乎不是往昔的郁筱梦，少了锐气，多了一份失意。

郁筱梦无奈一笑，摇摇头："算是吧。你不紧张？"

"又不是第一次了，有什么好紧张的？"蒋一澍想了想，歪过头看她，"你今天情绪不太对劲啊？"

没有接话，郁筱梦只是轻抿嘴唇，眼光却飘向了别处。

一早，何煦给她发了消息，给她打气鼓劲，再无多话。昨天去公司的时候，于乐乐告诉她，何煦出差去了，其实他是个特别不喜欢东奔西跑的人，说是特别没有安定感。郁筱梦曾经笑话过他，说他真不适合做销售，哪有销售不跑的？

可是自从那天不欢而散之后，何煦再也没有给郁筱梦打过电话发过消息，而是选择了出差。半个月里，他几乎跑遍了 GR 所有的销售点。中途回来一次，也没有找郁筱梦，只是在公司撞见，郁筱梦当时一时语塞，还未想好如何开口，旁边有人又将他喊走。顿时，郁筱梦满腹失落。

不是她自己要的么？分开一段时间，保持距离……

这些，何煦都做到了，满足她了，她还失落什么呢？是自己提出来的要求啊，何煦照办，帮着实现罢了。

连于乐乐都看出了端倪，追着她问何总监怎么出差这么久，又问她是不是出问题了。她无从解释。早上看到短信，竟是说不出的滋味，欢喜、担忧、失落……纷繁复杂。

于乐乐别有深意地说："筱梦，别怪我多嘴，有些事，你可别太自私了。"

自私？是说她吗？轻易地将一段感情放手，只是因为自己怕受伤害？郁筱梦默然。

平心而论，蒋一澍是调解气氛的高手，当年在大学同郁筱梦恋爱时，便总是能逗得她哈哈大笑。果然，几个不痛不痒的笑话讲完，郁筱梦原本阴沉着的脸有了起色，稍有缓和，蒋一澍稍稍地放了心。

他对郁筱梦，是什么样的感情，恐怕是只有他自己知道。

这几年，他事业一帆风顺，可他并不开心。因为这并不是他当初的理想。他当初的理想是，毕业，签一家合适的公司，然后攒钱，娶郁筱梦。这是最朴实而安好的打算和设想，对得起自己学的专业，对得起大学时代付出的感情。

可是，事与愿违天意弄人，就在选择就业去向的时候，他的母亲生了重病，本来家庭就不富裕的他，第一次感到钱是那样的重要。而此时，凭借着大学四年扎实的功底和几次比赛中取得的优异成绩，他幸运地获得了 BOA 的青眼，也曾犹豫过，因为他知道，郁筱梦最想去的，却是 GR。

郁筱梦总是说，GR 的定位最合她的眼缘。BOA 定位高端，难免过于谨慎，新人进去，也很难有施展的天空。蒋一澍想，不行的话，自己也去 GR，虽然两人同在一个公司做设计，从发展来说，弊大于利，但是总好过处在相对敌对的两个公司吧？至少，能天天在一起，同进同退。

可 BOA 却分外青睐蒋一澍，得知他母亲要做手术，需要大笔费用，而蒋一澍家境困难根本无力负担，BOA 爽快地预支了他三年的薪水。蒋一澍犹豫了。他想选择爱情，可那样是势必要放弃 BOA，放弃这笔急需的钱，他试着与 GR 沟通，但 GR 回绝，因为史无前例。

现在看来，那三年的薪水着实不多，但足以让一个处于困境的初出茅庐的年轻人热泪盈眶感激涕零，冲着那份爽快和信任，蒋一澍将自己签给了 BOA。

就在蒋一澍签下 BOA 的时候，他得知消息，郁筱梦去了 GR。他知道，自己和郁筱梦之间，完了。

没有人会知道，他曾经是那样爱过这个个子小小，面上柔弱却骨子坚强的女孩。他曾经愿意为了她，选择一家自己并不喜欢的公司，虽然，那家公司拒绝了他。

这些年，他以自己的方式在关注着郁筱梦，她最近推出的新产品，她最近得了什么奖，他都一清二楚，他觉得自己快成了郁筱梦的履历表。可是，郁筱梦很快结婚，然后生活平静。他想，如果这样，也很好。至少，她幸福了。

可是，不过四年婚姻，郁筱梦又离了。从同学中得知郁筱梦离婚，蒋一澍有些悲哀。

他一直在想，如果不是自己，或许郁筱梦不会那么仓促地结婚，以至于看走眼所嫁非人。他总觉得，他欠她的，很多很多。而她的离婚，也与自己脱不了干系。

当初的那段恋情，欠她一个美满的结局，更伤了她的心，令她婚姻不幸。他将这些，统统归拢在自己身上，背了几年，很累。

那次在酒吧遇见郁筱梦，他又惊又喜。之前也有许多场合见过，只是那时，郁筱梦还是婚姻中人，这一次不一样，她恢复了单身。可是当他鼓足勇气凑上去，却遇见了何煦。

第二次在酒吧遇见郁筱梦，身边那两个女人，着实让他招架不住，又一次错失了机会。

蒋一澍悲哀地想，或许自己同她，缘分真的不多。他只能拐着弯地对于乐乐解释，再后来，他从于乐乐那里得知，郁筱梦有了男朋友，就是何煦。

输给别人，他或许还会不死心，但对方是何煦，他真的死心。那个男人，实在无可挑剔。他同他共事多年，实在是知根知底。

只是今天再看郁筱梦，她却有说不出的伤感。他觉得，她一定出事了。

只有情，才能将人伤得魂不守舍。

可是此刻，他已是事外人。

很快，轮到蒋一澍上场，他又安抚郁筱梦几句，便带着自己的模特做最后的准备，开始上场了。那边，有人通知郁筱梦，让她也做最后的检查，再过两个就要轮到她了。

郁筱梦嘴上答应着，却跟丢了魂一样，东摸摸西抓抓，仿佛是找不到重点。她不停地看手机，似乎在等谁的消息或电话，又似乎不是。

她突然很想，何煦在她身边。

哪怕是说句挖苦话也好，总好过一条冷冰冰的短信。

她以为自己很坚强，却原来满是裂隙，一触既碎。原来，她一直高估了自己。可是，有句话说得很好，叫做“长痛不如短痛”，或许现在是痛的，一个月或两个月后，就会好了。所有伤口都会结疤的，不是吗？

只是，现在这个状态算是什么呢？

分手吗？

她又一次告诫自己，郁筱梦，这是你自己提出来的，不是吗？

定了心神，她拉回思绪，将所有精力集中到比赛上来，快登场了！加油，郁筱梦！

为了你的马兰欧尼，为了你的留学梦！她无声地给自己打气。

为模特儿一一理好衣服，做最后的修整，给大家鼓劲，再一次讲述自己服装的设计理念，以及需要的感觉，和音响师确认好背景音乐，默背一遍自己的设计理念稿，整好衣服，她站到了舞台的登台处。

看到舞台上绚烂的灯光和对面黑压压的现场观众，以及架着摄像机的大摇臂在来回拍摄，她觉得嗓子似乎被人捏住，不由轻咳。

别紧张，郁筱梦，你行的！

有刺目的灯光照来这个方向，恍惚间，她似乎看到了何煦的脸，清晰可辨，即便是在人群中，还是夺目。她不由怔住，却又摇头，怎么可能？何煦此刻，还在南方出差呢，又怎会在比赛现场呢。

一定是幻觉。原来，她这么想他。

郁筱梦，原来你真的就是一个俗人，短短时间，你真的爱上了他……如此不能自已。

34 得得失失

当聚光灯再一次打在郁筱梦身上的时候，除了热，还是热。

她今天穿得很职业，也很专业，因为她穿了 GR 主打品牌今年的主推款，不过在细节上，她做了细微的改动，让衣服更适合她。

衣服这个东西很奇怪，GR 一直走的年轻路线，按理说衣服已经不再适合郁筱梦穿着了。但她只是将领口和袖口做了调整和修改，原本轻松休闲的一款连衣裙，立刻提高了一个层次。在今晚这个场合穿再合适不过。

站在属于自己的位置，看着辉煌的舞台，这对她，对每一个来参赛的设计师来说，都是一个战场，没有血腥，却同样残酷。

她已是一名老将，纵然如此，还会胆战心惊。

每组三名设计师，会抽签进行临时设计，然后现场立体剪裁制作。这是很考验人的项目，有很多的设计师，能画会设计，但一碰到剪裁制作，就瘪了。

但郁筱梦不怕。她所有的作品，都是从画稿到样衣的出品，都亲历亲为的，她早已身经百战。

这一次，她所在的 D 组抽到的题材是“江南”。很传统，很保守，看似简单却很难创新的一个命题。

郁筱梦脑子里第一个想法就是旗袍，这根本不是南方服饰的品种，却只有江南女子能穿出它的婉约，也只有江南的烟雨，才能衬出旗袍的婀娜万千。

可是，这太容易撞车了。能入围决赛的，都是高手，你能想到的，别人也能想到，如何立新取巧？能够博得评委的青眼？回到设计场地的路上，她满脑子在转，到底用什么样的风格，去展示自己心中的江南？

她的母亲是地道的江南人，一口吴侬软语，做一手江南小点，会裁衣，会理发，总是轻柔。端午节的时候，会给她系五彩丝线，斑斓的色彩汇成一缕，束在郁筱梦纤细的手腕上。

而母亲的手腕上，有一枚戴了多年的玉镯，人养玉，玉越发的温润通透。后来母亲去世，那枚镯子，就留给了郁筱梦，她很少戴，因为自己平时要画画稿，动针线，戴了镯子并不方便，所以，放在了家里。

她也曾在朋友的相约下，一起去浙江及苏南游玩，对于在临近江南的H市出生的她，江南并未给过她多大的触动。江南……除了丝绸，除了荷花，除了小桥流水，倒是那一片片典型的民居，白墙青瓦，恬淡了然，让她心动，犹如一幅水墨画。

水墨，水墨……她在心中仔细地斟酌着，不过短短数分钟，心中已经打定主意，笔下生风，画出了三张设计稿。

挑选布料的时候，她留意到，另外两位都选择了丝绸为重，棉麻为辅，她决意另辟蹊径，选择了皮革和丝绸。

后场的设计和制作，有四十分钟时间，这段时间，台上在审核评选之前的选手作品。蒋一澍在郁筱梦前一组，此刻恰好也在后台，不过，他的设计已经基本完成，已经开始立体剪裁。

他看见郁筱梦在布料前犹豫很久，最后拿走了白色的丝绸和一块黑色的羊皮，不由暗自称赞。这两种材质，一南一北，看起来风马牛不相及，但若是创意够好，用得巧妙，倒是能撞出不一样的火花来，剑走偏锋夺人眼球，就看她郁筱梦如何去驾驭了。此时，他已无心再为她担忧，毕竟不是第一次作为对手出现在这种场合，若是作为对手，郁筱梦绝对够分量。纵使他曾那样爱过她，在这种场合，他还是清醒的，此刻，彼此不过对手。

不过，即便如此，今年想拿奖，也是有难度的。新人辈出，有好几个，是这两年既叫好又叫座的设计师，初生牛犊，冲劲十足。蒋一澍深吸口气，收回心神，仔细整理自己的作品，裁剪得差不多了，只差缝纫，对于好久没做这些工作的他来说，难免有些手生。

半个小时的时间，很快过去，当郁筱梦满头大汗地缝完最后一针，负责计时的工作人员通知时间还剩十分钟，郁筱梦又连忙帮模特换上。毕竟是短时间的冲击，针线很粗很毛糙，但这些都不是重点，关键是作品的设计，还有剪裁。

这两点，郁筱梦都很有信心。同组的两人，有一人未能在规定时间内完成，被淘汰了。毕竟年轻，经验太少。

而另一位设计师，果然如郁筱梦所料，丝绸……荷花……旗袍……种种元素，虽然做了不少创新，但痕迹太重，没有新意。

评委的眼睛是毒辣的，一眼看出症结所在，挑出了不少毛病，其实当郁筱梦她们在后台设计选布料以及现场裁剪制作的时候，是全程直播的，评委们各司其职，一组看前组的作品，另一组盯着大屏看内场的设计，一举一动尽收眼底。甚至你在某个环节有些许的犹豫，又会有"毒眼"的评委拿笔记下，稍后点评时，一一道出。

或许是对前一位设计师的作品相当不满，再看郁筱梦这三件作品时，评委的眼神缓和了不少。郁筱梦还是占优势的，因为她之前夺得过两届"新跃"的一等奖，在业界有一定的名气。人总是这样，你取得的成绩越多，就越容易得到人们的肯定。

"10号郁筱梦，你能谈谈你这组作品的创意动机么?"评委席里，国内知名的服装设计师张新恩发问。她是一位在业界颇负盛名的资深设计师，女性中的佼佼者，早已创立了自己的品牌，郁筱梦还一度是那个品牌的粉丝。

郁筱梦整理了一下思路，沉着开口："我的这组作品，来自于我印象中江南的脉络——水。提到江南，很多人都会想到烟雨江南，小桥流水，确实，江南的美同水息息相关。如果没有水，江南的人和景都会打一个很大的折扣。因为有水，江南才润。我用丝绸，喻意水。"

"你用丝绸表现水的柔美，倒算贴切，那这些皮质是什么? "另一位服装大师刘海洋提问。

“江南虽然很柔很美，但她的骨子里还是有刚性的一面，水是江南的魂魄，那些桥梁就是江南的骨架。我用皮质做镶边，腰带的穗这些小细节，就是用两种不同材质，来凸显刚柔相济的碰撞。而且，我的主色是白色丝绸，皮革选的是黑色，虽然用量很少，但视觉上冲击也比较大，丝绸相对又是传统布料，而皮革要时髦现代些，为了防止皮质和丝绸的对撞太过突兀，我尽量化整为零，以点缀的方式来设计皮革。丝绸上我用其他颜色的料子，拼出的碎花，是抽象的。衣服的款式灵感，来自于越南的国服——奥黛。大家都知道，奥黛和旗袍很像，但是要更婀娜一些。”

张新恩点点头，表示认同。

刘海洋又问：“为什么要拼这些碎花？为什么又用不是我们中华民族的传统服装奥黛？”

郁筱梦略微沉吟：“我很小的时候，每逢端午节，我妈就会给我系五彩丝线驱邪保平安。我妈是南方人，所以我一直以为这是南方的习俗，后来才知道并非如此，但从那个时候起，我对五彩丝线有了不一样的感觉。后来，我妈去世，再后来我自己有了女儿。现在，我也会给我的女儿系五彩丝线。这些五色碎花，就是五彩丝线的延续，其实这是我个人的一点小情结。”

“至于奥黛，我个人认为，它不像旗袍那样难穿，对身材的要求也不高。奥黛要更随和些，就像我感觉中的江南，很容易让人接受和爱上。这也代表我个人对目前服装设计的一个感觉，就是，有突破，大家又能够接受。时装的设计不一定要超前或脱离现实，而是一个成熟的作品，当它要被推向市场的时候，能够适合大多数人。”

“嗯，不错，你很有自己的想法。有的时候，守护传统并非要照搬，换一种形式也未尝不可。”刘海洋终于点头肯定。

郁筱梦悬着的心放了一半。

随后，另一位陈姓评委对郁筱梦在后场设计剪裁时的表现给予点评，说她很沉稳，而且立体剪裁的时候，信心满满，胸有成竹，一看就是老手。

张新恩又问：“你对立体裁剪怎么看的？”

“我个人觉得，立体裁剪就是二次创作二次加工，我也比较喜欢这个程序，这次的作品也在裁剪的时候做了不少调整，而且大家也都知道，立体裁剪出来的衣服，更贴合曲线，也更能暴露设计中存在的缺陷。目前来说，也只有比较大的服装品牌和公司具备这样的条件。”

几位评委都微微点头，小声地交头接耳，打下了分数。

郁筱梦顺利地进入最后环节——展示自己那组筹备了近半年的作品——《进退》。

蒋一澍也进了决赛的第二轮，他这次的作品也耗尽了他半年的心力，作品风格大胆前卫，一反BOA以往的风格。

进入第二轮的六名选手的作品鱼贯而出，依次展示，评委们聚精会神，看得目不转睛。之前她们只是通过图片来评价这些作品，如今实物在前，自然看得格外仔细，生怕走眼。看到蒋一澍的作品时，张新恩表现出了极大的兴趣。

“7号蒋一澍。你的作品《恋爱中的女人》，是怎么定位的?你觉得它们能被推向市场吗?适合什么样的群体?”她开口发问。

“嗯，评委好。我的这组作品，相对来说，风格比较open一些。主要是来自于女性在恋爱期间，那些复杂细微的心理放大以后的状态。比如为了爱情，情绪起落较大，我用玫红和宝蓝撞色，就是代表极其喜悦和极其忧伤的两种状态。推向市场，我个人认为没有问题，这种色彩很跳，年轻人很喜欢。”

“金色呢，金色是什么状态?”张新恩微微笑着。

蒋一澍也微微一笑:“金色其实是一种浮华的感觉。大家都知道，投入爱情的女人，往往会失去判断力，她们希望自己以最美好的状态出现在对方的眼前，而自己的眼中，也只能看到对方最美好的一面。”

“撞色很精彩。金色的运用也很到位，不过分，恰到好处。”刘海洋点头。他似乎很喜欢这组作品。

不知道为什么，听到蒋一澍这个作品的名字——恋爱中的女人，郁筱梦的心头就一抽，她斜眼看了看那组作品，颜色绚烂，设计得性感而夸张，倒真有几分贴切热恋中的女人那种甜蜜心情。

只是此刻，她看来，却分外心悸，这颜色，太扎她的眼。连带着那原本寓意爱的忧伤的宝蓝色看来，都太过喜悦。

她叹口气，凝住心神。同样是爱情，有些人是明媚的玫红，而有些人，只能是宝蓝色，看似绚烂，其实哀愁。

终于，轮到郁筱梦了。

她的这组设计，在六个人当中，不是最绚烂夺目的一个，也不是最奇巧出位的一个，但足够亮眼，值得细细品味。

蓝白为主的设计，在姹紫嫣红的服装里，清爽淡静，五件衣服，她设计了两条连体裤，一个长裤套装，一条长裙，一条短裙，分别涵盖了春秋夏三季的搭配，全面细致。那条长裙的设计很绝妙，肩部的披肩取下，就是性感的晚礼服，而披上，则又休闲很多。

张新恩对这组作品明显青睐，或许是颜色讨巧，看起来眼睛很舒服。

“郁筱梦，进退是什么意思？”她很直接地发问，看来也是个心直口快的人。

“其实……这个名字的灵感是我一个……朋友的母亲给我的。”郁筱梦说着，想到了何煦，不知道是不是太过激动，眼眶微微有些湿润。她压抑住情绪，用平稳的口气说：“她是一位很成功的事业女性，也是一位好妈妈。可是，当年，因为自己的理想，她和恋人分道扬镳。

后来，她有了自己的孩子，过了很多年，终于有一天，她醒悟，当初自己那样的坚持，竟然是不值得的。她跟我说过因为自己年轻的时候，不懂进退的分寸，错过了很多东西，如今想弥补，却时不再来。很多的美丽，错过了，就不会再次绽放。就只能在未知的以后去回忆从前了。人总是在前进的时间里，回忆过去。所以，人的一生，进退之间，要好好把握。

这就是……我作品的灵感来源。”郁筱梦缓缓地说出了自己的理念。

这些曾经给予她无限灵感的话，此刻仿佛在说她自己。

同何煦那短暂的美丽爱情，终究被她自己，疏离……远去……

35 最后的约会

终于结束了。

郁筱梦再次捧回了一等奖。蒋一澍是二等奖。这对昔日的情侣，又一次在比赛中分出了上下。连输几次，蒋一澍早就输得没了脾气，赛后笑着向郁筱梦祝贺。只是，郁筱梦向往的前往马兰欧尼学院深造的名额，仍旧没有落到她的头上，而是给了一位新人。

评委说，她的作品太成熟了，有了自己的深度，很难再有突破。

仿如料到这个结局，郁筱梦只是一笑，心中不免失落。但能拿第一就好，至少对 GR 来说，这个第一很重要。

三届“新跃”杯大赛一等奖，谁与争锋？谁能争锋？

休息了两天后，郁筱梦如期上班。比赛过去了，但生活还是要继续。

在停车场，她撞见了何煦。何煦似乎是刻意在等她，又似乎不是。他淡淡说了一句“祝贺你”，便扭头而去。两人一路同行，同一部电梯，直至到达各自的办公区，再无交流。

郁筱梦很无力。

她知道，何煦在怨她。

她的心里，也有些许的怨，有些怨何煦竟然真的轻易放手，这滋味复杂。

只有何煦自己知道，自己这大半个月，是怎么过来的。

出差，出差，出差。

他不是不想留在 H 市，只是他怕看见郁筱梦，他怕她再说什么拒绝的话。他很想听听她的声音，却怕接到她的电话。

他想她，却不敢靠近她。他觉得自己很没用，那么关心挂念她，却只敢在比赛当天发一条短信给她。如他所愿，他终究没有等到郁筱梦的电话，却等来了郝仁娟的短信。

郝仁娟说：“何煦，圆我一个心愿，好吗？”

时隔五年，何煦和郝仁娟，又一次面对面坐在这家名为“香啊嘟”的小饭馆里，这是大学时，他们约会常来吃饭的地方。

坐在何煦对面的郝仁娟，突然感到嗓子眼一阵发紧，端起面前的杯子喝了一口茶水，却微微皱起了眉头。

不对！不是这个味道，或者说不是当年的那个味道了！郝仁娟犹记得当时店家的茶水是那种带着茉莉味的花茶，很是清香。可如今，她喝的这杯，却是一杯不折不扣的大麦茶。

何煦没有说话，郝仁娟也没有说话。服务员来了，递过来一份菜单，何煦接过，递给郝仁娟，让她点菜，一如当年。

郝仁娟没有说话，只是伸手接过。

“珍珠丸子、芙蓉鸡片、三鲜锅巴，再来一份小份的糖醋里脊。”她点道。

听到这一串菜名，何煦的脸色微微变了变，却很快恢复正常。这些，正是当年的他最爱吃的，可如今，这些菜，早成了他的禁忌。

“对不起，芙蓉鸡片早就不做了，里脊也不分大小份了。”服务员说。

“什么？”郝仁娟一愣。“为什么？”她仰起脸，无意识地问。

“客人你是几年前在这吃的吧？”服务员盯着她看了一会儿，笑着说，“厨师都换了好几任了。”

郝仁娟愣着，不说话。

她和何煦，女的漂亮，男的英俊，都透着一种贵气，加上衣着光鲜，倒是一对赏心悦目的璧人，在这周围全是大学生的饭馆中，颇为显眼。不时有人往这边瞄过来，看看她，再看看何煦。

服务员有点不耐烦了，催促道：“小姐，还要不要了？”

郝仁娟醒过神来，对上何煦平静如水的眼睛，不由脸一红，放下菜单：“何煦，我不想在这吃了。”

何煦也不吃惊，似乎早已习惯或者已经想到，点点头，说：“好。”

“我们去吃‘道明’家的寿司好不好？”郝仁娟微微凑过身子来说，全然不顾身旁还有一位服务员站着。

“道明”寿司，也是位于H大后街的一家小店，当年也是郝仁娟和何煦常去光顾的地方。

听到这话，服务员突然冷笑了一声：“早关门了。”

郝仁娟讶异地看着她：“关门了？”

“是！好几年前，两年？差不多吧。关了有两年了。”看出郝仁娟不想在这吃饭，服务员说话的意味里，也多了一丝嘲讽。

郝仁娟不再说话，只是发了一小会呆，然后拿起手包和车钥匙，对何煦粲然一笑：“走，何煦，咱们去吃别的。”

何煦对服务员一笑，算是表示歉意。

郝仁娟带着何煦，在后街三横三纵的巷子里钻来钻去，终于找到一个角落，一个铁皮小房子赫然立在那里。

看到那个铁皮房子，何煦不由一震。

他记得那里，是一处新疆人开的烧烤小店，羊肉串很好吃，他本来是不吃羊肉的，只有这家的羊肉串，让当年的他能吃得下去。他和郝仁娟热恋的时候，两人常常溜出晚自习的课堂，手拉着手到这里，点上二十块钱的肉串，然后配上两瓶易拉罐装的青岛啤酒，一边吃一边聊。

看见铁皮房子还在，郝仁娟欢呼了一声，跑了过去。何煦跟在后面，看见郝仁娟靠近铁皮房子，却又慢了下来，身子一松，转而变成一种颓然。

离铁皮房子还有三米远，何煦顿住脚。

铁皮房子不知什么时候，被改成了一个小杂货店，一个戴着老花眼镜的老太太正坐在里面，打着瞌睡，旁边还趴着一只胖胖的花狸猫。

何煦听见郝仁娟喃喃地说道："怎么可能？明明还在……"

郝仁娟转过脸，漂亮的脸蛋上，竟然垂着两行清泪。

"何煦……明明还在的啊！"她喃喃地说。

此刻的何煦，根本不知道能说什么。郝仁娟的心思，他如何不懂？

他跟郝仁娟说"一切都过去了"。而郝仁娟今天的行为，无非是想证实，一切还在，还有机会重来。

可是现实真的很残酷，郝仁娟的希望和想法一个一个地破灭，给了她无情的一击。

何煦拍拍郝仁娟的肩膀，轻声说："仁娟，一切都结束了。你不必太执著了。"

"好男人很多。我何煦何德何能，让你等我这么久？"何煦淡淡地说。

而这话，在郝仁娟听来，却是无比刺耳。她脸色一变，抖开何煦的手："何煦，你什么意思？"

说这话时，她的声音虽然尖锐，却颤得厉害。

"我……"何煦愕然，他本意是想安慰郝仁娟的，却没想到，戳到了郝仁娟的痛处。

"我知道，你恨我当时三心二意，恨我不专情。可是何煦，不会有人比我更爱你！郁筱梦也是！"郝仁娟声音不大，却声嘶力竭表情痛苦。

何煦没说话，默默地转过身。

突然，又转过身："是你告诉她的，韩功远是我爸爸？"

“是，是我。”郝仁娟愣了一下，却飞快地回答。她挑衅地看着何煦：“那又怎么样？”

何煦的脸上闪过一抹痛色。

“你不该告诉她。”何煦说。

“为什么？”郝仁娟突然笑了。

“我就是要告诉她，凭什么我得不到的东西，她轻而易举地就能到手？”郝仁娟恨恨地说，“我也要让她尝尝求而不得的滋味。”

“你……”何煦看着郝仁娟，眼神复杂，“筱梦真心拿你当亲妹妹！你竟然这样对她？仁娟，你变了。”

“不！”郝仁娟猛烈地摇头，“我没变，变的是你！”

“你敢说你心里真的忘了我？如果不是心里还有我，你为什么这么多年一直单身？你说，你敢不敢说？”郝仁娟目光灼灼地看着何煦，“何煦，我要你看着我的眼睛说！你说你真的忘了我！”

何煦叹口气，他觉得郝仁娟不光是变了，而且还疯了。

他抬起头，盯住郝仁娟那双漂亮的眼睛，许久，认真地说：“仁娟，我只能告诉你，就算没有郁筱梦，我和你的关系也不会改变。我对你……”

郝仁娟身子一震，忽地伸手捂住耳朵，摇头：“你别说了！不是真的！我不听，不听！你别说！我不想听！”

何煦只是一停顿，依旧缓缓地说：“我对你……什么都不会改变。因为我已经不爱你了！”

“何煦！你住口！”郝仁娟泪流满面，全然不顾自己和何煦还站在外面，人来人往。

“我不要听！你说的不是真的！”郝仁娟哭着喊，“你骗我！你骗我！何煦，你是骗子！”

何煦半是怜悯半是伤心地看着郝仁娟，他的心也很痛，却比不上当年的痛。眼前这个女孩，曾经是他的挚爱，他所幻想的“执子之手，与子偕老”那种意境，全给了这个女孩，可是，她却不曾珍惜。或许年轻，不懂真情的可贵，可是，许多的事情，不是都能重新来过的，更何况，是爱情！爱情，是易碎品。他想起当初知道郝仁娟背着自己和韩燊交往的时候，也曾幻想，只要郝仁娟回头，自己还会敞开心胸接纳。毕竟，那时的他，是那样掏心挖肺地爱她。

可是，他等了很久很久，郝仁娟依旧没有回头，他没有等来郝仁娟，却等来了韩燊。

韩燊笑着说："何煦，不好意思，你的女人，被我搞定了。"

"女人啊！还真是贱，指缝里露点钱，就乖乖地俯首称臣了。太没意思了！"韩燊讥笑着说。

何煦的手，握成了拳，只待挥出。

韩燊看出他的愤怒，笑笑："你不必这样，我只是用这种方式告诉你，她太差劲了！配不上你！好歹你也是我同父异母的哥哥。"韩燊笑着转身，任由何煦那一拳凭空挥出，却落空。

那一刻，他心中的屈辱和悲愤，又岂是眼前的郝仁娟能体会的？

何煦慢慢地转身，不再去理会郝仁娟。

郝仁娟见何煦要离开，一下子扑了过来，抱住何煦的腰："何煦……你别走！我再去找！肯定有没变的！"此刻的她，完全慌了手脚，千辛万苦得来的这最后一次约会，竟如此收场结束，叫她如何心甘？

"何煦，我求你！给我个机会，求你了！"郝仁娟呜咽着小声地请求，她的两手死死扣着，攥得很紧，没有一丝想要放开的意思。

何煦没有说话，任由郝仁娟抱着，许久，终如下定决心一般，用力掰开了郝仁娟的手。郝仁娟拼死不放，她知道，这一放手，她和何煦，便再也没有机会了。

终于，何煦的手软了下来。郝仁娟心中燃起一丝希望。

何煦说："仁娟，放手吧。我爱的不是你！"

郝仁娟面呈灰白，如遭雷击，她僵直着身子，松了手。何煦大踏步地向前，头也不回地离开。

她的眼中，缓缓溢出泪水。

是谁说的，所谓错过，便是不可重来？

36 疯狂的婆婆

这些天，郁筱梦手机上祝贺的短信息几乎要爆掉，林叶柏也发来了短消息祝贺她，还邀请她有空一起去福利院。郁筱梦礼貌地回复了一条感谢的短信，对他的邀请没有答复。

又一次捧回一等奖的郁筱梦受到了公司员工的热情欢迎。有人开玩笑，郁筱梦不拿第一谁拿第一，大家早就习以为常。

公司高层召开了会议，一来是表扬郁筱梦的出色发挥，二来是借这股东风，好好地规划下一步。人逢喜事精神爽，公司也是如此，平日总是绷着脸的韩董，也松懈不少，露出难得一见的笑脸。

别人都是开心的，而郁筱梦却是忧心的。从一进这个会议室，她就感觉到，何煦的目光，只是一开始在自己脸上停顿了片刻，之后从便再也没有在自己身上落下过。

她有些哀怨，纵然自己动了心思，想同何煦分手，错在她，但何煦也不至于冷着一张脸。GR 的高层里，好多都是人精，已经有人用打探的眼神来回看她俩。郁筱梦夺冠，最高兴的不该是她和何煦吗？为何这两人，一个绷着脸，一个却满腹心事呢？

会议开得热烈，但郁筱梦却如置冰窖，她有些坐立不安，太阳穴突突直跳，总觉得心慌意乱。

对于公司下一步的规划，大家可谓是畅所欲言，你一言我一句，气氛融洽。这时，场外传来了一阵喧哗，会议室的人不由往门口看去。

随着动静，郁筱梦往门口瞥了一眼，刚垂下眼眸，又忽地睁开，瞳孔放大，她看见了一个熟悉的人。一个她不想看见的人，也是一个不该在这里出现的人。

佘曼春……

郝仁军的母亲，也就是她未离婚时的婆婆！

郁筱梦一下子怔住，她怎么会来这里，她来这里干什么？

当初她撞破郝仁军的奸情，两人经过协商，原本为了林林还不想离婚。正当郁筱梦咬碎牙和郝仁军开始有名无实的婚姻生活时，婆婆佘曼春来了，她的一席话，却成了导致郁筱梦铁心离婚的最后一根稻草。

佘曼春同郁筱梦的关系，一直都有点紧张。看似随和的佘曼春，其实个性很强，前四十年是土生土长的农村人，后十几年进了城，却未改一身土气，行事风格还是农村的老一套，颇有旧社会里大家庭中家长的作风，很有做婆婆的架子，这点让郁筱梦很是吃不消。

其实，郝仁军家和郁筱梦家有些渊源，两家的父母本就相识，关系还不赖。郁筱梦的公公郝庆广和郁筱梦的父亲郁有德曾经是同事不谈，郝庆广和郁筱梦的已去世的母亲张海芽还是高中同学，而让两家纠结的，正是这一段同学关系。

余曼春不知从哪里听到郝庆广和张海芽年轻时候曾经好过一段时间，就此揪着不放，导致很长一段时间不往来，直至张海芽四十多岁就因为乳腺癌去世，余曼春才解了心结。

巧得很，几年后媒人偏巧又将郁筱梦介绍给了郝仁军。那段旧事发生的时候，两人都小，并不太清楚，只是一提各自父母，说起父亲竟然曾经都在一起工作过，两人感觉很投缘。郝仁军之前相亲无数却无一入得了他的法眼，却在碰到郁筱梦时感觉特别对路子。回家一说，余曼春一听就跳了起来，坚决不同意，而郝庆广倒是很大度，他和张海芽之间的所谓暧昧，本就是莫须有的东西，心里自然坦荡得很，一听说又是老同事和老同学的女儿，知根知底的，于是十分支持儿子。

余曼春为此和丈夫吵了几日，但女儿郝仁娟也站在父亲那一边，说自己见过郁筱梦，真的很好云云。郝仁军又来了个绝食三日，坚决不吃余曼春做的饭。余曼春是很溺爱郝仁军的，真的是心头肉掌中宝，一看儿子不吃饭，无奈之下，只能败下阵来，承认了郝仁军和郁筱梦的关系。

这一段，也是郁筱梦后来才知道的。

而这一段造成的后果就是，郁筱梦嫁入郝家，很久很久，都不得婆婆的欢心。余曼春心存芥蒂，婆媳关系一度恶化，幸好郝庆广和郝仁娟父女左右斡旋，加上郁筱梦还算识大体，竭力挽回，余曼春对她的看法才慢慢改变。

不知道余曼春怎么从郝仁娟那里知道郁筱梦同郝仁军要离婚的事，跑过来看她，说的第一句话就是:"郁筱梦，你忘了你二十八岁了，离了婚，谁还要你?"

郁筱梦正准备倒水给她，不由浑身一怔。

二十八岁，这是美好的年龄，可以有爱情，有事业，有很多的闺蜜，有青春的活力，有这个时段特有的娇媚和成熟，这些，郁筱梦都有。

还不止这些，她还有了老公，有了孩子，有了四年婚史。郁筱梦读书很早，二十一岁就本科毕业，刚毕业就进入GR工作，用了两年时间就爬到主管位置的她成了GR的一个传奇。却在如此传奇的时候经人介绍，认识了郝仁军，二十四岁结婚，次年生了女儿，至此，在主管这个职位上停滞不前。这是一个典型的小女人才会选择的道路。

昔日的同窗闺蜜兼同事好友——于乐乐曾经说过：郁筱梦，你真是一点都不珍惜你的青春，全用来结婚生孩子上了。

郁筱梦笑笑，她始终觉得，女人结了婚生了孩子，一样可以发展事业。与其熬到不得已的时候再去冒着高龄产妇的危险生孩子，不如趁着年轻身强体壮恢复能力好早早生了，一来对孩子好，二来，自己也年轻，事业荒废一两年，可以迎头赶上。

于是，当她的同龄人还在挑三拣四地游戏爱情时，她认定郝仁军，将自己嫁了。

只是她没想到，自己的爱情竟然这么快就枯萎凋谢，而最后终结这段婚姻的，竟然是自己的婆婆。

“不过你要离婚也可以，但郝林林归你！”这是余曼春说的第二句话。

当她这话出口时，郁筱梦不由得扯出一丝冷笑。

“我知道你不喜欢林林，因为她是个女孩，是吧？”郁筱梦说。

余曼春未置可否。

“我知道，你也一直不喜欢我。因为我妈是张海芽，是吧？”郁筱梦继续说。

“好吧。本来，我和郝仁军说好再给彼此一个机会挽回一下这段婚姻。现在看来，也没有这个必要了。按你说的，林林归我。”郁筱梦笑。

郁筱梦的反应似乎有点出乎余曼春的意料，她以为郁筱梦会低下头，会哀求几句，会怨愤，或者……也会激动，会失控。

但郁筱梦反应平淡，似乎余曼春说的那两句话，跟她没什么关系。

余曼春僵硬地挤出一抹所谓的笑，竭力压制自己表现出来的那抹失望。

“是！我不喜欢你。到今天这一步，我也不想掩饰什么。我也不喜欢郝林林，我想要个孙子。”余曼春直接说。

郁筱梦点点头，似乎是在欣赏余曼春的直接：“我知道。郝林林跟了我，郝仁军再找一个没孩子的，是可以再生一个的。”

“钱你要多少？”余曼春突然问。

郁筱梦愣了一下，意识到离婚也是要谈夫妻财产的分配的，只是她真没想到，竟然是余曼春和她谈。她啼笑皆非地看着余曼春，想了想：“你该去问问你儿子，他有多少财产。”

余曼春很奇怪地一笑：“他所有的钱不都是你管着的么？那些钱，都给你，我是问你，你另外要多少？”余曼春很大方。

“看不出，你这么大方。”郁筱梦讽刺道。

余曼春摇摇头：“你以为我想？”

“我知道，你不想。“郁筱梦将水慢慢地倒满杯子，却没有递给余曼春，而是自己缓缓喝了一口，“你是怕爸爸知道了会生气，会不承认。你也怕太计较抠门，会让其他人说三道四。还有，你怕我会纠缠！”郁筱梦所说的爸爸，是公公郝庆广，她虽然不开口喊余曼春“妈妈”，但喊郝庆广“爸爸”却是真心实意。

余曼春脸色变了变，恨恨地说：“郁筱梦，你知道我为什么不喜欢你吗？”

“为什么？“郁筱梦不动声色。

“你太聪明，太精！我们仁军不是你的对手！”她顿住，又补上一句，“尤其你这副总是什么都知道的样子，叫人很讨厌。”

突然，她又叹口气，眼神里交错着一种难以言表的复杂感情：“其实，如果你不是张海芽的女儿，我或许会喜欢你。”

“但是，不管她跟仁军他爸到底有没有关系，我心里终归不舒服！”她定定地看了一会儿郁筱梦，“你跟你妈妈，长得太像了。不由得我不想起。我看着你，就浑身不舒服。”

说完这话，余曼春头也不回地走了出去。

看着余曼春消失的背影，郁筱梦终于落下了两行眼泪。

却很快，用手背抹去。

她静静地看着桌上的那半杯水，仿佛想从那水里，看出些什么来。

她很后悔，当初跟郝仁军结婚的时候，就有人讲过，婆婆是很重要的，婆婆不喜欢你，你的婚姻就很难长久。她当时不以为然，现在想来，是真的。结婚的时候，她太年轻也太幼稚，眼高一切。虽然，余曼春并不是她们离婚的导火索，但从余曼春来过，郁筱梦就铁了心了，这婚，非离不可。她不是仰人鼻息看人脸色过日子的人，从小，她的父母就教过她，活要活得有尊严，而余曼春，恰恰不止一次试图去毁灭她那可怜的尊严。

因为郁筱梦的父亲只是个普通小公务员，母亲又去世，而郝仁军的父亲是正科级干部，所以，余曼春说郁筱梦家庭条件不好；因为郁筱梦是个公司小白领，而郝仁军是个机关公务员，已经坐到正股职，所以，余曼春说郁筱梦个人条件不好；因为郁筱梦生了个女孩郝林林，而余曼春想要一个大孙子，所以，余曼春说郁筱梦肚皮不争气。

为了婚姻，为了所谓的爱情，郁筱梦都忍了。婆婆不喜欢自己没关系，那毕竟不是和自己过一辈子的人，只要老公爱自己，女儿听话，赚的钱比用的多，这样的生活，同样是美满。可是，郝仁军偏偏出轨三次，严重地摧毁了她作为一个女人最后的自尊心。

既然挽回不了，不如轻松放手，说不定，前面是另一片海阔天空……

只是，这么久了，她跑来这里干什么？

37 真相

余曼春冲进了会议室，身后还跟着前台的两名文员，惊恐地想要拉住她，却力不从心。余曼春跟疯了一样，径直推开玻璃门，出现在众人面前。

大家哗然，有人站起身来上去拦截，郁筱梦也吃惊地站了起来，她实在想不明白，余曼春跑这里来干什么。

“哪个是何煦？”一推开玻璃门，余曼春扯着嗓门喊了起来。

何煦也愣住了，慢慢站了起来，有些不明就里：“我，怎么了？”

余曼春的眼睛竖了起来：“你就是那个姓何的？”

“就是你，欺负我女儿，欺骗她感情？”说着，余曼春扑了过来。

这下子，四座皆惊，所有的人都将目光投向了何煦。何煦也发愣，他不认识余曼春，也实在想不起来自己欺骗了哪位姑娘的感情。这些年，郝仁娟之后，郁筱梦之前，他再也没有轻易地去触碰某一段感情，自然谈不上伤害谁。

余曼春很快到了何煦跟前，扯住他的衬衫：“你个挨千刀的，我家娟子怎么你了,你欺负她?"

娟子?何煦愕然。竟然是郝仁娟的母亲!郝仁娟到底在自己母亲面前说了什么,让一个老妇人如此失控地冲进GR的会议室?

有人开始嘀咕,议论纷纷,又有人将同情和疑问的目光投向郁筱梦,谁都知道,郁筱梦现在是何煦的正牌女友。

会议室里乱成了一锅粥。

而余曼春,一眼看见了杵在一边的郁筱梦,紧跟着走了过来,指着郁筱梦的鼻尖开骂:"你!你个小狐狸精!你连你小姑子的男朋友都抢,你还要不要脸?"

此话一出,大家更是目瞪口呆。而郁筱梦,脸色煞白。

这出戏,真是越来越好看了。偌大的会议室,二十来人,竟然没有一个上前帮忙的,任由余曼春肆意地对着何煦和郁筱梦叫骂。从表情上看,大家都坚信,这两人,一个是奸夫,一个是淫妇,两个人整个一对儿狗男女,有人的脸上写着好奇和不确信,而有些人,直接就是幸灾乐祸了。

只有一个人例外,便是金蔷薇。她也很震惊,但更冷静,从何煦以及郁筱梦的脸上,她读出了疑点。

何煦的脸上,是愤怒和无奈。而郁筱梦的脸上没有表情,有些麻木,更多的是一种茫然和无措。金蔷薇学过心理学,她快速地分析,判定何煦和郁筱梦应该没什么问题。再看余曼春,行为举止都有些夸张做作,似乎演戏一样。

余曼春已经坐在会议桌上一边拍着大腿,一边鼻涕眼泪地哭诉,无非就是:何煦如何骗了她女儿,郁筱梦是个狐狸精,抢了前任小姑子的男朋友,当初还对她不孝顺,对丈夫不关心……

郁筱梦靠在墙上,眼睛直直地盯着她看,却也不阻止,仿佛事不关己。而何煦,站在桌子的对面,无限哀伤地看着她。

终于,一直沉默不语的韩功远发话了。

"闹够了没?"他的声音中气很足,短短几个字,却足够威严。

余曼春愣了一下,扭头一看,是个同自己年纪差不多大的男人,穿着颇为讲究,旁边的人对他毕恭毕敬,看来身份不低。她斜睨一眼,问道:"你谁啊?"

"下来!"韩功远喝道。

余曼春刚想还嘴,却发现那男人的眼神,凌厉笃定得很,再看周围,只有他一人坐着，更加敲定他身份不低，便又问："凭什么？你谁啊？"

韩功远微微一皱眉头，沉声道："我是GR的董事长，韩功远。"

"你、你、你……你就是韩功远？"余曼春一下子跳了下来，相当敏捷。

"是。"

"哎呀呀！你看看你生的好儿子！我家多好一个闺女，就活活被他糟蹋了！"余曼春说着，拿指头直点韩功远，"你拿什么赔啊？"

韩功远一下子变了脸色，有些坐不住。

会议室里所有的人，更是一头雾水。

这女人疯了么？刚刚说何煦欺负她女儿，现在又说韩董儿子糟蹋她女儿，她有几个女儿啊？怎么这么巧？

余曼春一看四周众人讶异和不明就里的表情，颇为得意地说道："啧啧！韩功远啊韩功远，你藏得还真深啊！一个私生子，这么大一个活人，竟然被你藏在这么大一个公司里，还做了销售总监，你可真厉害！"她牙尖嘴利，声音和表情都极度夸张。

果然，这个炸弹一爆出，所有人都被轰得晕头转向。

什么？什么？这女人在说什么？

私生子？销售总监？难道是……何煦？

所有人的目光一下子集中到了何煦身上。何煦默然的表情，似乎无声地证明了他就是韩功远的私生子。再看韩功远，阴沉着脸，嘴角微微抽搐，看得出，他生气了。

郁筱梦嗓子干哑，她没想到，余曼春竟然也知道何煦同韩功远的关系。看来，郝仁娟孤掷一注，存心要毁了何煦。

是的，毁了何煦。

这是得不到一个人后，能做出的最极端的报复。我不能够幸福，你也休想。这是郝仁娟的个性。

只是此时，她能说什么？她说的每一句话，都那么微不足道。

"保安呢？保安呢？"韩功远按捺不住。随着他的喊声结束，几个保安也快步走进会议室，其实他们一直在外面，只是韩功远没发话，谁都没敢动。

"把她拖出去。"一声令下，保安上前七手八脚扯胳臂拉腿地将余曼春拖出了会议室。余曼春骂不绝口，声音在走廊里回响着。

“韩功远，我不会放过你们父子的！”

“我要见报！我会打新闻热线的！”

“小狐狸，你害我们全家，你不得好死……”

两边办公室里，职员探头探脑，捕风捉影地小声说着听见或看见的片段，拼凑着事实。

会议室里，高管们坐回自己的位置，难免尴尬。郁筱梦只是默默坐着，眼睛盯着桌面，她倒不是尴尬，因为她知道，还有两个人比自己更尴尬，她只是难过。

昔日相处得那样融洽的小姑子，竟然这样对自己，自己还掏心掏肺拿对方当亲姐妹，果然，人心险恶。她的心里，是说不出的苦涩。

谁都没有开口，会议被全盘打乱。韩功远坐在顶端，双手交叉，很长时间里他微垂着头，看得出，他内心很纠结。大家就这样坐着，谁也不敢走。

不知过了多长时间，韩功远抬起头来，他的眼中，闪着异样的光。许久，他凝声道：“各位，既然事已至此，我欠大家一个解释。”

有人开始窃窃私语。

“刚刚那位女士说的是事实。何煦，也就是我们 GR 的销售总监，确实是我的儿子。”

这句话从他的口中说出，音量虽然不大，却格外有分量。

所有人都惊讶地瞪大眼，包括何煦，他也没想到，韩功远竟然如此坦白地承认了他，难道……他早就知道自己的存在了？

他一直以为，韩功远并不知道自己的身份。原来，被蒙在鼓里的人，竟然是自己！

韩功远不理会众人的惊讶：“但是，何煦不是私生子。

当年，我和他母亲是一对恋人，后来，因为理想上的分歧，我们分手了。那时候他母亲已经怀孕，但我不知道，之后的很多年我都没有他母亲的消息。他母亲是位优秀的女性，是一位佼佼者，后来在很多场合，我们都有相遇，她从来没跟我说过她为我培养了一个优秀的儿子。

直到何煦高中的时候，我从大学同学那里得知，他母亲有一个孩子，从孩子的出生时间来看,她怀孕的时候,应该还和我在一起没有分手。于是我问他母亲,何煦是不是我的儿子,她承认了。

我一直很想认回这个儿子,但他母亲不同意,她说等何煦足够成熟的时候,再告诉他,让他自己选择。

至于何煦来GR任销售总监,我跟各位保证,跟我无关,他的能力,足以胜任这个职位。一直以来的业绩,也能够说明,他是个优秀的销售总监。今天所发生的一切,我调查过后,会跟大家说明,我相信何煦不是玩弄欺骗女孩子的人,我以我的人格担保。至于郁总监,我相信她也是无辜的。"

韩功远说着,眼神看向何煦和郁筱梦。这两人明显还在震惊中,尤其是何煦。

变化太快,事情太突然,他还没能反应过来。

"各位,回到自己的岗位去工作吧。这是小事,也是我的家事,不应该影响各位的心情。"韩功远说着,率先起身,站在会议桌前没动弹,看来他没有离开的意思。

众人纷纷离去,会议室里,只余下三个人。

韩功远、郁筱梦和何煦。

38 有些爱,很沉很重很心疼

刚刚还热闹异常的会议室,此刻一下子安静了下来。

何煦有些不习惯。

郁筱梦更不习惯。她只觉得说不出的压抑和难受,像有块石头压在她的心口,又好像胸腔里塞满了棉花,一点也不透气,闷得很。过了好一会儿,她仿佛是大梦初醒,"腾"地一下站起身,混混沌沌中反应过来,人家父子相认,她坐在这里瞎掺和什么?

"那个……韩董,何总监,我有事,先走了。"她匆忙地说,收拾好面前凌乱的文件,跨着大步,离开了会议室。

这下,会议室里更安静了。

韩功远慢慢坐下,点燃自己的烟斗。他的烟瘾很大,海泡石的烟斗,前段时间还是雪白的,今天看有些明显的发黄。他一口一口地吞吐,仿佛那不是烟，而是氧气，而他是鱼，刚从深水潜出水面，大口地补充氧气，满足肺部的贪欲。

先开口的还是他。叹口气之后，韩功远放下手中的烟斗，目光灼灼地看着何煦："何煦。"

何煦微微垂着头，他的两手放在桌上，轻轻地捻着桌面上放着的材料纸边缘，最上面的一张，已经被撕成了一小条一小条，一个个小卷往上翘着，好比女人刚刚烫过的头发。他很少做这样的小动作，但是今天，一切都是不自觉的。他的目光是涣散的，只有手中机械地重复着。

见何煦没理他，韩功远有些下不来面子，苦涩一笑，又喊了一声："何煦。"

何煦终于有了反应，缓缓地抬眼，看向韩功远。韩功远正盯着他看，眼神有些无奈，缓声唤道："何煦。"

"是。董事长。"何煦生硬地回答。

韩功远身子一震，表情惨然："何煦，你……怨我吧？"

"不敢，我没有资格。"何煦很谦卑地回答。

他不是怨，只是不理解。从刚刚种种情况来看，韩功远早就知道自己的存在了，可为什么，为什么能不动声色掩饰得这样好。如果不是余曼春这一出，他真的会如他自己所说，同他相认？何煦自认不想高攀，这么多年没有父亲，他早就习惯了。只是，被人蒙在鼓里的感觉，真的不好，感觉自己就是个傻子，自以为是的傻子。

他真傻！当初他和郝仁娟热恋的时候，韩燊的插足，就足以证明韩家人早就知道了他的存在。亏他还天真地希望自己就这样留在GR，虔诚地奉献自己的力量。

"何煦……哎，你怨我恨我都好，我都能接受。今天的事对你来说，是太突然了。我也没想到会这么戏剧。"韩功远感叹。

何煦垂下头："是吗？那韩董您演戏的水平真高。"

韩功远对他言语中的嘲讽一点儿也不在意。

韩功远第一次知道何煦的存在，是何煦四岁的时候。那一次，何煦的母亲何建平刚刚获得了一个国际比赛的大奖，国内获得这项奖的设计师屈指可数，何建平更是唯一的一个女性。得奖归来之后，韩功远与何建平的母校邀请她过去做一个报告，她去了，韩功远也去了，就见到了何建平。当时韩功远从其他同学的口中，知道她有一个孩子，孩子出生的时间和他同何建平分手的时间是同一年，韩功远一听，心里就下意识地猛地一抖，觉得这孩子跟他肯定有关系。于是，他开始想要证实。

“那一次，我问你妈妈，你妈妈没有承认。”韩功远站起身，走到会议室的墙角边，那里有一盆非洲茉莉，叶子青翠欲滴，白色的陶瓷花盆一尘不染。他拿起旁边放着的小喷水壶，一下一下捏着按钮，壶嘴里喷出透明的细雾，如纱一般，向绿色的叶子罩了过去：“这件事一直放在我的心上，很多年。你长大了，你的眉目很像你妈妈，但是，你的鼻子和嘴巴长得却像我。何煦，你没有发现吗？”

何煦默然，他一直收集着韩功远的各类资料，对他的五官早就熟悉得不在话下。说句夸张的，韩功远最近又添了几条皱纹，又长了几根白发，何煦都一清二楚。

“你小学的时候，跑步特别得好，从一年级到六年级，一百米二百米的第一名都是你，但你长跑不好，这点像你妈妈。你跳远也不错，五年级的时候，有体校的老师动员你去体校练专业的，但你妈妈没同意。

后来上到初二，你和同学打篮球的时候，摔了一跤，右边小腿骨折了，从此，你就没有参加过短跑比赛了。对了，当时我还去医院偷偷看过你。恐怕你不知道。我还关照过给你扎针的小护士，下手千万要轻点。”韩功远说到这，顿了顿，放下手里的喷水壶，他看着窗外，情绪波动很大，沉浸在过去的回忆中，“你是年级第四的成绩上的初中，你喜欢英语和化学，生物学得也很好。这点像我，呵呵。

考高中的时候，你发挥有点失常，那两天你正好感冒了，不过还是凭自己的成绩考上了，你很幸运。高考填报志愿的时候，你选择了北京的学校，但你妈妈没同意，她不想你那么早离她太远。体检的时候，我费劲心思，拿到了你的血样，去做了 DNA。那次你小腿骨折的时候，我也试过拿你的血液样本去作分析，但被你妈发现了。呵呵，何煦，你说我是不是很窝囊？我想知道你是不是我的儿子，却只能用这种方式。”韩功远自潮地笑笑。

DNA 的结果显示：何煦百分之九十九点九九与韩功远有父子关系。韩功远当时对这个数字很不解，后来医生说，这不过是她们分析报告使用这个数字的惯例而已，说通俗点，何煦就是他的儿子。韩功远永远记得当初自己看到那张报告单时复杂的心情，又是激动，又有懊悔和遗憾。

“何煦，你不知道，我当时多激动，又有多生气。”韩功远敲击着自己那支烟斗，手抖得厉害，他试图往里塞新的烟草，却明显力不从心。

何煦走了过去，半蹲下来，从他手中拿过烟斗，移过精致的黄杨木烟草盒，取出适量的烟草，小心而缓慢地往烟斗中装。他不抽烟，但是能熟练地装烟斗，因为他知道，韩功远喜欢用烟斗。但他今天的手法一点也不熟练，他的紧张不亚于韩功远。

“我激动，激动的是你真的是我儿子。你从小到大就很优秀，我真心希望你是我的孩子。而且……我一直关注着你，虽然不曾与你相认，但是，在我的心中，我早就接受了你是我儿子的这个事实。我又生气，气的是你妈妈，竟然瞒我那么多年，我找到她，为这事，同她大吵了一场，我决意要跟你相认，但你妈妈坚决不同意。我找过她好几次，后来，她干脆躲着我。”那一次，韩功远同何建平吵得相当厉害。何建平是个强势的女人，选择带着何煦去了外地，销声匿迹地过了几年。但是，韩功远没有放弃，他用尽所有人脉找寻，终于再一次找到了他们。

不过，她很快妥协，只是说让你平静地完成学业，她不希望这事对你产生任何影响。她说等你完成学业后，让你自己抉择。

后来你去香港读书，再后来，你进了我们的对手 BOA。我在想，这个时候告诉你身世，一定会让你很痛苦，也好，让你在 BOA 锤炼几年。所以……一直拖到了现在。

在你成长最关键的那些日子里，我没有尽到一个父亲该尽的责任。我很愧疚。我也想弥补，不知道，现在还来不来得及。从你来到 GR，我一直想要同你相认，可是，越是常常看到你，我就越没有勇气。如果……如果不是今天那个女人过来闹这一出，我恐怕还下不了这个决心。何煦，你恨不恨我？”韩功远的眼中，透出薄薄的一层雾光。他毕竟快六十的人了，真的老了，今天这一出，他没由来地感到了心累。

何煦手一滞。

他恨吗?

从小到大,他从来不知父爱是什么滋味,当周围的孩子都有父亲的陪伴和带领时,唯独他没有。开家长会,他永远只是妈妈去开。当他最快乐最开心的时候,永远没有父亲一起分享。

他恨吗?他想说恨。韩功远竟然就那样不远不近地关注着他,知道他的点滴,却从不露脸,甚至连一个擦肩都不曾给予。

可是,他恨不起来。

他该恨吗?

39 承受不起的幸福

郁筱梦浑浑噩噩地回到了家,整个人径直就瘫到了床上。郝林林跟了过来,小麻雀一样地喊着:“妈妈妈妈,你怎么啦? 肚肚疼吗? ”

郁有德见女儿神色异常,也跟了进来。最近郁筱梦的状态,他看在眼里,那样的失魂落魄,明显异常。他心里怀疑是同何煦的关系出了问题,但作为父亲,他不好多过问女儿的事,今天看她这副模样,终于按捺不住,跟了进来。

“筱梦? 不舒服? ”

“嗯,爸,你带林林出去吧。我睡一会儿。”郁筱梦将脸埋在枕头里,闷声闷气。

“那你睡会吧,我带林林出去玩。”郁有德说着,便拉着郝林林走出卧室,关上了房门。

郁筱梦转过脸,呼了一口气,她想哭,但是哭不出来。她觉得自己很不争气,同何煦相识相恋时间尚短,自己却如此上心。最重要的是,今天余曼春的出现,大闹会议室,她觉得自己就像是被推上了悬崖的人,只要挪动一小步,便会粉身碎骨,不,是已经粉身碎骨,光看着那高高的悬崖,她就已经粉身碎骨……下面是万丈深渊,不知底的恐怖。

她昏昏沉沉地睡去,不知道为什么,却做了一个梦。

或者说,不是梦,梦中,她记起了同郝仁军离婚时的场景。

那天和郝仁军去民政局办离婚手续,他们吃惊地发现,给他们办手续的那个人，是当年给他们办结婚手续的人。因为这个工作人员的嘴角，有一颗很大的黑痣，属于过目难忘型，尤其搁在一个男人的脸上，觉得特别的搞笑。当时领完结婚证，郁筱梦就给这个工作人员起了个“黑痣男”的外号。

没想到，四年之后，竟然又看到这个黑痣男。

黑痣男和当年办理结婚证时一脸笑意的样子明显不同，冷着一张脸，仿佛每对前来办理离婚的人，都是被警方通缉的逃犯一般，带着审讯的口吻。

“结婚证、身份证都带来了？”黑痣男问。

“带了带了。”郝仁军一边说，一边递过东西。

黑痣男看了看身份证和离婚证上的照片。“为什么离啊？”他问。

郝仁军不作声，郁筱梦看了郝仁军一眼，轻声说：“性格不合。”

黑痣男看了一眼结婚证：“都四年了，才发现脾气不合啊！”

“是。”郁筱梦应道。

“谈恋爱的时候，也不多处处！有孩子了没？”黑痣男问。

郁筱梦好想一脚踹他脸上那颗黑痣上去，耐着性子回答：“有了，还小。”

“啧啧！”黑痣男脑袋直摇，“那孩子商量好跟谁了？”

“我。”郁筱梦没好气。

黑痣男抬头，又是同情又是怜悯地扫了郁筱梦一眼，手里办着手续，嘴里还不停：“这么年轻，就做单身妈妈，你可要考虑好了啊！”

“离婚协议什么的签好了？财产的归属没问题吧？”他又问。

“商量好了，也签了，没问题。你要看下吗？”郁筱梦说着，就从包里往外拿协议。

黑痣男摆摆手：“无非那么点事，我不看，你们自己商量好就行，到时候，别为了那么点钱争来争去打官司，让人笑话。”

郁筱梦又将手缩了回去。

郝仁军终于忍无可忍了，臭着脸说道：“你快点吧，我们还有事！”

黑痣男看他一眼，眼神里很是轻蔑：“催什么？这年头，找老婆不容易！说离就离不珍惜，好姑娘全被你们糟蹋了！”

郁筱梦和郝仁军，彻底无语了。

千辛万苦地拿到离婚证，从一旁坐着的形色各异的等待办理离婚手续的人群面前走过，然后再穿过热闹异常的结婚证领取处，郁筱梦一路看来，恍惚间觉得自己倒着过了几年。四年前，她和郝仁军也这样激动而兴奋地来到这里，领取了结婚证，却没想到，四年后，再一次来领证，只是领的离婚证。

走到民政局外，天格外的冷，路边有点积水早就冻成了冰。郁筱梦呵了口热气暖暖手，说道："走啦！"

郝仁军有些不舍，轻轻地说："要不，咱再吃顿散伙饭？"

郁筱梦将手插进口袋，想了想，摇头："算了吧，也没什么意思了。回头你有时间，多带林林出来玩玩就行了。"

"嗯。"郝仁军见她坚持，也不勉强。

"我带你回去吧。"他说。

郁筱梦笑笑："不用了，我去我爸那儿收拾东西，明天就搬，他还不知道呢。我这过去一说，他肯定要气得跳脚了，我还得灭火。你去上班吧。"她和郝仁军结婚时买的房子，还归郝仁军。两人婚后的现金存款，归郁筱梦，还有一辆郁筱梦名下的车，因为是她用工资买的。所以，郁筱梦打算搬到自己父亲那里。

"不用这么急，你可以慢慢收拾。"郝仁军说。

"没事，东西也不多。早搬早了。"

"哦。"郝仁军声音低下去。

"去吧。"郁筱梦看着郝仁军，"祝你……以后幸福！"

说完，郁筱梦转身朝停车场停着的那辆白色飞度走去。

郝仁军看着她的背影，似有千言万语汇聚在喉头，却无法开口，最后，终于挤出一句："筱梦，对不起……"

对不起，对不起什么呢？对不起郁筱梦自己出轨了，还是对不起郁筱梦被余曼春逼着离婚？或者兼而有之？郝仁军自己也搞不清楚，他只是觉得，这句话，是自己唯一能说的，也唯一说得出口的。

一个激灵，郁筱梦醒了过来，惊起了一身冷汗。她托着脑门坐了起来，好奇怪的梦，那些场景，竟然是当初离婚时所经历的，一点不差。为什么会做这个不相干的梦？将那次的场景，一分不差地重新经历了一遍，什么意思？

她喘口气，枕边的手机屏幕一闪，是一条短息。

发消息的人，是何煦的妈妈——何建平。

何建平约郁筱梦出来谈谈。

说真心话，郁筱梦觉得自己有点招架不住。她现在的状态，现在的心情，都是无比混乱，乱得她自己都理不清头绪，看不见方向。

她委婉地拒绝，但何建平很坚持，她说："筱梦，我现在是以一个朋友的身份请求你，不是何煦的妈妈。"

郁筱梦动容，起身简单地收拾，赴约。

自从郁筱梦同何煦交往之后，她反而很少去何建平那里。有时候在福利院看见，两人也只是心照不宣地一笑，很显然，何建平是不想多给她压力。只是偶尔，让何煦带一点沈姨做的菜给郁筱梦。

不可否认，何建平是郁筱梦见过的最有智慧、最懂分寸的女人，她总是能给人一个舒服的距离。

一度，连郁筱梦想到以后有可能要和何建平相处，她都会暗自高兴。

何建平是开车过来的，她约了郁筱梦到小区旁的城中公园，那里闹中取静，广场上有很多人在跳集体舞，动作不算整齐，仗着人多，气势倒算宏大，有很多的小孩子在无拘无束地奔跑嬉戏，有时候，郁筱梦也会带郝林林到这边来玩一会儿。两个人就站在广场的边上，离跳舞的人远远一段距离，音乐声量合适，就算都不说话，也不算尴尬。

"筱梦。"何建平心平气和，岁月多年磨砺，她早已成为一个有雅量的女人，"你跟何煦，出问题了？"

郁筱梦心口一疼，知道何煦也没同何建平说什么，只得自己牙一咬，心一横："阿姨，我跟何煦分了。"说出这话的时候，是莫名的心疼。

"为什么？"何建平的语气中是不解，却没有多少意外。

"我……"郁筱梦有些犹豫，她该怎么同何建平说呢？

何建平拉过她的手："筱梦，你有什么顾虑都可以说出来。何煦告诉我他想跟你交往，我是很赞同的，要知道，我跟你的接触，可比他要早要多。我也真心地希望有你这样一个女儿。如果是何煦哪里做得不好，只要你说，我去训他。"

郁筱梦缩回手，连忙摇头："不，不，何阿姨，何煦很好，他是个很不错的男人，一定也会是一个很棒的丈夫。"

"可是……何阿姨，何煦可能没有告诉您，我前夫的妹妹，是他曾经的女友。"

"哦？你说的是娟子？郝仁娟是你前夫的妹妹？"何建平讶然，"这么巧？"

郁筱梦心中微酸，原来连何建平也知道郝仁娟的存在，还喊得如此亲昵。可见，当年何煦同郝仁娟的确情浓。

"不过，筱梦，那是过去的事了，当年，何煦和娟子的感情很好，这些我都知道。可是……后来娟子变心了，她先离开了我们家何煦，具体的情况我不便多说。但如果是为这个，真不值得，都那么久了。"何建平叹口气，"我不是一个坐得住的人，我一直想，你们顶多就是闹点小别扭，虽说都是三十岁的人，但在父母跟前，都是孩子，谁没有耍点小性子的时候呢？再说了，谈恋爱，打打闹闹是正常的。

"可是沈姨告诉我，说何煦这些天情绪特别不好，出差那么久，回来还是死气沉沉的。她问了问，何煦也不多说，不过看他好久没有打电话给你，喊你出来玩，也不带沈姨做的菜给你，我们才估计，你们两个出问题了。看来，你是解不开自己的心结，是吗？"

郁筱梦默认。

何建平理解地点了点头："我懂。本来就很脆弱的感情，还碰上这种复杂的关系，确实……

"但是筱梦，何煦是个很渴望被爱的孩子，从我的角度来说，你很适合他，真的。他如果有什么做得不好的地方，你多包涵些。但是，我相信他，不会有什么对不住你的地方的。"何建平很诚恳，"我自己的儿子，我了解。我也敢打包票！"

郁筱梦从何建平的眼睛中，看到了一种母亲特有的慈祥目光。高中的时候，她的母亲因病去世，没了母爱的她，其实很能懂何煦的感情。那种对亲情的渴望和没有恶意的贪婪。

她有些动摇，她相信，如果自己与何煦能走进婚姻，一定能和何建平处得很好。可是，一转念，韩功远的脸同郝仁娟的脸，便交替着出现在她的脑海中，形成一张无形的大网，将她死死地扣进去，勒得浑身一块一块生疼。

她觉得，自己还是败下阵来了。

她决定跳过郝仁娟不谈："阿姨，何煦的爸爸，是不是我们韩董？"

"是。"何建平回答得很爽快，似乎一点也不吃惊郁筱梦知道这件事，只是有些无奈，"到底是纸包不住火，还是让你知道了。"

"那您为什么不早些告诉何煦？"

"其实，虽然他爸爸没有陪在他身边过，但他爸爸一直很关心他。从高中毕业时，确认了何煦是他的儿子开始，他对何煦的关心，一点没少过。"何建平无限感慨，"对了，你见过何煦的那辆玛莎蒂尼吗？就是他爸爸买来的，说是送给他的研究生礼物。他不知道，还以为是我买的。他其实为何煦做了很多，不光是金钱上的给予，他其实很关心何煦，但他没说过，何煦也不知道。"

"何阿姨，其实你应该让他们相认。"郁筱梦感叹，如果早些相认，是不是就不会有这些乱七八糟的事了呢？

何建平摇摇头："不能。"

"他不只是何煦的爸爸韩功远，他是 GR 的董事长，他有名正言顺的结发妻子，还有一个儿子。相认的话，对他的生活冲击太大。他的妻儿怎么想？他的员工怎么想？当年的 GR，刚刚起死回生走上正轨，他是个有理想的人，我不想这事，给他的事业造成影响。"

"而且……"她顿了顿，感慨道，"我不能确定，他们父子相认，对何煦自己的心理会不会有影响。我不能冒这个险。作为母亲，你应该能理解。"

郁筱梦轻声问："阿姨，你……恨过韩董吗？"

"恨？"何建平眯起眼睛想了想，"有过吧，特别是何煦小时候生病的时候，没有人帮一把，我就特别怨恨。"

说到这她笑了起来，似乎觉得当年的那些恨，很微不足道。

"可是后来，我想通了，路是我自己选的，怨不得别人。"她坦然。

"可是，阿姨，何煦呢，你们都没想过何煦？他多么渴望父亲的疼爱。"郁筱梦伤感。

"何煦的心里早就知道他爸爸是谁了。他们毕竟长得那么像。这个孩子，真的很能忍，还一心进了 GR 做事。可能我的决定不是正确的，但是，我想，他们父子,总有作为父子的缘分。你看,世界这么大,他们最终不还是相遇了?"何建平顿了顿,转头一笑,"筱梦,这个,不会也是原因吧?"

郁筱梦也笑笑,有几分苦涩:"是。我没想过,何煦的背景这么复杂。我想活得简单些。"

"我理解。我不勉强你做什么决定,我只是尽一个母亲的力量,挽留住我儿子喜欢的人。筱梦,你要真的为难,我不多说什么,只是很惋惜。"何建平说着,拉过郁筱梦的双手,轻轻地拍了拍。

送走何建平,郁筱梦一个人慢慢悠悠地往家走去。她无意识地将手插进了裤兜,这是何煦最喜欢的动作,都说当你爱上一个人,就会不自觉地被这个人的爱好给潜移默化,果然如此。当她意识到这点时,已经到了自己楼下。远远的,看见郝仁娟的那辆大红色宝马 X6 停在路口,开着双闪。她不自觉地放慢了脚步。

又往前两步,才发现,郝仁娟站在车头那,垂着头,一只脚搓着地面。听见动静,她转过头来,看见身后的郁筱梦。

两人一时相对无言。

黑漆漆的晚上,因为昏黄的路灯,有了些许的光亮,却带来了没由来的浮躁。风是热的,舔着人的身体,却舔不干人身上的汗。有几只小蛾子,在路灯上猛烈地撞着,仿佛求死一般。

郝仁娟今天穿了一身大红色的裙子,她肤色很白,穿红色很好看。郁筱梦看出,那是网络上最近很火的一款连衣裙,徐静蕾在电影版的《将爱情进行到底》中穿过,夜色里,如同一朵绽放的火红玫瑰,热烈奔放。这衣服很衬郝仁娟,让她有种说不出的妖娆艳丽。

"娟子,你不该那样做。"郁筱梦叹口气。

"哪样?"郝仁娟不以为然。

郁筱梦看着她,那张青春而骄傲的脸,是那样的明艳动人,即便是在夜色中,也有掩藏不住的飞扬。可是,正是这张脸的主人,做出了那样一件可怕的事,她毁了一个人,不,是毁了三个人。

"你别跟我说你不知道你妈下午去了 GR。"郁筱梦开门见山。出于情分,她的心里，多少是同情和怜爱郝仁娟的，可郝仁娟这样满不在乎的情绪激怒了她。既然如此，何必顾惜？她真心感到痛心，曾经那样甜美可人的小姑子，竟然变成这样为达目的不择手段的恶毒之人。

郝仁娟微微一愣："我妈去 GR 了？"

"不是你告诉她，何煦欺骗了你吗？难道何煦的身世不是你告诉你妈妈的吗？当着那么多人的面，说出这些话，不是你指使的吗？"郁筱梦的声音高了些，她对郝仁娟这种敢做却不敢承认的态度有些恼火。

"是，是我告诉我妈的，是我指使的，怎么了？"郝仁娟嘴角一扯，露出一个说不清道不明的笑容，"难道不都是事实吗？"

"你敢说都是事实？"郁筱梦寸步不让，"娟子，信口雌黄是要付出代价的！"

郝仁娟眼眸一闪，轻轻走到车门边："嫂子，呵呵，当年你还跟我哥是两口子的时候，我们总是在一条战线上互相维护。现在呢，为了一个男人，你这样逼我。"

"娟子，谁都没有逼你，是你自己跟自己过不去！"

"我？"郝仁娟略一迟疑，抓住车门把的手，拉开，坐进去，她的声音微微的发颤，"算了，嫂子，事已至此，我不想多说什么。"

郁筱梦三步并作两步，一把撑住即将合上的车门："娟子，平心而论，你这样做，你自己好过吗？"

"你这样对何煦，这样对我，你心里好过？"郁筱梦扒住车门，不让郝仁娟关上，郝仁娟试图关了几次都没有成功，只能颓然地垂下手。

"嫂子……"郝仁娟摸着方向盘，潸然泪下。

其实她并不知道母亲去 GR 大闹一场，这件事也不是她指使的。那天她同何煦分开后，回到家大哭了一场，余曼春心疼女儿，问清了缘由，自作主张地去了 GR，正巧赶上高层开会，于是便闹了一场。

晚上回到家的郝仁娟，得知余曼春去做了这样的事，十分生气。她是恨何煦，她只是不想他爱上别人，尤其是郁筱梦。但是她并不想用这样极端的方式去毁了何煦，她也不想伤害郁筱梦，她同母亲吵了一架，跑了出来。

她仍旧抱着一丝希望，希望有一天，何煦能够回心转意。不可否认，她很爱何煦，是真的爱。

只是当初……她在心中长叹一声，为自己当年的行为深深懊悔。

那时，她同何煦，是人见人赞的一对，何煦优秀出色，人又帅气，有这样一个男朋友，是每一个女孩最满足的事。她以为，这样到毕业，顺理成章地同何煦结婚，就很好。可是当何煦返港之后，他忙于学业，有些冷落了她。她本是个心高气傲的女孩，怎么受得了这样的冷落？

很快，一个叫韩燊的男生，走到了她的身边。

韩燊很会追女孩，身手阔绰的他能满足一个恋爱中的女人所有想要的虚荣和浪漫，果然，郝仁娟被他迷惑了。她变心了，她喜欢上了韩燊。当何煦意识到的时候，已经迟了。

最可怕的是，韩燊并不是真的爱郝仁娟，他只是在利用她，因为他是何煦同父异母的弟弟。

当郝仁娟知道这个可怕的事实时，她快疯了。

可是，一切都已不能够挽回。

而今天余曼春所做的这一切，无异于是火上浇油。郝仁娟知道，她所有的希望，都破灭了。

40 艰难的抉择

"嫂子，我知道，我跟何煦不可能挽回了。"郝仁娟低低地说。

郁筱梦站在车外，看着情绪低落的郝仁娟，她有点同情她，又有些恨她。在这段感情中，郝仁娟也很受伤，因为自己的不自持，伤害了何煦那样深，可是何煦，始终是最无辜的那个。

两人沉默。许久许久，以至于郁筱梦都感觉马上要天亮了，郝仁娟才平复了情绪："我想通了，我放手了。"

"我很爱他，真的。但是……不可能就是不可能了。我恨韩燊。"她喃喃地说。

她又转而看向郁筱梦："嫂子，你要是爱他，就坚定些，别轻易放手。"

"他比谁都怕受伤害。"郝仁娟说着，泪光闪闪，她抽泣一声，启动了汽车，

“我走了，嫂子，有机会再见吧。”

郁筱梦看着那辆 X6 疾驰而去，站在原地，怔了半天。

韩燊。果然是他。

从那一次郝仁娟醉酒，对韩燊的反应，以及韩燊自己所说的话看来，当年的事，的确是韩燊对不起郝仁娟。只是让郁筱梦吃惊的是，韩燊竟然抢了何煦的女友。

难怪……

难怪当初在会议室里，韩燊看何煦的眼光是那样的不善。一切谜团，因此而解。郁筱梦终于多少能够理解何建平的决定了。

光从这件事来看，韩氏母子绝非善类。当年何煦的身份没有挑明，他们尚且如此在意。如今，何煦的身份被挑明了，等待他的必定是一场难以意料的恶仗。郁筱梦隐隐地有些担心。

其实今天离开公司的时候，她便已经见过韩燊了。当时韩燊开着那辆科尼塞克停在她的飞度旁，见到她的时候，径直便问：“你打算怎么办？”

“什么怎么办？”郁筱梦反问，其实她的情绪很低落，但不知为什么看到韩燊的脸时，竟有说不出的怒气，因为那张脸上，有显而易见的幸灾乐祸。这个男人，在高兴什么？高兴 GR 因为这事乱成一锅粥？还是高兴自己多了一个同父异母的哥哥？

“你不是打算做我们韩家的儿媳的吗？”韩燊笑着说。

郁筱梦站住脚，撇过脸去看他：“谁说的？”

“你不是何煦，哦，我那个同父异母的哥哥的女朋友吗？”韩燊说道。

郁筱梦定定地看了他一会儿，韩燊被她看得极不自在，便道：“你别这样看着我。你跟他交往又不是一天的事了，公司上下都知道。我当然也不例外。老头子也早就知道，只不过是不便干预罢了，不过，他这会指不定在楼上跟何煦父子相认了，回头，肯定会找你。”他说着，看向公司大楼，眼中一抹失落一闪而过。

那抹失意，没有逃过郁筱梦的眼睛。

“韩燊，我想，你应该不是有心情听别人绯闻的人。”郁筱梦盯着他，一字一句地说，“我跟何煦什么关系，理论上跟你没关系吧？”

韩燊玩味地看了她一眼:“啧,你还蛮有个性的,倒不怕还没进门就先得罪了未来的小叔子?”

“那哪里有小叔子跑到停车场等未来嫂嫂的?”郁筱梦毫不退让。

韩燊笑了起来,很开心:“承认了?”

“其实,你还不错。”他靠向车座后背,伸了个懒腰,“好多女人看到我这辆车,眼睛闪得跟八心八箭的钻石一样。结果还不是一个个都闪瞎了。”

他转过脸,伏在摇下的车窗上:“但你没有。我还真蛮喜欢你这种类型的,好像不怎么爱钱啊?”

“谢谢你的抬举,少当家!”郁筱梦皮笑肉不笑,“我很爱钱,但取之有道。不比有些人,吃用都是现成的,还能到处惹是生非。”

“哈哈!”韩燊拍了一把方向盘,“真有意思。”

“如果韩家承认何煦,我自然也会承认你。”他突然说,“不过……我想老头子大概不会接受一个离婚女人给他做儿媳的。”

听到这话,郁筱梦身子一震。

她坐进自己的那辆白色飞度,默默地闭上眼睛。

韩燊的话,在脑子里如筛子一样,一遍遍筛着,细成了丝却还根根分明,变成了针,扎得她遍体鳞伤鲜血淋淋。

是的,韩燊说得对。

韩功远,不会接受她这样一个离过婚的女人,成为他的儿媳的。

或许分手,真的是最合适的选择。

第五卷

纠缠

41 千言万语从何诉

整整一夜，郁筱梦都没有睡好。

她收到了何煦七条短信。

内容都很简单，无非是"筱梦，别离开我"、"筱梦，相信我"之类。郁筱梦看得心疼，最后只得关了手机，却怎奈，终究睡不着，翻来覆去，又开了手机，将那些短信一条条地看着。

寥寥数语，却似有千言万语，压在心头。

郁筱梦的心，又疼又酸。她有些心疼何煦，整件事，他才是最痛苦的人。

其实她这段时间的状态相当差，上次同何煦说分开一段时间后，这段日子，严重而漫长的失眠又缠上了她，她越是想睡，却越睡不着，仿佛又回到了刚离婚的那段时间。她觉得，糟透了。可是，她只能离开他。

早上上班，好容易一路开到了公司，她今天提前了半个小时，这个时候，上班的人很少，自然撞见熟人的几率也低，也只有这样，才能避开旁人探寻的目光。她真想将自己变成透明的，好不被别人发现。这个时候，哪怕让她缩到尘埃的大小，她也愿意。

她想好了，准备请一段时间的假，好好地整理心情。她不想再这样下去。

坐到办公室，打开电脑，敲开邮箱，郁筱梦费尽心思地措辞，打算写一份请假报告，却发现邮箱里静静地躺着一封未读信件。点开一看，竟然是"新跃"杯举办方发来的，告诉她，她获得了一个去意大利马兰欧尼设计学院深造的名额。

郁筱梦颇为吃惊。

大赛早已结束，当时获得深造资格的，不是她，为什么突然又变成她？难道是哪个无聊的人同自己开的玩笑？郁筱梦照着信件里留的地址输入网址百度，没错，是“新跃”杯设计大赛的网站。然后电话，也是，没错，对方还很欢快地问她是谁？当她报上了名字后，对方先是“哦”一声，然后继续很欢快地说：“您收到我们发出的邮件了吗？关于去意大利深造的事情。”

挂了电话，她还是不敢相信，想了想，打了一个电话给蒋一澍。

电话刚拨通，蒋一澍的声音就传了过来：“怎么了？你可以去培训了，来跟我炫耀的吗？”

郁筱梦无声一笑，知道他是在开玩笑：“我不太敢相信，打个电话问问你。”

“我都知道了，当然是真的。听说是原来获得培训资格的选手生病了，自己拒绝了这个机会。”蒋一澍咂咂嘴，叹道，“你还真有点狗屎运，馅饼掉你头上了。我快嫉妒死了！”

郁筱梦握着电话，什么也没说，她的心中又惊又喜，却又有些说不出的失落。自己一直梦寐以求的机会，竟然凭空落了下来，差点砸晕了她，真如蒋一澍所言，走了天上掉馅饼的狗屎运。

既然如此，就不用写请假报告了，而是直接写请辞报告。一去就是一年，没有哪家服装公司的总监职位能空这么久，况且，还是发展得如日中天的GR。

郁筱梦是个明是非的人，心知就算她不主动请辞，以后在GR也是很难站住脚的，光是别人的眼光，足以让她花上一段时间去适应，而且，一年深造，情势瞬息万变，所以，请辞或许是最好的选择。

报告很快写好，轻轻一点，“嗖”的一声，发了出去，她直接发给公司负责设计和开发这块的陈副董事，然后起身，理了理衣服，朝陈副董事的办公室走去。

有了去深造这个理由，请辞就容易多了，省得她绞尽脑汁地编出生病的名目来，变相诅咒自己。

副董事陈先生看见她，很客气，得知她来辞职后，似乎一点也不惊讶。昨天余曼春大闹会议室，他是在的，所以，郁筱梦此举，看起来是在他意料之中。

确实，没几个女人能受得了自己的前任婆婆那样在众人面前诋毁自己，还有自己的男朋友。当时郁筱梦没有掩面而逃,已算不易。

他平日里同郁筱梦接触不多,但素来知道这个女人有"铁娘子"的称号。当然了,此"铁娘子"非英国的"铁娘子"撒切尔夫人,却也是真正的拼命三娘,尤其离婚后,做事风格果断干脆,一心扑在事业上,接连拿下几个国内外设计的奖项,对于GR来说,是真正的灵魂。

"那恭喜你了,郁总监,如愿以偿啊!这深造的机会可是十分难得的。"陈董事笑着伸出手。

郁筱梦礼貌地轻握,由衷地说:"谢谢陈董。"

"不过……辞职就没必要了吧?你完全可以请假啊!"陈董皱了皱眉头,"一年时间,我们公司还是等得起的,等你学成归来,再续前缘也未必是坏事。毕竟,这么久,你一直在我们GR发展,很成功啊!"

"陈董,GR是我的福地,我在这付出的太多了,我也舍不得。只是,不辞职,还占着总监这个位置,实在是不合适,也会耽误GR这一整年的企划设计。所以,还是辞职比较恰当些。若是有缘,一年之后,我回来再为GR效力。"郁筱梦言笑晏晏,其实心中不然,虽然陈董的挽留很真心,但她已下定离去的决心。

这里,让她触目生情的地方太多。

陈董不无惋惜,他深知,郁筱梦此去深造,回来之后就不会再回GR了。这对GR来说,是很大的损失,好比好不容易养肥的羊,要出圈了,却跑了,怎能不懊恼?况且,经过意大利的一年镀金,郁筱梦势必能够跻身一流设计师的行列了,这时候放手,实在是太可惜,等于直接将一大块肥肉拱手相让了。可惜,经历昨天那一出,看来是留不住了。

"筱梦,这样吧,我们董事会商量一下,这事,也不是一两天就能给出结果,毕竟你是总监职级,也不是一般的小员工。就算辞职批复,也要很长时间的职务交接期的。"陈董是老狐狸,擅长迂回。

郁筱梦知道在他这里是讨不出说法了,况且,总监的辞职也真不是一朝一夕的事,想了想,还是点了点头。

从陈董的办公室出来,回去自己办公室的路上,郁筱梦撞见了何煦。

何煦的脸色明显不太好,看得出,昨天这事对他来说,冲击太大。虽然心知韩功远是自己的父亲，但他怎么也不会想到，竟会以这种方式在那种场合同他相认。谁都不想。

两个人擦肩而过，似乎都不打算停留。

走了两步，郁筱梦听见背后的何煦还是先开口了："听说你要去意大利了？"

"嗯。"郁筱梦也站住脚。

"恭喜你，如愿以偿。"

"谢谢。"

"什么时候走？"何煦说这话的时候，声音有些涩，看得出他情绪很低落。

"先等辞职定下来，意大利那边是十月份。"郁筱梦说着，心口涌上微微的疼，她奋力地撇去这种感觉，很怪异。

何煦明显一顿："你要辞职？"

"嗯。总不能一年不上班吧。"郁筱梦尽量说得轻松。

何煦不再说话。

郁筱梦等了片刻，见他不再说话，咬牙，回了自己的办公室。

何煦一个人站在哪，杵了很久都没动弹。一会儿，一旁的办公室里，一名职员走了出来，见到神色异常的他，微微一笑打了个招呼，却看他脸色灰白，忙一吐舌头，快速走离。

空荡荡的走廊中，蔓延着无比的萧瑟。

明明是盛夏，为何如此的寒冷凄凉？曾经那样亲昵的两个人，竟然能生分至此！

42 复婚？

周末，照例是将女儿带去看望郝仁军的时候，郝仁军已经从医院里出来回家休养，身体貌似恢复得不错。原本医生危言耸听地说有可能半身不遂，看这样子，也是当初说来吓唬人的。

郁筱梦本来不打算去的，但郝仁军一早打了电话过来，说很想林林，让她一定将林林带过来，而后，他似乎无意地说道："今天我妈和娟子又都不在家，还真闷啊。”

心中一动，郁筱梦知道他言有所指，肯定是怕自己顾忌余曼春和郝仁娟，而不愿意将林林带过去。想了想，她答应一会儿将郝林林送过去。

提起要见爸爸，郝林林也是很开心，最近郁筱梦比较忙，加上郝仁军车祸住院，带她过去的时间很少。等到一眼看见守候在小区门口的郝仁军，郝林林就跺着脚让郁筱梦停车，门一打开，她便开心地蹦了过去，“爸爸爸爸”地叫个不停。

郝仁军抱着女儿，走到郁筱梦的座位前，他几乎两个多月没怎么下地，成天闷在家里，原本就白，这下就更白了。

“身体好些了？”郁筱梦笑笑。

郝仁军点点头：“差不多了。”

郁筱梦摩挲着方向盘：“那林林交给你啦，我先走了，晚上早点送过去，我还得给她剪指甲，明早送幼儿园的时候要检查卫生呢。”

听见这话，郝林林的小嘴立马嘟了起来：“妈妈，妈妈，你不跟我们一起玩吗？”

“妈妈……你别走嘛，跟爸爸一起陪我玩玩啊！”看郁筱梦没动静，郝林林继续请求道。

郁筱梦脸色一动，凑了上去，亲了一下女儿：“林林乖，忘了妈妈跟你怎么说的啦？妈妈还有事，你乖乖跟爸爸在一起，好吧？”

郝仁军笑笑：“筱梦啊，一起吃个饭吧。”

“不了。我还有事，得加班。”郁筱梦说着，便发动车子。

“筱梦，你等等，我真有话跟你说。实在不行，就一起喝杯茶。”郝仁军撑住车窗，看他那个架势，似乎是没有放手的打算。

“什么事啊？”郁筱梦实在是想不通两个已经离了婚的人，还能在一起谈什么。没离婚的时候都没能坐在一起好好说上几句话，离了婚了，倒是有话要谈，说出来还真让人笑话。

也罢，又不是仇人，在一起吃顿饭又不会少块肉，看着郝仁军出人意料的坚持，她想了想，还是点了点头。

看来，郝仁军真是有话要谈，他挑了一个有儿童游乐区的茶餐厅，郝林林一头扎了进去。郁筱梦突然有种感觉，自己好像在跟郝仁军偷情似的，为此还特意支开了女儿……而且，这家茶餐厅，还是两人谈恋爱时间经常来的那家。不过时过境迁，茶餐厅生意越做越大，扩大了门面，里面的环境也更加温馨安静，还加了一个儿童游乐区，那边还有上网区，考虑得很全面。不过一大早，人还很少。

两人靠着游乐区旁坐了下来，服务生立刻过来点单。郝仁军给郁筱梦点了杯杏仁茶，他记得郁筱梦之前很喜欢喝，还总是一边喝一边说女人要多吃杏仁，皮肤才好。

他的话音刚落，郁筱梦就连忙摆手："不用，谢谢，给我一杯奶茶就可以了。"

郝仁军一愣，接着笑笑，他知道郁筱梦变了，却没想到，她变得连以前最喜欢的东西都放弃了。

"筱梦，我俩离婚也有快两年了。"

"是，时间可真快。"郁筱梦看着在不远处玩耍的郝林林，心里颇羡慕孩子的天真和快乐。

"是这样的，筱梦，我这段时间一直在想，我们有没有重新开始的可能？"郝仁军开口。

这句话在郁筱梦听来，很是意外。她颇为吃惊地拽回视线，看了看郝仁军："重新开始？"

"呵，不太能接受吗？我是说，我们之间……有没有可能复婚呢？"这话似乎在郝仁军的心中早已酝酿许久了，说得很顺溜，没一点打结。

郁筱梦这下是彻底惊讶了。

重新开始？她记得很久以前，她曾经同郝仁军说过这样的话。

那时，她第三次捉奸成功，铁了心要离婚，便决意同郝仁军好好谈谈，可那番谈话，却让她自己意外，让她想了很久。

郝仁军说，郁筱梦太高不可攀。他们夫妻之间，郁筱梦是主宰者，是高高在上的那一个。四年的婚姻生活，每次争吵，都是郝仁军先妥协，走到今天这一步，郁筱梦本身有着不可推卸的责任，如果平日她能低下头放下姿态，肯多体贴郝仁军一些，肯多关心郝仁军一些，或许郝仁军就没那么容易动摇出轨。

出轨，在婚姻中，固然是最可恨可耻的背叛行为，但这行为也是郁筱梦自己一手促成的，她不能将所有的责任全都推给郝仁军。如果郝仁军不爱她，当初又何必顶着那么大的家庭压力将她娶进门呢？

想到这些，郁筱梦缓了缓心思，作为一个妻子，她确实有不足的地方，草率地以离婚作为解决问题的方法，这是个很不公平的惩罚。她决定，再给郝仁军一个机会，也是给自己一个补过的机会。

想通了，郁筱梦便同郝仁军说："仁军，不瞒你，我是一心想要离婚的。"

听到这话，郝仁军的脸色一暗，显然，这不是他想要的结果。

"但是——"郁筱梦一顿，"我也有不足的地方，离婚对你不算公平。"

"这样吧，我们再给彼此一个机会，重新开始，好吗？"郁筱梦问。

这话明显出乎郝仁军的意料，脸上开始多云转晴，他有点激动地点头："好，好，好！只要不离婚，老婆你说什么都好！"

"不过，我不希望再有第四次！我们以半年为期，这半年，做好自己该做的事，我会努力做一个好老婆，将放在事业上的重心往家庭移一移，我也希望你收心，做一个真正的好丈夫、好爸爸！"郁筱梦说。

"行，老婆，你只要对我好一点，我死都愿意！"郝仁军巴巴地说。

郁筱梦权当他说的是真的，没再多话。

话，是很容易说的，但很多事，却是很难做。

那段时间，郝仁军可谓是小心翼翼地做事，洗心革面地做人，至少表面上如此，但是，终归胆战心惊。而郁筱梦也努力放下身姿，尽量当做什么都没发生，当做什么都没看到，可她虽然努力不去想起郝仁军出轨的那些画面，但那些画面始终如梦魇一般浮现在她的脑海里，越是不想想起，画面出现的频率越高。

郁筱梦不由得在心中哀叹一声，到底还是张爱玲说得好，我们都回不去了。她虽然和郝仁军说好，再给彼此一个机会，自己也会竭力地做一个体贴的妻子，但现在的事实是——她做不到！

越是想弥合，却感觉越生疏，缝隙越大。郁筱梦知道，自己的心和郝仁军的心，早就远了，只不过一直没有察觉罢了。她又带有一丝侥幸地想，如果就这样，也算相敬如宾，能熬到郝林林再大些，到时候就随他郝仁军怎么风流潇洒去了。

这些,她早就想到,但是,之所以半年为期,不过因为身为女人的她,对婚姻还有那么一丝眷恋,一丝不舍。

再然后,余曼春来了,对她讲了那样一番话。

重新开始。看起来轻飘飘的四个字,说出来也很容易,可是……真的去做,好难!

服务生端上了奶茶,郁筱梦麻木地接过,麻木地喝了一口。

好像是白开水,一点滋味也没有的白开水。就连温度,都那么麻木。

郝仁军见她不说话,也沉默了下来。他的脸色有些不自然。两人面对面坐着,有点僵。

"筱梦。"一会儿,他又开口。

郝林林满头大汗地冲了过来:"爸爸,我渴了!"

"好好,爸爸给你点了凤梨汁,喝不喝?"郝仁军一边说,一边将一杯凤梨汁推了过去。

郝林林一屁股坐到沙发上,端过杯子喝了起来,喝了两口,皱皱眉头,嘟起嘴巴十分不满地说:"太难喝了!"

"难喝吗?"郝仁军不相信,接过杯子喝了一口,"还可以啊!"

"不好喝!没有何叔叔给我带的那种好喝!"郝林林很失望地说道,滑下沙发,又扎进了旁边的游戏区。

郝仁军更沉默了。他从郝仁娟的嘴里早就得知,郁筱梦经历离婚的低迷之后,这段时间的感情并不寂寞,很明显,郝林林嘴里说的"何叔叔",一定是郁筱梦正在经历的这段感情。

"郝仁军,其实……我离婚这么久,一个人带着林林,过得还好。"这次先开口的是郁筱梦。郝林林说得对,这家茶餐厅的东西并不好吃,凤梨汁很一般,连奶茶也很一般,不知道当初为什么会那么迷恋。

或许,因为那会H市的茶餐厅很少,无从比较,所以一味地觉着这里好,哪怕服务员永远冰冷着脸,都觉得是个性。如今这种店见得多了,自然就有了高低优劣之分。

世间万物，东西如此，人也如此。

她不由得想起何煦给她冲的奶茶，无论是味道还是温度的掌握，都是一流。她突然怀念起那个味道，曾经如同一块丝绸将她全身包裹，那样温柔体贴，不由心思大乱。

“我知道，你这两年变化很大。”郝仁军笑了一下，“你跟以前不一样了。”

“是吧？呵呵！”郁筱梦没有心思去问自己哪里不一样，她一心想结束这次谈话。

“筱梦，我的建议，你再考虑考虑？或许，复婚对我们来说，不是最合适的路，但对林林，可能是最好的。你说呢？”郝仁军耐着性子。

郁筱梦点点头，起身，离开了茶餐厅。

太阳很晒，坐在空调开得十足的茶餐厅里丝毫不觉得，走了出来，猛地站到太阳下，竟然不习惯，直觉刺眼和酷热。郁筱梦还没走到车子前，郝仁军的电话又追了过来。

“筱梦，我想要林林的监护权。当然，最好是我们复婚。”

“郝仁军，我要出去几天，等我回来，再说，好吗？”那一瞬间，郁筱梦已经在心中做了一个出去旅游几天的决定。郝仁军一直想要复婚，郁筱梦是知道的。之前郝仁娟曾经在她面前提过几次，但郁筱梦都是直截了当地告诉郝仁娟，没有一点点可能，郝仁娟就此绝口不提。

同郝仁军的婚姻，就是一个火坑，她早就被烧得遍体鳞伤。她不傻，就算傻，也不会将自己再一次推进这个火坑。更何况，这火坑里，不止有一个郝仁军，还有一个余曼春，外加一个郝仁娟。

现在的她，只想要好好散散心，她也需要好好散散心。

最重要的是，她要去意大利了，那……郝林林怎么办？

43 新欢旧爱

于乐乐打来电话，约她出来逛街。自从发生“会议室事件”之后，郁筱梦一直没正常上班，手里的工作大部分都交给了于乐乐。于乐乐跑到郁筱梦家看过她一次，带了一大包各种各样的小零食，什么梅子干，什么橡皮糖，什么猪肉脯，全是郁筱梦和她在办公室经常买来吃的零嘴儿，还有带给干女儿郝林林的最爱——肯德基儿童餐。

两个人百无聊赖地在街上逛了半天，结果一样没给自己买，郁筱梦给郝林林买了两条小裙子，而于乐乐出乎意料地买了一件男式T恤。

看男装的时候，于乐乐吞吞吐吐，先是说给自己老爸买。郁筱梦帮她挑了两件，她脑袋直摇，说太老气，接着又说给自己表哥买，郁筱梦只好又冲着年轻的风格帮她挑，横挑竖选。于乐乐似乎颇为用心，眼珠子巴不得抠出来粘衣服上。本来嘛，设计师买衣服就是很痛苦的事，自己有自己的设计思维和能力，看别人设计的，很难有一眼看中的。

折腾了小半天，终于选定了一件男式T恤，于乐乐这才满意地掏钱付款。

郁筱梦奇怪地看着她，揶揄道："乐乐，你真的假的啊？到底给谁买？"

"给我表哥啊！"于乐乐一边喜滋滋地掏钱，一边理着手里的衣服，很是心满意足。

"不像！"郁筱梦摇了摇头，她认识于乐乐可不是一天的事了，她太了解她了，就好比左手知道右手的温度和纹路那样熟悉，"哪有给表哥买衣服买得这么认真的？"

拎着袋子走出商场，于乐乐伸出手来挽郁筱梦，郁筱梦却往旁边挪了一步，故意长叹："哎……远啦！"

"你不能靠近点吗？"于乐乐没会过意来，抱怨道。

"我是说我跟你关系远啦！"

"我们俩关系怎么啦？"于乐乐不解，一双大眼眨巴眨巴地看着郁筱梦，有几分可怜。

郁筱梦一笑，莞尔："乐乐，不诚实了吧？"

"衣服到底给谁买的？老实交代！"她做出伸手要咯吱于乐乐的动作。于乐乐立刻缩了脑袋，举起双手："哎哟，我怕了怕了！我说，还不行？"

"说吧！"郁筱梦好整以暇。

"我说了，真说了，你别生气啊。"于乐乐看她一眼，眼神闪过一丝犹豫。

郁筱梦白了她一眼："谈恋爱是好事啊，我生什么气呢?."

于乐乐倒是更扭捏了，支支吾吾了半天，就是说不出个所以然来。郁筱梦看她吞吞吐吐的模样，闪过了一丝不好的预感，她试探着问："乐乐……那个人，不会我认识吧？"

"嗯。"于乐乐迟疑了一下，轻声肯定，"咱们同行啊。"

郁筱梦的心往下沉了沉。

"他……跟我关系还曾经很好？"郁筱梦说这话的时候，明显喉咙发紧。

于乐乐脸红了红，略微有些不自然，但还是很用力地点了点头："我们都觉得，你一定会接受的，我也相信，你肯定会祝福我们的。"

看着满脸绯红的于乐乐，郁筱梦咬了咬嘴唇，跟她关系好的男人，屈指可数，难道是……不会是何煦吧？可除了他，还有谁？

这么短的时间……不过短短数日，自己没跟何煦联系，竟然……

郁筱梦的心中，是翻江倒海的酸涩。她觉得，自己是又一次看走了眼，看错了人。

"他对我挺好的，他蛮会照顾人的。"于乐乐拿脚尖蹭着地面，说不出的扭捏。

"你们……"郁筱梦倒抽一口气，别过脸，看向繁杂热闹的街面，"你们什么时候开始的？"

于乐乐没察觉她的异常，满脸的幸福："就是大赛过后。我知道这有点突然，也有点快，但是，筱梦你知道的，感觉这个东西，说来就来了。"

大赛过后，大赛过后……郁筱梦的心越发往下沉，仿佛坠入不可见底的空穴，有人无声地往下倒着冰水，浇在身上，冷至心扉。

"呵，这么快。"她自嘲着说。大赛过后，不就是自己同何煦冷战的那段时间么？没想到，自己还在这边为情所困凄凄惨惨，而人家，早就已经有了新的目标。原来那些挽留，那些短信，不过是面子上的装模作样罢了。

何煦啊何煦，倒是真看不出来，你还真是此中高手。那些曾经的甜言蜜语，那些曾经的细心呵护，原来不过是习惯而已。是的，只是习惯而已，习惯对身边的女人如此体贴如此疼爱，习惯这样的做派，习惯罢了。原来，自己不过是他展示习惯的一个对象罢了。

可笑自己，竟然动心，竟然沉醉，竟然入迷，竟然不舍，甚至还自责自己轻易放手，先说离开。你以为情很深，却原来，微风吹过，片羽不留。

不过,这样不是很好吗?

你顾虑自己是个离婚女人,可于乐乐不用顾虑,她身家清白,而且,何煦又是那样符合于乐乐的条件,人帅!钱多!家世好!这两人,或许才是真的相配。

想到这,郁筱梦越来越酸,脑子也一片混沌,说伤心也有,说失望也有,说被欺骗也有,五味杂陈。纷扰的街面,竟然一点点声音都传不进她的耳朵,仿佛被置身真空天地。脚下那双红黑相间的恨天高也开始不争气,踩在路面的砖块上,竟然来回发晃,不受她的控制。

"筱梦!"

"筱梦!"

"筱梦!你怎么啦?"于乐乐的声音越来越大,终于成功地突破郁筱梦仿如封闭的耳膜,传进了她的脑中。

郁筱梦一惊,清醒过来,她僵笑一下,言不由衷:"恭喜你啊。"

"恭喜你啊,乐乐。"她笑着说,却觉得眼睛被阳光照得刺痛,"恭喜你,恭喜你。"

她一连串地说着"恭喜你",于乐乐讶异地看着她,伸手扶着她,有些无措。

"筱梦,你没事吧?"

"没事没事,我是为你们开心。"郁筱梦艰涩地说着,她扯出勉强的笑容,好像有眼泪要涌出来,深吸一口气,告诉自己不可以。

既然你先选择了放手,那么,脆弱的人就不可以是你自己。

"乐乐,"她沉吟一下,稳定情绪,"好好对他。何煦是个好男人。只是我跟他真没缘分。"说这话的时候,郁筱梦都觉得自己的声音在抖。

于乐乐一愣,怔了片刻,回过神来,一下子笑了起来,笑得眼泪都出来了,又伸出手扶着旁边的门面玻璃,拎着服装袋子的手抵着肚子,似乎是笑岔了气。

"哎哟!"她连声叫唤,弯着腰,笑得红到了脖子根。

郁筱梦奇怪地看着她,旁边路人就看见这两人,一个笑个不停,一个满脸莫名其妙。

“郁筱梦！你太有才了！”于乐乐掐着腰，边说边伸出一只大拇指，晃了晃。

“什么！”郁筱梦吃惊地看着于乐乐。

天啊，打死她都想不到，于乐乐竟然……跟蒋一澍！

心头的一把锁突然打开，原有的闭塞、郁闷、不快统统一扫而光，余下的除了吃惊，还是吃惊。

于乐乐竟然跟蒋一澍！郁筱梦无论如何也没有想到，吃惊之余，又暗笑自己的多心和可笑，竟然猜测于乐乐同何煦，还为此站在大太阳下难过失落。

“哎哟，筱梦，真有你的。”于乐乐不忘揶揄。

郁筱梦有些不好意思，白了她一眼掩饰过去，摆出一副生气的样子兴师问罪：“快说！你俩怎么回事！”

于乐乐一把挽住她，小心翼翼：“那你……是不是祝福我们？”

“肯定了，乐乐，只要你开心，我真心祝福你们能在一起。”郁筱梦笑着说。

“哎，那就好。我还挺担心的呢。”于乐乐跳了起来。

郁筱梦不明所以：“你担心什么？”

“哎呀，怎么说也是你的前男友啊，还是初恋，不是都说女人的初恋情结很重吗？我是怕你，哎，其实主要是怕老蒋放不开你。”于乐乐说着，脸上写满的了“小心眼”三个字。

郁筱梦想了想，正色道：“乐乐。我跟蒋一澍，是过去的事了。你跟我做了这么多年朋友，还不了解我？该放下的我早就放下，现在的他，对我来说，就是一个当年的老同学老朋友。至于蒋一澍对我，这么久了，他其实早就对我没有所谓爱的感觉了，只是对我的婚姻有愧疚感，他将我婚姻失败的原因背在了自己的身上，所以……但是这些，我已同他解释清楚了。”想起当初自己那样误解蒋一澍，郁筱梦觉得既可笑又幼稚。

世上，有多少情侣，因为这些无谓的误解，争吵直至分手？谁也数不清。如果当初没有分手，今天的郁筱梦会是什么样呢？郁筱梦不敢想。

于乐乐一把抱住郁筱梦，仿佛是吃了一颗定心丸，有几分喜出望外：“筱梦，谢谢你。”

“不过，其实是我先追蒋一澍的。大赛那段时间，我看他情绪那样低落，就安慰他几句，后来发现，其实老蒋这人不错的。”她突然松开胳臂，有些失落。

郁筱梦笑了起来：“谁追谁无所谓，只要两人在一起开心就好。”

“嗯。其实老蒋开始还有些躲躲闪闪的，觉得我是你最好的朋友，好像有点放不开。不过，我有信心搞定他！”于乐乐说着，握起一只拳头，信心十足。

“这么说……你还没搞定他？”

“哎，也不是，就是他特不好意思跟我一起来见你。”

郁筱梦想到厚脸皮的蒋一澍一副扭捏的样子，不由得“扑哧”一声笑了起来。

“对了，筱梦，你跟何总监……”

“他？”郁筱梦一迟疑，然后苦笑，“算了吧，我想就这样放手算了，我已经不想，也没力气去挽回了。”

“那趟浑水，我想我真的蹚不起。”她说着，目光黯然，“这几天我打算出去玩玩，散散心，顺便好好想想到底去不去意大利。我现在只担心林林，别的，没力气多想了。”

“哎，好可惜。”于乐乐感叹。

44 梦里一片温暖的月牙白

抛开一切，郁筱梦决定带着郝林林还有父亲郁有德一起，出去玩一趟。

八月，天很热，她思前想后，最后决定去青岛。

正好那边在开啤酒节，电视上打了广告，看起来挺热闹。虽然郁筱梦不太能喝酒，但是，她还是决定带父亲和女儿一起去凑下热闹，啤酒可以不喝，但是海鲜却是可以狂吃的，还能带着郝林林去海洋馆开开眼界。对于她这种嗜吃如命的人来说，既能带着女儿亲近海洋，又能满足自己的口腹之欲，算是一举两得。

她趴在电脑上，花了半天时间订宾馆、查景点，然后收拾东西，开着自己那辆飞度，带着父亲和女儿，去了青岛。

郁筱梦很小的时候，去过一次青岛，那次是郁有德单位组织旅游，当时张海芽还没有生病，一家三口跟着单位组织的旅游团，欢天喜地地去了青岛。

对那儿，郁筱梦印象最深刻的，就是崂山，还有海水浴场，一眨眼，二十多年过去，青岛早已发生了翻天覆地的变化。正巧又是啤酒节，走到哪里都是人声鼎沸，热闹非凡。

虽然是八月，全国各地酷暑难耐，但青岛的地理条件得天独厚，三面环海，成了天然的大空调，避开了盛夏的酷热，成就了“避暑胜地”的美名。郁筱梦曾经去过海南，但海南的海，跟青岛的海是截然不同的，远没有青岛的热闹。

郝林林是第一次见到海，先是有一点点害怕。接着看到海水里上下翻腾着的各色游泳圈，还有数不清的脑袋，人群和浪花混在一起，跳跃翻滚，五颜六色的太阳伞、小帐篷搭在海滩上，人们舒服惬意地躺着，她渐渐来了精神，一个劲地喊着要“脱鞋子”、“脱袜子”、“跟哥哥姐姐游泳”。

郁筱梦和郁有德换好泳衣，拎着游泳圈，带着郝林林一起下了海。

老少三人，抛开所有闲杂，大声叫着一头扎进浪花中。海水卷起温柔的浪花，拍打着他们的身体，风中有海的咸湿气息，无比的清新。沿着蜿蜒的海岸线，远处的那些亭台楼阁，在阳光的映照和海水的折射下，熠熠生辉。

郁筱梦趴在游泳圈上，看郁有德耐心地教穿着救生衣的郝林林学狗刨。这次出来，她将手机调成了飞行状态，屏蔽了所有电话和短信。这么久以来，第一次，她感到全身心的放松。所有的一切，都被抛到了天际之外。

小女孩就是小女孩，郝林林很快对沙滩上那些兜售的贝壳来了兴趣，非缠着郁筱梦带她挑几个回去送给幼儿园的小朋友。郁有德在不远处的沙滩上挑了一块空地搭帐篷，郁筱梦简单地帮着收拾了一下，抵挡不住郝林林的纠缠，带着她去买贝壳。

各种各样的贝壳琳琅满目，郝林林乐此不疲地挑来挑去，郁筱梦在旁边也跟着挑选一些小手链小项链之类的饰品，兜售贝壳的小贩殷勤地介绍着。

很快，郁筱梦的视线被一枚白色的贝壳吸引了过去。她不认识这是什么品种的贝类，只是觉得很漂亮，温润得像玉一样，握在手心里有轻微的凉意，闻起来，还有大海的咸腥气。

“老板，这是什么贝壳啊？”她问。

小贩凑过来：“哦，这个啊，叫瓷白宝螺，可不是我们这边的，说是国外的品种。你看它这个颜色，多漂亮！

“嗯。林林，好看吗？”郁筱梦举着贝壳给郝林林看。

郝林林看了一眼，摇摇头：“一般般吧。大了点，没我这个好看。”说着，举起手腕，上面早已叮叮当当地挂满了各种小手链，小贝壳中还串着五颜六色的塑料珠子，谈不上多好看，甚至因为颜色的艳丽，难免俗气，但大概小孩子会喜欢。

“林林眼光真好！”郁筱梦笑着，拍了拍女儿的小脑袋，然后抚摸着手里那枚白色的贝壳。

“喜欢就买下吧？”小贩看她很喜欢，趁机拿出另一枚，“看，还有一个，是一对的。”

“这种白啊，叫月牙白，不刺眼，颜色柔和，放鱼缸里做装饰很漂亮的。”小贩竭力推荐。

月牙白……多好听。郁筱梦细嚼着这三个字，买下了那对贝壳。

疯玩了一天，晚上回到旅馆，郁有德睡在隔壁的房间，郁筱梦母女睡在一个标准间。郝林林累坏了，洗了个澡，说了声“晚安”，倒头就睡，还打起了轻微的小呼噜。

郁筱梦洗了澡，又将头发吹干，做了个面膜，反而睡不着了，看着才十点钟，就打开电脑，准备上会网。

一眼看见桌上放着的那两枚贝壳，她随手拈来，细细把玩。不知道为什么，下午第一眼看到这个月牙白的贝壳，她就想到了何建平在楼顶上小花园里设计的那个小水池。如果，这两枚贝壳放进去，一定很美。那个美丽的花园，终究是空中楼阁，她此生大概不会第二次踏足进入，怕是再没有机会将这美丽的月牙白放进那湾池水中。

她握起手，贝壳带着微微的凉意躺在她的手心里。她叹口气，放下，打开电脑，戴上耳机。不知道为什么，她突然很想听歌。

那首叫做《白月光》的老歌。

她打开笔记本电脑的音响，熟悉得不能再熟悉的旋律淌了出来。

白月光，心里某个地方，

那么亮，却那么冰凉。

每个人，都有一段悲伤，

想隐藏，却欲盖弥彰……

你是我，不能言说的伤，

想遗忘，又忍不住回想。

像流亡，一路跌跌撞撞，

你的捆绑，无法释放……

在这安静的夜里，张信哲的声音清晰传来，直至心底，如海浪般一下一下地撞击着。郁筱梦听了一遍又一遍，直至沉沉睡去。

她梦见自己被笼在一片月牙白色中，却陡然发现自己是孤身一人，周围明明是极美的颜色，却那么凄凉，那么寒冷。她无助地想开口求助，却发现，周围，只有看不见的危险，连走一步的勇气都没有……一阵暖意袭来，似有人将她包裹，转过身去，是一个修长的影子。

何煦？何煦，是你吗？

郁筱梦刚觉温暖，一抬头，却发现，那个身影消失了。孤独和寂寞，又一次将她包裹。

她突然发现，自己竟然是如此依赖那个身影……

45 等你到天明

第二天，郁筱梦是被郝林林的尖叫声吵醒的。

订宾馆的时候，郁筱梦选的是海景房，但昨天她们入住得迟，天色已黑，也没有细看。早上郝林林醒来，轻手轻脚地起床，来开窗帘，发现外面能看到广袤的海面，不由得大声喊了起来："妈妈妈妈，你快起来啊！"

"这边可以看到大海呢！我要去游泳！"她劲头十足。

郁筱梦揉着眼睛，看向窗外。清晨的海面，远远看去，格外清晰明媚，宛若一幅天生的风景画。大自然真是神奇，鬼斧神工，雕琢出这般绚丽动人的海景。她突然有些羡慕生在此处的人。不像 H 市，就是一座城。

"咱们今天不游泳了，妈妈带你去海洋馆，好吗？"

郝林林歪了歪脑袋，似乎有些为难："海洋馆，有什么好玩的啊？"

"额，咱们可以看到各种海洋动物，比如大海龟啊，鲸鱼啊，还有你最喜欢的海星，还能看到海豚给咱们表演节目。”郁筱梦事先在网上做了功课，答起来还算有模有样。

想了想，郝林林点了点头，又不无遗憾地说道：“哎，要是何叔叔在就好了，他肯定会带我去游泳的！”

郁筱梦垂头看着女儿，心头掠过一丝愧疚。

昨天晚上，在啤酒节那边吃了不少海鲜，郁筱梦一早起来就觉得肚子不太舒服，上了两趟厕所。去海洋馆的路上，便找了一家药房买了止泻药。

郁有德看她又是忙着跑厕所，又是忙着买药吃药，不由得又唠叨开了。

“哎，筱梦啊，你最近怎么总是拉肚子啊？”

“哪有？好久没拉了，权当排毒了。”郁筱梦跟着电子导航的提示开着车，嘴里支吾着。

郁有德皱皱眉：“哎，这么大的人了，还总是瞎吃。那个烤蚝，你一吃就是一打，铁肚子也吃不消啊。”

“可能还是昨天游泳着凉了吧。”郁筱梦小声地解释。她特别喜欢吃烤蚝，蒜泥放得多，很香。但不可否认她昨天的海鲜是吃得多了些，太嘴馋了。

郁有德看了后座上的郝林林一眼，叹口气：“你跟何总监，就这样没戏了？”

郁筱梦握着方向盘的手一抖。

“哎呀，爸，开车呢，别说这个行吧？”她不满。

“好，我不管。”郁有德低下声音，似乎是自言自语，“总得有人在旁边照应着，才是好啊。”

郁筱梦默然。

四天的青岛游转眼而过，郁筱梦吃了一肚子海鲜，也整整拉了两天，但胜在满足了口欲，心情极爽。郝林林玩得尽兴，买了一堆工艺品准备带回去分给小朋友。老少三代心满意足地开着车子回了 H 市。

开了将近三个小时，终于在暮色来临之际，将车子停在了楼下。一抬眼，郁筱梦就看见了一个熟悉的修长身影，还有那辆熟悉的黑色辉腾。

是何煦。他靠着车，垂着头抽着闷烟，几天不见，他似乎瘦了很多。暮色中，他脸上的轮廓，越发清晰明显。

郁筱梦记得,他是很少抽烟的。看他如此熟稔地徐徐吐出一口薄雾,郁筱梦还真是有些不习惯。她鼻子一抽,觉得有几分难受。

“何叔叔!”郝林林眼尖,从后座打开门,一下子跳了出去。

何煦明显在想心事,根本没有注意到郁筱梦的飞度靠在路边,被郝林林一声唤,才吸引过来,看见郝林林像小燕子一样扎过来,连忙弯下腰,抱住她。

“林林,你去哪儿了啊?叔叔找了你好几天。”他抱着郝林林,转了一个圈。

郝林林被他转得飞了起来,“咯吱咯吱”笑,磕磕巴巴地说:“妈……妈带我去……青岛玩了!”

“哦?”何煦的眼光瞟向郁筱梦,郁筱梦装作没看见,低着头从车里往外拎行李。

郁有德手忙脚乱地拎了两包东西,喊过郝林林上楼。郝林林心不甘情不愿,郁有德伏在她耳边说回去看《芭拉芭拉小魔仙》,她这才从何煦的怀里溜下来,飞快地打了招呼上楼。

一下子,就剩郁筱梦同何煦两人,有些尴尬。

“你手机关机了?”再点燃第二支烟后,何煦终于开口。

“嗯。”

“也好。出去玩么,就该放下一切,什么都不管才对。”何煦的声音很平静。半晌,他突然掐灭刚抽了一口的烟:“可你怎么不告诉我一声?”

见郁筱梦没有回答的意思,他似乎有点生气:“郁筱梦,我在你楼下整整等了四天三夜。你知道吗?”

郁筱梦愕然。

一米开外的何煦,是她从来没见过的何煦,颓废,失落,脸色黯然,掩盖不住的浮躁。四天三夜,什么概念?一天一夜二十四小时,四天三夜就是四个二十四再减去十二,答案是……

“你电话关机,公司只说你在做辞职准备。我问了于乐乐,她说你出去玩了,去哪里也不知道。”何煦很是失落。

他看着郁筱梦,一脸的委屈:“筱梦,你就留个短信告诉我都不行吗?”

“我怕你出意外,心里总是不安,上不了班,觉也没法睡,只能等在你家楼下。”他说着,苦笑出声。

怔了许久，郁筱梦才缓过神来，她朝何煦的方向走了两步，又停住，这下，她更清楚地看清了眼前的何煦。

满脸胡碴，青郁郁的，眼眶凹下去好多，双眼皮更加明显。黑白分明的眼睛里，有许多红血丝，这是一双极度疲劳的眼睛，失了往日的光华。

郁筱梦的心口开始疼，准确地说，是心在疼，真的心疼。她想起往日那个有点趾高气扬不可一世的何煦，跟螃蟹一样横在她面前张牙舞爪的何煦，那个温柔起来能将她化掉的何煦，那个体贴得叫人不敢相信的何煦。都没了。

这个何煦，没有了那种意气风发，整个人好像都被抽干了，是一个壳子，没了灵魂。

“对不起。”她艰难地开口。

何煦没有作声，只是站在那儿，有点悲哀地看着她。

“何煦……对不起。”郁筱梦又重复了一遍，她不知道能对一个守在自己楼下四天三夜的男人说什么，只能说“对不起”这三个字。

何煦立在那儿，笑了起来：“郁筱梦，你以为我等了八十个小时，就为了等你这一句对不起吗？”

“我一边等，一边想，我怎么就碰上了你这么个纠结的人，我是不是该放弃？”他自嘲，“可是，我做不到。认定了一件事，就一定要去完成它，这是我人生的准则。所以，我不想轻易地放手。”

郁筱梦打断他：“如果那是错误的呢？”

何煦用很奇怪的眼神缓缓看了她一眼：“不会。只要是我认定的，一定是正确的。”

“你真有自信。”郁筱梦黯然，“可我没有。”

“为什么？”

“何煦……”

“你告诉我，为什么？”何煦不容她多做辩解，口气咄咄逼人。

郁筱梦抽口冷气，缓了缓，声音中透出几分疲惫：“何煦，你知道的，我们之间差距太大了。”

何煦朝前跨了一步，他的眼里闪出慑人的光芒：“什么差距？”

郁筱梦不由得往后退了一步，别过脸去：“何煦，你别逼我，你知道的。”

“我不逼你。那好，我就问你一句。你老老实实地回答我，谁骗我，谁遭天打雷劈！”何煦看着郁筱梦，顿了顿，一字一句地问，“郁筱梦，你爱不爱我？”

一个“爱”字，刺痛了郁筱梦。她不爱吗？是谁说先放手的人爱得浅？不。她不是不爱，她爱他。可是，她更怕失去。正是因为爱，所以才顾虑重重，所以才言不由衷，所以才情非得已。但是，不能因为这样，就轻易地质疑她曾经付出过的爱。

毕竟，在那些甜蜜的日子里，她不止一次幻想过，和何煦走进结婚殿堂的那一天。只有给了爱，才会这样想。也只有给了爱的人，才敢、才肯、才能这样想。

她不是不爱，但何煦说得对，她爱他，远没有他爱她那样深。

她想硬着心肠说一句“我不爱你”，可她发现，自己做不到。

迟疑着，她终于还是轻声地说道：“我爱你。何煦，可是……”

她的声音很轻，很小心，暮色里，这轻轻的一句话刚出口，就散尽在周围的黑暗中。第一次，她当着何煦的面，说出了这三个字。她说得那样谨慎，仿佛是一个第一次说英语的人，生怕发错了音而遭旁人的耻笑。

话音刚落，没防备地，何煦胳臂一伸，将她拖了过来，郁筱梦吓得一声尖叫，却撞进何煦的怀里。她惊恐地抬起头，却看见何煦的下巴，慌乱间，她发现何煦没有动，只是缓缓垂下拉着她的手。

接着，何煦低下头，看着她：“郁筱梦，如果你今天不回来，我会等你到明天天亮。”他抬起脸，微微撇到一旁，声音抖了两抖，“如果……天亮你还没回来，我就告诉自己死心。”

“可是你回来了。”他又一次转过脸来，看着郁筱梦，脸上竟然浮过一丝笑意，有一点得意，有一抹庆幸，“所以……”

“所以什么？”大概是被他的笑容给蛊惑，刚刚还惊恐得要死的郁筱梦傻愣愣地跟着问。

何煦扬起一个大大的笑容，连酒窝都挤了出来，他俯下脸，在郁筱梦仰着的脑门上轻轻一啄。郁筱梦“啊”了一声，捂着脑袋跳到旁边去，幸亏刚刚开车，穿了平底鞋，否则肯定会崴了脚。她的眼睛飞快地四下瞄了一圈，确定没有什么熟人或者邻居，这才放下手来。

见她晃了两晃，何煦一把撑住她，然后气定神闲："郁筱梦，恐怕我之前对你忍让太多了。你给我听着，天意如此，既然我等到你了，从今天开始，你别想逃跑。你就算跑到意大利去，我也不会放过你！"何煦虎视眈眈。

"你！"郁筱梦满头雾水，怎么刚刚的何煦跟之前判若两人呢？难道一开始是在装可怜？

这一晚，郁筱梦又失眠了。

第二天一早，送郝林林上幼儿园后，郁筱梦打算去福利院一趟，林叶柏之前发了很多次信息约她一起去，但她都婉拒了。这段时间心情不好，工作又忙，杂事又多，也确实没有时间去。不过，今天一大早，林叶柏打了电话，说他们医院给福利院的孩子做义诊，让她有时间过去玩玩。正好现在家里也没什么事，郁筱梦收拾了一下，送了郝林林之后，便转道去了福利院。

她到那儿的时候，林叶柏他们早就到了。一群白大褂，各种小仪器，还有几家 H 市的各类媒体，看来是来采集新闻的。

郁筱梦下车，沿着外围转了一大圈，看见了林叶柏，他正在很认真地给一个五六岁的孩子做检查。福利院这里的孩子，很多都是有身体残疾或者先天性疾病的，再或者是智力障碍的孩子。郁筱梦是这里的常客，一眼就认出林叶柏正在诊断的这个孩子就是上次砸伤何建平的那个智障的孩子小荣。她没有走过去，就这样远远地看着。突然，有一家市级报纸的记者看到了她，径直朝她走了过来。

郁筱梦吓了一跳，那个记者眼睛很尖，似乎认出了她。H 市说大不大，说小不小，之前的那次"新跃"杯服装大赛是全国直播，郁筱梦也被一部分的电视观众所熟知。H 市的电台和报纸在那之后，也曾邀过她做个访谈之类的，但都被她婉拒。

她素来不喜欢抛头露面，走到哪里都被人认出来，可不是一件好事。

"请问，是 GR 的郁筱梦总监吗？"那个小记者看来很敬业，一个字都没错地道出她的身份。

郁筱梦故作迷茫和愕然："谁？不好意思，你认错了吧？"

对方很纳闷地小声嘀咕了两句，悻然离去。

再等郁筱梦转过身来，便看见穿着白大褂的林叶柏好整以暇地站在不远处，一副笑眯眯的样子，脖子上还挂着听诊器。

数日不见，他倒是更精神了些。

今天老天格外给面子，不算太热，又有些云，遮了不少太阳，多了几分清凉。林叶柏和郁筱梦顺着福利院的空地慢慢地转着，两人中间离着不到半米远，很合适的距离。

“听说你比赛又拿了第一？”林叶柏不咸不淡地问道。他向来如此，似乎很少有什么浓烈的感情。

郁筱梦点点头，问道：“你们今天怎么想起来义诊了？”

“前两天张院长打电话给我，说好几个孩子都有腹泻和中暑的症状，我跟医院的领导汇报了一下，决定定期来义诊。”

“好事啊，福利院的孩子，不比一般家庭，照顾得没那么细，生病是常有的，你们能定期检查就太好了。”

“是，张院长也是这么说的。”林叶柏笑了起来。

两人又慢慢地朝前走，有一句没一句地搭着话，走着走着，林叶柏终于顿住脚：“筱梦。”

郁筱梦回过身，看着落在后边的林叶柏，眼神里充满疑问。

林叶柏欲言又止，他低下头，走上来，顿了顿才开口，“筱梦，我今天喊你过来，有点话想说。”

“什么话啊？”

“你……呵，我想问你，你现在有男朋友吗？”林叶柏犹豫了一下，终于开口。

郁筱梦猝不及防，一时间也怔在那里。林叶柏看她有点发愣，悻悻地说：“呵，我就一问，你要是觉得不方便，可以不回答。”

郁筱梦尴尬地眨了眨眼，林叶柏不知道，刚刚那个瞬间，郁筱梦的心思回去了昨天晚上。她现在自己也说不清楚，目前同何煦是什么状况。

分手？不是。何煦说了不会轻易放过她。

没分手？可自己前面明明说了要分手……她有些惆怅，脸上浮起一丝自己都不察觉的疑惑。

“这段时间，我想了很多。之前，我对你，可能太不主动了。”林叶柏缓缓地说，"其实，我在你面前，是不自信的。你又漂亮又能干，活得出色精彩，我一直觉得自己配不上你。这段时间，我一直来福利院做义工，总算是打开了我对孩子的这个心结。所以，我才有信心站在你面前……"

林叶柏看了一眼表情不太自在的郁筱梦，自我解嘲道："我不知道，我现在这个表白，是不是太迟了。"

郁筱梦怔了很久，才回过神来，冲着林叶柏勉强一笑："叶柏……我……"

看她这样的犹豫，林叶柏立刻明白了，连忙摆手："不勉强，若你有更合适的人选了，你就当我在讲一个笑话好了。"

郁筱梦轻轻笑出了声，随后，正色道："谢谢你，叶柏！你很快也会找到你的幸福的。"

"要是结婚，记得邀请我！"林叶柏伸出手。

郁筱梦微一犹豫，伸出手去，握住。

眼前的这个男人很好，只是，她的心里，有了另一个人，占得满满，不留余地，而她和林叶柏，早已错过。

所谓错过，便是不可重来。

46 你猜，你猜，你猜猜猜

何煦果然同之前大不一样，他喊郁筱梦出来吃饭逛街之类，郁筱梦只要说半个"不"字，他就立马气势汹汹地冲到郁筱梦家里来，像拎小鸡一样将她从电脑前或者被窝里掏出来，然后数落半天，几次下来，郁筱梦连个"B"的音都不敢发出了。

郁筱梦承认，自己太容易动摇了。她悲哀地发现，自己有严重的受虐情结，何煦之前对自己那样客气，自己不以为意，如今，人家是暴力上前，自己反倒服服帖帖。

前些天还咬牙切齿对天发誓说自己一定要同何煦划清界限，却一不小心被何煦那四天三夜的守候给击开心门。于乐乐知道后，足足嘲笑了半天，说她是死鸭子嘴硬，撑着不承认，哭着喊着要分手的，结果还不一样被何煦攻城掠地，然后举手投降了。

郁筱梦破天荒地没去反驳她，只有她自己心里清楚，这意味这什么，她在蹚一趟自己之前躲闪不及的浑水。

何煦说得很明白，他不会轻易放手。郁筱梦想了一个晚上，决定与其那样痛苦，不如顺其自然。不错，韩燊的话对她的冲击很大，但是，何煦的选择是何煦的选择，韩家的选择是韩家的选择。

她相信他，相信他一定会给自己一个最好的交代。

或许，路会很难走。但是，总要试着去走一走。

周末的时候，何煦接她和郝林林去自己家吃饭，这一次是在何煦自己的住处，不过依旧是沈姨下厨。

何建平也在那，看到郁筱梦，一点也不惊讶和意外，似乎一切都在她的意料之中。反倒是郁筱梦，有许多的别扭，但看何建平似乎是什么都没有发生过的表情，便也很快释然。

那对美丽的月牙白色宝螺，终于送给了何建平。何建平很喜欢，放在手里把玩了半天，直夸郁筱梦有眼光。

第一次来何煦这的郝林林，似乎很喜欢这，对阳台上那些健身器材表现出了极大的兴趣，缠着何煦带她玩。何煦也很有耐心，一会儿抱着她骑脚踏车，一会儿带着她在仰卧起坐板上玩滑梯。郁筱梦在厨房里帮沈姨打下手，何建平不太会做饭，不过也在旁边说说笑笑，厨房的门可以看见阳台，郁筱梦有一眼没一眼地关注着阳台上的何煦和郝林林。

郝仁军和郁筱梦的离婚，郝林林还是受到影响的，先是和妈妈回到外公家，再是一个星期只能见到爸爸两天，还不能同爸爸妈妈一起吃饭玩耍，这些，在小小的她的心里，都是有感觉的。只是孩子虽小，却很懂事，不多问。今天到何煦这，虽然一开始有些陌生，但一看到那么多新鲜的东西，就来了精神。何煦真是超有耐心，能将一个顽皮的五岁孩子照顾得很好。在三十出头还未婚的男人当中，算是极少数的个例了。

循着郁筱梦的目光，一旁的何建平微笑着说："这一大一小玩得还挺投缘的。"

"是啊。"郁筱梦点头。

忙着炒菜的沈姨插嘴道："小煦可喜欢孩子了，我们小区里，小孩子特别多,他一有空就去逗弄。小孩子的妈妈们看见他就特别高兴。”

郁筱梦不解:“为什么啊?”

何建平同沈姨相视一笑:“因为小孩子们也喜欢他,何煦一去了,就围着他,那些孩子的妈妈就轻松好多,免费的男保姆啊!”

郁筱梦无语,真看不出,何煦这个人还有这种喜好。

很快,桌子上摆满了一桌美味。沈姨的手艺太好了,堪比五星级酒店。而且今天做的菜,一看就是精心准备的。

其中有一道八宝鸡,郁筱梦是第一次吃到这样做工讲究的菜,还是家里做的。看着平常无奇的鸡腹内,竟然塞了满满一肚子莲子糯米和火腿,衬得鸡肉更加鲜香。何建平夹了一条鸡腿给郝林林,一向只吃肯德基上校鸡块的郝林林竟然乖乖地吃完了。

郝林林嘟着一张油乎乎的嘴,冲着郁筱梦说:“妈妈,姨婆做的比你做的好吃,也比外公做的好吃!”

郁筱梦登时脸红到了脖子,她不太擅长做饭,最拿手的就是红烧排骨和白灼虾,然后就是蛋炒饭、荷包蛋、水煮蛋……至于郁有德,虽然一个人生活了不少年,但没退休的时候早上在外面的早餐店吃粥,中午在单位食堂吃,晚上又在外面的粥店喝稀饭吃蒸饺或者小笼包,一个星期,自己顶多烧一两顿饭。这两年,退了休,才慢慢买菜做饭,所以,厨艺可想而知,可怜了郝林林这个小馋嘴。

“哦?林林,你要觉得好吃,可以天天在姨婆这儿吃。”何建平很喜欢小孩,也喜欢郝林林,让郝林林喊自己姨婆,其实就是外婆的姐妹的称呼。

郝林林一点也不客气,一个劲地点头:“好!姨婆!我天天来!”

郁筱梦白了她一眼:“姨婆跟你客气,你还当真了!”

“唉,筱梦啊,你要是没时间带孩子,可以送到我这儿来,何煦白天又不在家吃饭,就我跟你沈姨两人,也很孤单的。”何建平说。

“阿姨您太客气了,虽然我和我爸爸都没时间照顾她,但白天都送托儿所的,晚上我爸下班带回去。”郁筱梦连忙摆手,何建平的话,意思很明白,就是她很喜欢郝林林,一点也不在意郁筱梦带着孩子嫁过来。

何建平笑笑,也不多说什么,只是嘱咐她们吃菜。

吃完饭后，郝林林又赖着玩了一会儿。跟郁筱梦一样，她喜欢上了何煦家里超级现代化的设施，尤其是那个可以自动滑开的电动书架，就跟郁筱梦第一次过来时一样，乐此不疲地站过来，站过去，任由电动书架滑开闭合，一个人直笑得“咯吱咯吱”。

何建平习惯早睡，吃完饭，同沈姨收拾好碗筷，就借口先回去了。好在住的小区很近，十来分钟也就走到了。

看着天色已晚，郁筱梦拉着郝林林回家，何煦没有多挽留，拎着车钥匙，说送她们回去，可郝林林来了一句，说就喜欢何叔叔陪着她走。何煦倒是很大方，将钥匙塞进兜里，拉着郝林林让她带路。

“别，何煦，她说什么你就听什么，走回去要大半个小时呢！”郁筱梦瞪了郝林林几眼。郝林林拉拉何煦，无邪地问：“叔叔，我妈妈为什么瞪我呢？”

何煦转过头，看了看郁筱梦，说道：“她肯定是嫉妒咱俩感情好！”

“没事，咱们先带她走一段，走不动了，我背她。”何煦说着，拉着郝林林的小手出了门。

郁筱梦只得苦着脸，跟在后面，任由一大一小两个人在前面依依呀呀地边走边说。

何煦：“林林，你长大后想干什么？”

林林：“上学呗。”

何煦：“上完学呢？”

林林：“考试。”

何煦：“那你想考第几呀？”

林林：“第一呗。难道何叔叔你读书的时候不是考第一的吗？”

何煦笑笑，一脸“当然了”的表情：“考完试了，你要干什么？”

林林：“和妈妈一样，上班，挣钱，买化妆品！”

何煦：“挣完钱呢？”

林林：“给妈妈买辆大别克。”

何煦：“给你爸爸买什么呀？”

林林：“他？QQ吧！”

何煦：“为什么给爸爸买QQ啊？”

林林:“谁让他不要我跟妈妈了呢!”

郁筱梦脸黑。

何煦无语:“哦……那你外公呢?给外公买什么?”

林林想了一会儿:“宝马。大宝马!必须的!”

何煦忍俊不禁:“那你自己买什么呀?”

林林脑袋一歪:“我?我买甲壳虫,红的。”

何煦:“买完车干什么去呀?”

林林笑:“开着去狗市,买一车金毛猎犬,我养着。”

何煦突然不要脸地笑着说:“那叔叔呢,给叔叔买什么?”

“你?”郝林林似乎没想到何煦会突然这样问,很用力地想了一会儿,“不用给你买,叔叔你给我开车看狗就行了。你这么会照顾人,照顾狗狗也一定很厉害的!”何煦的脸登时黑了,而身后的郁筱梦,几乎要笑喷了。

这样的何煦,是郁筱梦没有见过的,她所认识的何煦,平时不苟言笑,工作认真有激情,做事情一板一眼丝毫不乱,在同龄人中颇为难得。让人没想到的是,他竟然如此有童心,能和郝林林一个五岁的小毛孩,聊得火热。

何煦走在前面,一会儿拎着郝林林的双臂荡秋千,一会儿让郝林林坐到自己肩膀上,一会儿又驮着郝林林骑大马。半个多小时的路程,愣是多走了二十分钟,踩着高跟鞋的郁筱梦觉得腿都快要断了。

终于到家了,郝林林一路跳了过去,“噔噔噔噔”地跑上楼,小手在防盗门上直拍,嘴里还喊着:“外公,外公,我回来了!”

话音刚落,郁有德就开门出来了,先是一把抱住郝林林亲小脸蛋,然后才看到后面跟着的何煦和郁筱梦。

看到何煦,郁有德招呼他进来坐坐。何煦也不客气,鞋子一脱就进了屋。

郁筱梦跟在后面,抬眼看了墙上挂着的时钟,不满地说道:“都九点半了,你还真进来啊?”

“我陪叔叔说会话,你忙你的。”

“是啊,筱梦啊,我正好有话跟小何说,你先忙你的去吧!”郁有德点了点头。

郁筱梦不再多说话,带着郝林林去卫生间洗澡去了。

等她们娘俩洗完澡出来,何煦已经走了。郁有德一个人坐在客厅喝着茶,郁筱梦问:“人呢?”

“走了啊!”

“你们……都说什么啦?”

“没什么,无非就是家长里短。”郁有德说着,喝光杯子里最后一口茶水,然后起身,进了自己的房间。

郁筱梦不满地回到房间,拿起手机发了消息给何煦:我爸都跟你说什么了?

很快,一声短信提醒,郁筱梦打开消息。

你猜,你猜,你猜猜猜?何煦回复说。

郁筱梦又好气又好笑。

47 我们都在浮沉间

于乐乐终于带着蒋一澍,出现在了郁筱梦的面前。

今天的聚餐有两个主题,第一个主题是祝贺郁筱梦出国,第二主题是于乐乐带男朋友蒋一澍正式亮相。

所以,买单的人是蒋一澍。

蒋一澍别别扭扭地坐在对面,满脸的不自然。郁筱梦倒是比他坦然得多,不过,终归是有些奇怪的。

旁边坐着自己的现任男友,斜对面是自己的初恋男友,对面坐着的,是自己初恋男友的现任女友,还是自己最好的朋友。郁筱梦将这个关系画在餐厅的面巾纸上,递给何煦,何煦也笑了起来。

他伸手拿过笔,又很无聊地加了一条线,他和对面的蒋一澍,曾经共事多年。

这下,蒋一澍都笑了。于乐乐使了坏心眼,将那次逛街的时候,郁筱梦误以为何煦在追求于乐乐的事情抖了出来,夸张地描述着当时郁筱梦的反应。

郁筱梦嗔怪地看她,有些不好意思,而何煦微笑着,桌子下的腿轻轻碰了郁筱梦的腿一下,郁筱梦毫不客气边还击。

蒋一澍适时地举起手里的杯子:“来来来,为你们重修旧好干杯!”

其他三人忍俊不禁,何煦也举起杯子:“好好好,为你们再续前缘干杯!”

在 BOA 的时候，公司里都在疯传，设计总监蒋一澍同销售总监何煦不合，两人互相抵触。确实，两人差不多的年龄，都年轻有为冲劲十足。虽然几次“新跃”杯大赛，蒋一澍都被郁筱梦压制一头，但在国内的年轻设计师中，他还是颇受好评的。毕竟，对 BOA 这种走高端路线的公司来说，稳扎稳打最重要，一旦定下了设计风格，就很难轻易改变。

而何煦呢？这个人，真的是天生事业很好的命，从销售主管一路爬上经理，然后总监，短短几年，成了销售界的传奇。在 GR 的时间虽然不长，但郁筱梦总觉得，他所想做的事情确实能够轻松地完成，或许像何煦自己说的，认定了一件事，就一定要去完成它，这是他人生的准则。这样性格的人，确实更容易成功些。

其实说起各自从事的领域根本是构不成竞争，但问题在于，两个人都是单身，都是帅哥，都是总监，还都很有钱。何煦的母亲是园林设计大师何建平这一点，更让人觉得他的出身富有文化气息。而蒋一澍，家庭不是太富有，但是这几年他在 BOA 的薪水很高，所以，也很有吸引力。无论从哪点看，两人都有得一拼。

于是，在众人眼中，这两人，是青年才俊，是人中翘楚，理所当然应该是竞争对手。可是事实呢？

事实就是，两个人之间其实很和平。只不过，私交很少。因为工作太忙，而且分工明确，何煦又是个不爱扎堆凑热闹的人，休假的时候宁可去做做义工，很难得三朋四友坐到哪里喝酒吹牛。而蒋一澍反之，他比较爱热闹。

这就是气场不同，所以交集很少。

何煦同蒋一澍聊着在 BOA 发生的许多趣事，逗得郁筱梦和于乐乐笑个不停。蒋一澍说话向来是绘声绘色的那种，加上何煦在旁边突如其来地补充一两句，笑点就更多了。四个人边说边笑，郁筱梦还将大学时候蒋一澍发生过的一些糗事爆了出来，于乐乐边听边乐，好多事，她也有份。旁边桌子的客人朝这边看着，似乎在看四个活傻子。

说说笑笑间，时间过得飞快，笑话讲得差不多了，也酒足饭饱了。蒋一澍收起嘻嘻哈哈不正经，一脸感慨道：“跟做梦一样。”

“现在是晚上九点二十，你也该回去洗洗睡觉做梦梦了。”于乐乐挽着他，满脸甜蜜。

“突然感觉时间过得特别快，一眨眼，大学毕业；一眨眼，工作都几年了；再一眨眼，结婚生子；再一眨眼，孩子大了，我老了。”蒋一澍有点伤感。

“沉沉浮浮的，我也算是BOA的老人了。”他垂下眼睑。都说喝了点酒后，人特容易感性，蒋一澍就是这样的人，也因如此，一般的场合他很少喝酒。

“BOA现在情况怎么样?我上次听丹尼尔跟我说，好像不是特别好。”何煦沉吟了一下，问。

在BOA工作压力是非常大的，国内高端并不好做，受国外一二线奢侈品和国际品牌的冲击很大，并不太受内地女性的青睐，所以，也可谓是夹缝中求生存。这两年，BOA试图将触角慢慢向年轻群体延伸，但屡屡触礁，价格、定位、风格，都成了壁垒，要一个个突破。当初何煦离开BOA，也有一个深层次的原因，就是BOA高层意见分裂，有的董事执意当前高端路线一条道走到黑，有的董事建议多方突破搞突围，因此何煦觉得该是离开的时候了。

蒋一澍叹口气，摇了摇头：“不好说啊。上次大老板跟二老板为了二线品牌的定位吵得昏天暗地，我们这些下级，难做啊！我也想走，不过……”

“他两人的关系素来不和，出现这样的争端是迟早的事。若论现在的冲劲，BOA倒是不如GR的。”何煦揉了揉额角，想了想，“对了，筱梦的辞职报告批复下来了，她去意大利也快了，GR这边倒是缺一个设计总监。”

于乐乐一下子凑了过来：“对啊，老蒋，要不你来GR这边啊？正好筱梦要出国哎。”

“GR刚决定涉足中高层服装，你要是来的话，倒是很得力。不过，薪水方面可能要比BOA低一些。”郁筱梦点头。

蒋一澍没说话，从表情上看，他似乎在做心理斗争。

“来嘛来嘛！”于乐乐拉住他的胳臂使劲晃悠。

“不过……”何煦微一沉吟，笑了起来，“蒋一澍要是进了GR，乐乐你的地位可是很危险的。”

于乐乐愣了一下，明白何煦的意思之后也笑了起来：“不怕！反正都在设计部，我一步不离地看着他。”

四个人都笑了起来。

夜色已浓，一轮弯月挂在天上，听说今天夜里会有流星雨。不知又有多少人，痴痴地守着宁静的夜空，等流星的划过，然后许下自己心里的愿望……

临分手的时候，于乐乐偷偷问郁筱梦，怎么又突然回心转意了。郁筱梦犹豫了一下，告诉她，忘记一个人，比决定去爱一个人还痛苦。

她想，她是真的爱上何煦了。

于乐乐眨眨眼，说："筱梦，你知道吗？你现在这个状态，很好。说真的，你离婚之后，虽然看起来很强大，可你的心却锁起来了。你能认识到自己对何煦的感情，说明这把锁开了。"

"一个敢爱、要爱、能爱的女人，才是真的女人！"于乐乐喟叹。

48 预付的红包

负责人事的陈董打电话通知郁筱梦，她可以去办辞职手续了。董事会已经通过她的辞职报告。屈指一算，从准备"新跃"的决赛到眼下，她已经有一个多月没有正常上班了。这些，要是放在平常，肯定是不允许的，但是，情况特殊。据说韩董也发了话，这段时间随她，只要保证设计部的正常运转即可。

郁筱梦到公司的时候，是下午一点多，这段时间，公司正在对她获奖的那组作品进行市场考核，看看有没有推向市场量产的可能。为了参赛而设计的服装，总归是艺术多于实用，走向生活，便要好好地修改。郁筱梦这次辞职，将这组设计也留了下来，她每次参加这个比赛，都受到公司的大力支持，作为回报，也理应如此。

她不是个擅长在这些上计较的人，她在 GR 成长，对这里有很深的感情，虽然自己主动辞职，终归依依不舍。在人事部办完手续，到财务部结清薪水，到设计部同部员告别，大家喊着要给她送行。于乐乐告诉郁筱梦，蒋一澍已经同 GR 接洽过，GR 表示很欢迎。人事部的金蔷薇不知怎么知道蒋一澍跟于乐乐还有郁筱梦是大学同学的事，直接找了于乐乐，让她从中搭线，连薪水都已谈妥。难怪郁筱梦的辞职批复下来得如此爽快。

拖拖沓沓的，已是三点，然后到自己的办公间去清理物品。工作了这么久，杂七杂八的东西真不少，尤其是女人，天生爱些零碎的小玩意，一个大纸箱,看来是不够,她寻思着,到哪里去再找一个。

设计部里转了一圈,没找着,她想了想打了电话给何煦。何煦答应得挺爽快,说自己有个塑料箱,给她放东西用。

从设计部一路过去,郁筱梦的心里感慨万千,她和何煦的这段情,在这里起,在这里生。如今,她要离开了,终于可以实现自己去马兰欧尼的梦想,却陡生了许多的不舍。走到何煦的办公室门前,她礼节性地敲了敲门,何煦的声音传来,让她进去。

一见那个塑料箱,郁筱梦就乐了:“你怎么还备了这么个东西?”

“哎,清洁工每次过来打扫,都会弄湿衣服跟文件,我就买了这个。”何煦说着,将箱子里的一点东西取了出来,推给郁筱梦,“够装吧?”

“够了够了。”郁筱梦环视四周,她同何煦同事大半年,但却是第一次来何煦的办公室。说起来几乎是让人难以置信,就连前段时间两人你侬我侬的,她都从来没有踏进过何煦的工作间。公司是公司,私下是私下,这点,他们两人都分得很清楚。

何煦的办公室收拾得很干净,跟郁筱梦的截然不同,郁筱梦的办公室是布料多,样稿多,而何煦的办公室则清爽洁净,一看就是男人的办公室。

“手续都办齐了?”何煦扶着她的双肩,将她按到沙发上。

郁筱梦坐下来,何煦起身走到饮水机那里,给她泡奶茶。看着他娴熟地倒水泡奶茶,郁筱梦微微笑了起来,连她自己都没有察觉:“差不多了,东西收拾好就行了。”

“要帮忙吗?”

“不用,两个箱子,我让乐乐帮忙就行了。”

何煦转过身子,将手里的杯子递给她,自己闲闲地靠在桌边上:“说走就走,舍不得吧?”

“嗯,有点。”郁筱梦点了点头,低下头,喝了一口奶茶,还是那样醇厚,合适的温度,入口微微的苦,然后是香甜细滑,很温暖安全的感觉。果然,还是何煦泡的奶茶最地道。

“对了,蒋一澍要过来了。”何煦说。

郁筱梦“嗯”了一声,表示知道,想了想,她笑了起来:“好奇怪的感觉。”

“哪里？”

“我的现任男友，要跟我的初恋男友搭档了。重要的是，是第二次搭档。”

“是啊，好像在兜圈圈一样。”何煦也笑了起来，“世界真是小！”

“我怀疑……”郁筱梦故意掐下后面的话。

何煦果然上当，眼巴巴地问：“你怀疑什么？”

“其实蒋一澍不爱于乐乐。”郁筱梦认真地说。

“不会吧？”

“你不觉得……他这么追随着你，明显是对你有意思吗？哪有这样不离不弃的？”郁筱梦说完，哈哈大笑。

何煦一愣，伸出手就要打她。

两人东拉西扯一番，又约好一起吃晚饭，郁筱梦这才满脸绯红地抱着箱子喜滋滋地去了自己的办公间。

办公间的门虚掩着，郁筱梦走进去的时候，有点奇怪。去何煦那里的时候，她关了一下门，虽然没锁，但门是合着的，难道设计部的其他同事来过了？

推开门，郁筱梦吓了一跳，落地窗前站了一个人，一身阿玛尼套装，头发是洋气而时髦的短发，从后面看，身材保养得很好。只是迎着光，看着背影，一时之间不知道是谁。等那人应声转过脸来，她才认出，这个不请自来的人，是韩功远的正牌妻子——沈瑾，也就是GR的董事长夫人，二世祖韩燊的母亲。沈瑾不常来公司，但每年的半年会和年终会上，她都会陪韩功远出席，虽然有些脸生，但郁筱梦还是认出她来，韩燊跟她很像。果真儿子像妈妈，对衣服的品位都是一致地选择了阿玛尼。

看出郁筱梦的吃惊，沈瑾倒是坦然许多，她冲郁筱梦点了一下头，露出一个不算太温暖的笑容，但很得体，笑的尺度刚好，贴合她董事长夫人的身份。

沈瑾伸出手：“郁小姐，你好，我是……”

“您好，夫人。”郁筱梦礼貌地握住，主动喊了一声。

沈瑾似乎很满意她的反应，笑了一下，看了看桌前的转椅：“我可以坐下吗？”

郁筱梦点点头，走到饮水机那里倒了一杯水，放到沈瑾的面前。

“你不用太吃惊，我提前关照过陈董了，你过来的时候，让他通知我一下。”沈瑾抿嘴一笑。

郁筱梦到对面坐下：“您找我有事？”

沈瑾挑了挑眉头：“谈不上吧，准确地说，我想看看你，对你比较感兴趣。你别介意。我这人就是这样，比较直接。”她笑，不知道为什么，郁筱梦对她的笑容有说不出的反感。沈瑾的脸不算圆润，下颌有点长，明明是很不讨喜的长相，偏偏还很爱笑，一笑，那个下巴就更突出了，有点兜。都说下巴圆润的女人有福相，但没说下巴兜的女人也有福相。

“我也喜欢爽快人。”郁筱梦淡淡地说。

“那就好！”沈瑾直了直腰，盯着郁筱梦看了一会儿，“我听燊儿说，你是何煦的女朋友？”

“是，我们在谈。”郁筱梦脸上没什么表情，心里却在揣摩沈瑾此来的目的。

沈瑾点点头：“不错，郁小姐人很漂亮，气质也很好，不愧是我们GR的王牌设计师。看得出，也是很有眼光的人，包括在挑男朋友这件事上。”

这话在郁筱梦听来，不似夸赞，反而有几分刺耳。郁筱梦笑笑，继续由她说下去。

“我想，郁小姐大概知道，我老公，也就是你们韩董，他跟何煦相认的事吧？”沈瑾终于切入正题。

“嗯，知道。”郁筱梦如实回答，估计她说不知道，沈瑾也不会相信，沈瑾这种女人，当着你面问一百个问题，说不定早就知道你会回答的九十九个答案，只不过，这些答案，她要听到从你的嘴里说出来才放心罢了。

“怎么说呢……”沈瑾微一沉吟，然后抬起头，又露出那个不讨喜的笑容，“其实，我是支持你们在一起的。”

“谢谢夫人。”郁筱梦不卑不亢，她还揣摩不出沈瑾到底是什么意思，干脆选择按兵不动。

“但是，何总监的生父……呵呵，我老公，可能不太能够接受你。”

郁筱梦心里一沉，却又很快释然，该来的迟早要来。韩功远不会接受她，这一点，韩燊也早就给她打过预防针了，可她没想到，来说这事的，竟然会是沈瑾。这位正牌韩夫人，还真是位热心的主。

沈瑾很敏感，从郁筱梦的沉默中察觉出异样："不过，郁小姐，我说了，我支持你们。"她说这话的时候，强调了一个"我"字。

郁筱梦抬起眼看她，脑子里飞快地分析她此言的用意。

沈瑾站了起来，走到窗前："我和韩功远，当年认识的时候，他还什么都不是，一个刚出校门的毛头小子罢了。我沈瑾敢说，没有我，就没有今天的GR，更没有今天的韩功远。这些年，我的付出，不比他韩功远少。"

"何建平跟她儿子，其实我是最先知道的。但我看她也没有让孩子认回父亲的打算，也就忍着算了。毕竟，韩功远他不知道这个孩子的存在。"沈瑾语气一沉，"可是……

后来韩功远知道何建平有个儿子，就开始调查。他查，我也查。呵呵，那段日子，我过得很痛苦，很多次，想跟他摊牌，但想到GR，我放弃了。"沈瑾的声音里闪过一抹隐忍的痛苦，可见，这些年，她憋得很受伤。

作为一个正牌妻子，明明知道自己的丈夫和前任女友有一个孩子，而自己的丈夫也一直默默关注着，自己却什么都不能说不能做，这种痛苦，郁筱梦想想都能体会，不免有些同情沈瑾。

"郁小姐，你是聪明人，我不想跟你兜圈子，咱们明人不说暗话。"沈瑾转过身，"韩功远已经明确承认了何煦是他的儿子，这对我，对韩燊，都是不小的冲击。"

"韩燊还在读书，社会阅历甚至心理承受能力都不如何煦，韩功远很欣赏何煦。不可否认，何煦是很优秀，但这些年，我们付出了那么多，他却凭空冒出一个儿子，来争夺我们的一切，我不甘心！或许，何总监并没有这个意思，我知道，他母亲何建平是国际上很有声誉的大师，她应该不会在乎GR这块小蛋糕。只是，我不服气。陪在韩功远身边的人是我，陪他打下天下的也是我。我不会容忍任何人白白夺取属于我属于韩燊的一切。"沈瑾的话中，咄咄逼人。

郁筱梦静静地看着她，等她说出最重要的话。

沈瑾沉默片刻，终于说出自己此行的目的："郁小姐，我听说，你有过一段婚史，还带着一个孩子？"

"是，我离过婚。"郁筱梦很干脆，这是事实，不必掩饰也不必含糊，她想隐瞒也隐瞒不了，沈瑾此来，肯定早对自己做了全方位的调查，好比做了一个X

光扫描，全身的那种。

“据我所知，他们父子谈过这个问题，韩功远是不同意的。”沈瑾目不转睛地盯着郁筱梦的脸上细微的变化。

“我理解。没有几个人愿意自己的儿子娶个离婚女人，还带着个孩子。”郁筱梦笑笑。

“但是，我想，你们不会轻易分手，”沈瑾加重语气，“我相信，你们也不会轻易放手，据我所知，郁小姐同何总监，之前也有不少磕磕绊绊，这才重新走到一起的。对吗？”沈瑾说着，拿起桌上的手包，打开，从中取出一张支票，递给郁筱梦，“郁小姐，我没有别的意思，这是我给你们将来婚礼的红包。我提前祝福你们！”

郁筱梦愣了一下，她看过很多电视剧，未来的婆婆财大气粗，会给老公的私生子女友开出这样一张支票，说是分手的补偿费。可是……她今天收到的这张支票，却满是奇怪的味道，于情于理，她都没理由拒绝。但让她感到可怕的是，自己和何煦之间的关系变化，沈瑾竟然明察秋毫了然于胸，由此可见，沈瑾一直在盯着自己。

恐怕，从何煦一进入GR，自己就同他一起，落入沈瑾的眼线网了。

好可怕！她真心不喜欢这种透明的感觉。

“我希望，你跟何总监走到最后。”沈瑾盯着郁筱梦的眼，观察她的一举一动。

郁筱梦看着那张支票，坦然地伸手接过：“夫人，我能不能这样认为，您这是在收买我？”

沈瑾笑了起来：“随便你。只要你收下。我就当我们有个约定！”

临出门的时候，沈瑾突然回头，看着郁筱梦，有点感慨：“郁小姐，我很喜欢你的设计，你离开GR真可惜。我衷心地祝你，意大利生活愉快！”

郁筱梦冲她笑笑，挥手作别。

49 最初的梦想

晚上同何煦见面的时候，郁筱梦将那张支票摊在了何煦的面前。

何煦打开一看，笑了起来：“不少，三百万。”

“看来韩夫人很知趣，知道对你这种前途光明的设计师来说，百十来万不入眼。”他嘲讽着说。

郁筱梦嘴角扯扯：“你怪我收下这个？”

“怎么会？”何煦笑了起来，用那张支票敲了一下郁筱梦的脑门，“人家给你的红包，婚礼的礼金哎，你怎么能不要？千不要万不要，这种彩头的钱一定要的。”

“大大方方收下！安心地拿着！”他一边说，一边打开郁筱梦的手，将那张支票轻轻地拍在郁筱梦的手上。

说到婚礼，郁筱梦脸色一红，有些奇怪地看着他，何煦冲她眨了眨眼：“你不懂？还是装的？”

郁筱梦笑了，又皱皱眉：“沈瑾她的意思很明白，我跟你在一起，韩董势必会反对。如果我们坚持，你们父子肯定会为这事起争执，从继承GR的资产来说，她和韩燊就有了优势。她下注，我们不会分手。”

何煦肯定地点点头：“聪明！”

“她想得太多了，不过，或许她想得对。只要我爸不喜欢我，韩燊是继承人的地位就是不可动摇的。只是，我从来没有觊觎过GR，我和我妈，都不缺钱。不过可惜你了，筱梦，你成了一颗棋子。”他感慨。

郁筱梦晃了晃那张支票：“哪有？你有见过我这么贵的棋子吗？”

“多好的不劳而获！要是可以，我宁可多做几次这样的棋子。”她眯着眼睛。

何煦看着她小心翼翼地折起那张存折塞进钱包的夹缝，拿起筷子，夹了一块口味虾给她：“对了，上次销售部有人去九华山那里，带了不少据说是开光过的小物件，我给你要了个过来。”

“什么啊？”嚼着口味虾，郁筱梦凑过来。

何煦从口袋里掏出一个小钥匙扣，是一个树脂材料的千手观音，颜色挺鲜艳，造型很Q。“好萌啊！”郁筱梦伸手接过。

“嗯，我也看着觉得挺可爱的。估计你会喜欢，你是属老鼠的，千手观音是你的本命佛，正好你要去意大利，就给你要了个钥匙扣。”

“看不出你还封建迷信呢！”郁筱梦喜滋滋地嗔怪。

何煦笑了起来：“又不难看，还很可爱，反正是挂在钥匙上，图个吉利呗。”

郁筱梦从包里拿出一串钥匙,开始往上挂,到底是新钥匙圈,很紧,她装了两个小钥匙,指甲就掰得生疼,龇牙咧嘴的。

“真没用。”何煦从她手里拿过钥匙和钥匙圈,然后默不作声地拆装着。

郁筱梦双手撑着下巴,看着何煦认真地装钥匙,心里泛过一阵暖流。当你有困难的时候,身边有个人默默地帮你,真是件温暖的事。

“筱梦,你当初学设计的时候,最想做什么?”何煦突然问。

“我?”郁筱梦一愣,没想到何煦会提出这样一个问题,她想了想,“开自己的工作室吧。高级定制的那种。”

何煦点点头,将串好的钥匙递还她:“好,那等你从意大利回来,我们就开个工作室。”

“可以啊!其实这么多年在GR,我学了不少,GR成就了我,但我也为GR付出了很多。”郁筱梦摩挲着钥匙圈上的那个千手观音,“我这次辞职,也是打算从意大利回来之后,不再进任何公司了。与其看人脸色受人左右,不如真正地做些自己开心的设计。我想做点自己想做的设计,不用去考虑太多市场的因素。”

“我支持你!”何煦说着,举起手中的高脚杯,“那笔礼金,就算是我们工作室的启动资金。”

“干!”郁筱梦豪气冲天,两人一仰头,杯子里的橙汁一饮而尽。

50 前夫上门

在郁筱梦家的楼下,她和何煦破天荒地拉着手,绕着楼前的小绿地逛了一圈又一圈,两人谁都不想先说再见。终于逛到了十点半的时候,郁有德打了电话给郁筱梦,催她回家。

何煦促狭:“你爸还当你是小孩呢,晚上还设门禁?”

“可能有事吧!”郁筱梦从郁有德的声音里察觉出一丝异样,不放心地看了一眼楼上自家位置的窗户。

“要不,你快回去吧,我也回了。”何煦轻轻抱住她。八月的盛夏,连晚上都这样热,被何煦这样一抱,郁筱梦更热了,不满地探出头:“你想捂死我啊?”

“没有啊！”何煦低下头，却笑出了声。

因为在草地上走，郁筱梦脱下了自己那双恨天高，身高一米六零的她，此刻在一米八几的何煦怀中，刚刚冒出他的肩膀一点点。何煦一抱她，她的鼻子就挨到何煦的肩膀上，呼吸不畅。

“你真矮啊！”何煦叹。

郁筱梦仰起脸，狠狠瞪着他：“你后悔啦？”

“没有没有！”何煦松开手，后退一步，上下打量她，“好歹该有的都有了，比例还是不错的，前凸后翘也是够格的。”

一阵火立刻烧上郁筱梦的双颊，好在夜色黑沉，她迅速地伸出手，掐了何煦一把，使劲一拧。

何煦“哎哟”一声，猛甩胳臂，跳了起来：“你真狠啊！掐就算了，还拧！”他言辞愤愤。

郁筱梦已经“咯咯”笑着跑了很远，一直到自家的楼道口，何煦小跑了几步，没追上，也顺势放弃了。

“快回吧！”两人几乎是同时开口，又笑了起来。

回到家，郁有德正坐在客厅里等着郁筱梦，要是平时这个时候，他早就该睡了。郁筱梦房间的门是虚掩着的，隐约能看见床头那盏昏黄的睡眠小灯。郁筱梦踮起脚，看见女儿在床上酣睡着，这才放心地走向郁有德。

“爸？”郁筱梦将手包放到一边，轻手轻脚地走过去，“怎么还不睡？”

郁有德让她坐下，叹了口气：“筱梦啊，刚刚仁军来过了。”

“他来干什么？”刚刚瘫倒在沙发上的郁筱梦，一下子绷直了身子。

郁有德拿起茶几上的水杯，给她倒了杯水：“哎，有些话，他不好意思跟你讲，跑来跟我讲了。”

“他那个脸皮，还有什么话不好意思讲的？”郁筱梦喝了口水，水里放了柠檬，很清甜的味道，冰冰凉凉的，从口腔到咽喉，一阵舒畅，冲淡了不少烦躁。

“筱梦，我问你，你跟仁军，真的没可能了？”郁有德没头没脑地来了一句。

郁筱梦坐直身子，愣愣地看着他：“爸，你说什么呢？你明明知道我现在跟何煦在一起，你提他干什么？”

"筱梦……你听我说,仁军上次不是出了车祸吗?"郁有德知道郝仁军的背叛伤郁筱梦很深,她如此的抵触,也是当然的。

"对啊,可他现在不是活蹦乱跳的吗?"

"是,人是没大问题。但是……"郁有德顿了一顿,"他不能再生育了!"

等郁有德说完,就看见郁筱梦一脸惊讶和不确信的表情,跟定在那里一样。

郁筱梦愣了一会儿,回过神来:"爸,爸……你刚说什么?"

"我说郝仁军出车祸,现在不能再生孩子了。"郁有德感伤地说。他曾经视郝仁军如亲生儿子,也一心希望郝仁军对郁筱梦好,但终未能如愿。

郁筱梦怔在了那边,她将手里的水杯轻轻放到茶几上,缓声问:"那他来,是什么意思?"

"他想要郝林林。"

"不可能!"郁筱梦的声音尖了起来。

"筱梦,你先别激动,听我说。"郁有德连忙稳住女儿。

郁筱梦一甩头:"爸,这个没什么好说的。"

"筱梦……我知道,仁军当初出轨的事,对你刺激很大。我也知道,林林在你心目中的重要,但是,她毕竟是仁军的骨肉啊!"郁有德竭力陈述自己的观点,"现在郝家想要回林林的监护权,唉,我知道,这事你肯定不愿意。但是,郝仁军他现在的状况就是,就算他能再婚,都不能再生了。"林林,等于是他郝家的独子了。"

"什么独子?林林是个女孩子,他们当初不就是嫌弃林林是女孩子,才放弃监护权的吗?现在又想要,天底下哪有这么便宜的事情?"郁筱梦情绪激动,说话的语速也开始增快。

郁有德轻叹一声,这样的场景他早就想到。郝仁军今天的到来,虽然很出乎他的意料,但看到郝仁军痛苦的神情,郁有德不由想起妻子张海芽去世的那几年,幸亏有个女儿郁筱梦陪着他,否则,自己的心恐怕也要枯死一大半。

而没有了生育能力,对一个男人来说,更是件可怕的事。且不去谈那些人生的"性福"之类,光是心理上,就要自卑很大一截。一个没有生育能力的男人,有哪个女人敢爱?有哪个女人肯嫁?除非她也不想要孩子。中国人自古便讲“不孝有三，无后为大”，对于郝仁军来说，他是家里的长子，担负着传宗接代的使命。当初将林林推给郁筱梦，也正是为了再婚时，能生个男孩。

如今，这个希望彻底破灭了。看着前女婿那一脸的灰败气色，郁有德真心地同情他。原本，因为对他背叛自己女儿所做的行径的痛恶，也因此缓解了许多。

“爸，你的意思，让我把林林的监护权给郝家？”沉默了许久，郁筱梦开口问。

郁有德也很为难，他虽然同情郝仁军，但也知道郝林林在郁筱梦心中的分量。从他的角度，他也不希望郝林林离开自己，自从郁筱梦离婚回到这里，郝林林几乎是他一手带大，每天接送她上幼儿园，回家给她开小灶做好吃的，带她去小区里玩耍，培养出了深厚的祖孙情谊，别说郁筱梦不肯，就他，也不舍。

“筱梦，这件事，咱们得好好考虑。郝仁军今天来，也把郝家的意思带过来了，他既然不能再生，林林就是他家唯一的传人。仁军的父亲已经发话了，只要林林的监护权回到郝家，立刻签下遗嘱和合同，所有的财产都给林林。郝仁娟也没有份。我不是说看他那些钱，但就这个意思，可以看出他家的诚意跟决心。”

“可是，你知道的，余曼春那个人，我不相信她会好好照顾郝林林！”郁筱梦摇头。

“那时候，她还有希望，所以才那样对你和林林，现在希望断了，她的态度也会转变很多的。还有，筱梦，你过段时间，就要去意大利了，整整一年，说长不长说短不短，可林林怎么办？我一个人照顾她，怕是心有余力不足啊！再说了，孩子大了，我毕竟是外公，很多事情不方便的。”郁有德实事求是地说道。

郁筱梦听到这里，刚刚还很激动的情绪渐渐平缓，冷静了下来，这件事她也一直在考虑，郝林林确实没有合适托付的人选，郁有德毕竟一个人，单身照顾郝林林太吃力，或许托给郝仁军，是最佳选择。

可是，就为了自己的意大利之梦，选择放弃郝林林的监护权。郁筱梦舍不得，她也不甘心。对她来说，女儿是比一切都重要的人，她早已想好，如果照顾林林的事不能稳妥地落实，为了郝林林，她可以舍弃去马兰欧尼学习的机会！

“爸，这事再商量着，先睡吧。我想过了，如果不行，我大不了不去意大利了。”郁筱梦说着，起身。

郁有德看着女儿的背影，重重地叹了一口气。

马兰欧尼，这个学生时代就横亘在女儿心中的梦想，如果再次夭折，连他这个做父亲的，都会觉得不忍。

第六卷

逃离

51 现实很骨感

人生终是残酷的。有句话说得很好，不如意的事总是十之八九，这个比例，不知道是怎么算出来的，但很真实。

自从郝仁军来提出要回郝林林的监护权后，他已经打了几次电话给郁筱梦，但郁筱梦都掐掉没接。她知道他打电话来干什么，无非是想详细谈谈这件事罢了。

但她不想谈。

再后来，余曼春也打电话过来，包括郝仁娟。郁筱梦知道，郝家认真了。

确实，唯一的儿子不能再生，那么，唯一的孙女就是宝贝了。掐了无数个电话后，郁筱梦将脸重重地埋进床上的枕头堆里。她倒不是想睡觉，只不过是想找个柔软点的依靠。

这两天，何煦也很忙，她都没有机会将这事同他讲。发了短信给于乐乐，她也没回。宝贝女儿郝林林在幼儿园还没回来，郁有德在忙着做晚饭。

这真是个沉闷的下午，带着夏日的炎热不堪，让人无比心烦。

郁筱梦沉沉睡去。再醒来的时候，听到客厅里有人说话的声音，她仔细一辨，听出是余曼春的声音。看来，她终于是按捺不住了，亲自出马。

这个女人，不止一次破坏了郁筱梦的幸福，如果可以，郁筱梦至死也不想再见到她。可是，此刻，她偏偏在自己的客厅里，同自己的爸爸聊着自己的女儿的事。郁筱梦无声哀叹，自知躲不掉，干脆起身，拢好头发，走出房间。

“哎呀，筱梦醒了？”余曼春眼尖，看见她从房间出来，立刻从沙发起身打招呼。

郁筱梦靠在门口，没有走过去的意思：“你怎么在这？”

“哎，瞧你说的，我这不是过来看看林林吗！”余曼春干笑。

郁筱梦没理她，径直走到饮水机那里，接了一杯水，站在那里一口喝下。余曼春眼珠子不离地看着她。

郁有德很自觉，说自己在厨房熬着稀饭，要去看看锅，让她们两人单独谈。

气氛一下子静了，也僵了。

见郁筱梦没有先说话的打算，余曼春还是先开口：“媳妇……”

“你别乱叫。我跟你家郝仁军早离了。”郁筱梦阻止，“我有男朋友了，就是那个伤害你女儿的何禽兽。”

听见郁筱梦说话字字带刺，余曼春干笑一下：“筱梦，我知道，你肯定不待见我。确实，那些事，是我对不住你。”

“但我今天来是顶真心的！”她犹豫一下，接着说，“仁军前两天来过，说你不在家，但跟你爸爸谈过了。你也知道，仁军是独子，碰上这个事，确实没办法。”

说着，她垂下头去，有几分难受，不像是装的。

一看她那样，郁筱梦原本从心口顶到喉咙的气，一下子泄了不少，她见不得人的可怜样，尤其是余曼春这种年龄比自己大好多的长辈。

“你别这样。林林的事，我不同意。”同情归同情，郁筱梦仍然坚持。

“筱梦……”余曼春哀切地抬起头，“我知道，我之前对你不好，还闹你跟何总监那么一出，我对不起你。但是，我……唉，要是有后悔药卖，一万颗我都吃了，我也不指望你能原谅我。但筱梦，林林，孩子的事，还请你多考虑考虑。”

“我今天来，不是逼你做决定，只是请你求你，多考虑一下。我们郝家，也真的没办法了。”余曼春说着，眼眶里溢出了眼泪。她若想到有今天，当初恐怕会收敛许多。但如她所说，世间没有后悔药。

郁筱梦缓了口气：“你回去吧，别再为这事上我家来了，我也不想再看到你了。有什么话，我会跟郝仁军直接说。”

“那筱梦，我谢谢你，我跟你道歉。”余曼春可怜巴巴地说道。

郁筱梦于心不忍，起身示意送客。

看着余曼春离去，郁筱梦躺在沙发上半天没动弹，她在想，下一个是谁来做说客?

郝仁军来过了,余曼春来过了,还有郝仁娟和公公郝庆广……

唉!简直是疲于应对。想到这,她低叹一声。

正巧,何建平打了电话给她,约她一起去福利院。

自从郁筱梦同何煦之间的关系产生了变化之后,分分合合,何建平都看在眼中,她是个很开明的人,深知感情的事,是两个人的事,向来不多言。为免难堪,她去福利院的时候,也很少喊郁筱梦,加上郁筱梦这段时间又忙,去得又少,两人极少碰面。

不过,这一次见到何建平的时候,郁筱梦毫不犹豫地将自己心头的难题抛了出来。她对何建平有一种说不出的信任感和依赖感,同样身为女人,也都有一个人带孩子的经历,她相信,何建平一定能给出很好的建议。

"这样?筱梦,你有没有想过征求一下你女儿林林的意见呢?"何建平沉思一下,提出自己的看法。

郁筱梦愣了一下,这点她倒没想着,她一直觉得孩子还小,才五岁,幼儿园的孩子,能懂多少这些事呢?

她木讷地摇摇头:"没,没有。我倒真没想过。"

"你觉得林林是个小孩子,所以没必要去问她自己是吧?"何建平笑了起来。

郁筱梦老实地点了点头。

何建平微微一笑:"林林虽然才五岁,但她也是个独立的个体,她也有她的想法和感觉。为什么说有时候父母间产生矛盾,受伤害最大的其实是孩子,就是这个道理,因为父母都没有考虑孩子的感受。"

"这件事,其实你们都做不了主。孩子是第一位的。就是法院判监护权的话,也要考虑一下孩子的感受。如果法官判给妈妈,孩子坚持要爸爸,那么也是可以更改的。"何建平有点感慨,"毕竟,人的感情才是第一位的,这是很重要的。"

"所以……我应该问问林林,她的看法?"

"是,她要是一心黏着你,你肯定去不了意大利,你舍得她天天哭着喊着要妈妈,就为了你的理想?你舍得?"

"我舍不得。"郁筱梦承认。

"那就是了,所以,你想全身心地为了梦想去努力,就得先把女儿的事处理好。其实啊,筱梦,我说一句,你别多心。因为你同何煦的关系,我说这样的话,或许不太合适。但是,你的前夫,的确是最合适的人选。只要林林同意,你完全可以放手。"何建平实话实说,一针见血。

郁筱梦有些为难:"可是……他现在是想要林林的监护权。也就是说,如果我放手了,孩子以后也不会跟着我的。"

"监护权在谁的手中,是很次要的问题。你看,你之前同郝仁军虽然离婚了,但是也协调得很好啊,平时在你这,周六日在他那。其实,你前夫家想要争回监护权,无非也就是名声问题。郝林林是个女孩,将来还是要嫁人,她的孩子,还是要随夫姓。所以,你前夫家,呵,怎么说呢,站在我的角度来看,只不过是心理上有一个安慰罢了。这些,一点都不影响你尽一个母亲的责任。"

顿了顿,何建平又说,"当然了,前提是,你前夫一家必须对孩子好。这才是最重要的。"

"我知道,可他妈妈当初就是嫌弃林林是个女孩的。"郁筱梦想到这点,就很担忧,根本不放心将林林托付给郝仁军。

何建平笑了起来:"可是现在不一样了,不是吗?"

"她再重男轻女,可她的儿子不能再生育了,她也就没有任何希望了。"何建平拍了拍郁筱梦的后背,"这件事,你好好同你前夫他们商量一下。这毕竟还是你们的家事。我是外人,不好多说。"

郁筱梦点点头。

52 你的眉头

送何建平回家以后,郁筱梦驱车去找何煦,她同他说好,晚上一起吃饭。车子刚开进何煦住的小区,就看见一辆红色的宝马X6迎面驶来。

郁筱梦一惊,开车的人分明是郝仁娟,她来做什么?难道……她是过来找何煦的?显然郝仁娟没有在意她,毕竟,开宝马的是少数,而郁筱梦这样的白色小飞度，则遍地都是。

擦车而过，郁筱梦一脚油门踩下，驶到何煦所住的楼下时，他还站在楼下，并没有上去。看见郁筱梦，倒也不意外。

“咦？这么早？我刚到家。”他攀着车窗笑着说。

郁筱梦笑笑：“是吗？”

“嗯。同朋友去游泳馆游了一会儿泳。”何煦甩了甩胳臂，煞有介事地感叹，“老了，都快不会游了。”

郁筱梦话中有话：“有没有美女同游啊？”

“美女？”何煦一愣，然后笑开，“倒真没有！”

“不过，未成年美少女倒是很多，游泳馆开了游泳班，满池的小学生，挤翻了。”

“哦，是吗？”郁筱梦应付着，她的心思还放在刚刚看到郝仁娟的那一幕上，难道郝仁娟有其他朋友熟人住在这里？

会这么巧？

吃饭的时候，郁筱梦一直有些沉默，何煦看出她的异样，伸出手抚了抚她微皱的眉头：“怎么啦？眉头皱着，会有皱纹的。”

郁筱梦微微别过脸，躲开他的手。

定定地看了她一会儿，何煦闷声轻笑：“筱梦，有什么心事吗？要不要说给我听听呢？”他的眸子澄澈透明，眼光干净。看到这样的一双眼，郁筱梦心中一动，何煦的眼神，分明是不容置疑的，也是让人无法怀疑的，或许，是她真的多心了。她稳住心神，想将郝林林的事同何煦商量一下。

“我……”她略微迟疑了一下，怎么将林林的事说出口。

何煦却先开口了：“正好，我也有事跟你说。”

“什么事？”她顿时有几分紧张。

“你别紧张。”何煦看出她的紧张，安慰道，“今天下午，郝仁娟来找我了。”

郁筱梦一愣，下意识地问：“她来干什么？”

“为了林林。”何煦坦言，脸色也正经了很多，“郝仁娟她哥哥，郝仁军的事，你该知道了吧？”

郁筱梦没说话。

何煦见她没说话,知道她肯定是知道郝仁军失去生育功能的事了。

"她跟你说这个干什么?"郁筱梦闷闷地问。

"她想让我跟你讲讲,让你同意将林林的监护权转给郝仁军。"何煦直言。

郁筱梦摩挲着桌面上的一枚银汤勺,光可鉴人的材质,几乎可以用作镜子,弯曲的勺面,映得何煦和郁筱梦的脸都变了形。

"让你来做说客?"看着勺子里的她忽而笑了起来。

"差不多吧。"何煦说着,靠到了椅背上,手指有一下没一下地弹击着桌面。

"你觉得……我该给吗?"郁筱梦反问他。

何煦皱起眉头,想了想:"她来找我,我也挺意外的。不过,她说她现在不好意思再去找你了。来找我,也是抱着试试看的心。"

"仁娟说她妈妈上次大闹 GR,真的不是她指使的。更何况说成那样,也不是什么光彩的事,她还想要个好名声好嫁人。她今天也是过来道个歉。至于林林……筱梦,你是怎么想的?"

郁筱梦伸出手,撑住额头,这是她现在最头痛的事,她都有些不想提,但是……却又是最要紧的事。

"我今天跟你妈妈谈了谈,她的意思,是让我问林林。"郁筱梦微微地犹豫。

何煦看着她愁眉不展的样子,脸都快要皱成了一枚小橘子,笑了:"你不打算问?其实征求林林的意见比较好,这毕竟得要她自己做选择,你们怎么想,她未必能够理解和开心。"

"你也赞成?"

"可以试试。"何煦看了一眼手机上的时间,"电影院在放《我爱灰太狼》的电影呢,我们可以带林林出来看电影。"

郁筱梦想了想,点头说好。

53 小灰灰好幸福

接了郝林林,跑到电影院,买好了票。三个人进去一看,才发现这部动画电影说是动画片,其实真正的动画只有十几分钟,郝林林看了一会儿,就不乐意了，闹着要出来。

何煦同郁筱梦只得又带着郝林林出了电影院。看着在前面跟小燕子一样的女儿，郁筱梦有些无奈，轻摇着头，满是歉意地小声说："不好意思，浪费你的电影票钱了。"

何煦笑了起来："小孩子么，不喜欢的事就别勉强她。"随后，他跨了几步，追上郝林林："林林，慢点，这边人很多。你渴不渴，叔叔带你去喝饮料好不好？"

"好啊！我要喝鲜榨的芒果汁。"郝林林一点也不客气。

"好。"一向不赞成喝鲜榨果汁的何煦爽快地答应道，看了身后的郁筱梦一眼，调侃道，"走吧，林林妈。"

郁筱梦又气又笑。

到了郝林林最喜欢的那家甜点店，坐了下来，点好饮料，郝林林是真渴了，抱着杯子喝得不撒嘴。

何煦看了郁筱梦一眼，郁筱梦领会。

"林林，你怎么不喜欢看今天的电影啊？"她俯下身子，轻声问。

郝林林嘟起小嘴："不喜欢，那是拍给大人看的！还是动画片好看！"

两个大人忍俊不禁。何煦笑着问："那你最喜欢里面的谁啊？"

"我喜欢美羊羊，还有羚羊公主！"她欢快地叫了起来，"还有小灰灰。"

"叔叔也喜欢小灰灰。林林为什么喜欢小灰灰呢？"何煦。

郝林林仰起脸："小灰灰好可爱啊！他爸爸妈妈又那么喜欢他！"

"还有很多羊羊做朋友，他好幸福！"

郁筱梦心里一紧，轻轻摸了摸女儿的脑袋："林林，妈妈有件事，想跟你商量。"

"什么事啊？"郝林林抬起头，乌澄澄的眼睛盯着郁筱梦，仿如两颗黑葡萄，闪着宝石一般熠熠的光芒。

"妈妈，得到了一个去国外学习的机会。妈妈等这个机会很久了。"郁筱梦看了一眼何煦，在何煦的眼神鼓励下，她大胆说出来。

郝林林愣愣地看了她一会儿，半天没作声。郁筱梦也不敢再问，何煦也不好说话。三个人抱着三杯饮料，面面相觑。

过了一会儿，郝林林终于缓了过来："那妈妈要去很长时间吗？"

"是的，要一年时间吧。"

"哦。"郝林林又陷入沉默。又过了一会儿，她老气横秋无限担忧地叹了口气："我真担心我照顾不好外公！"

听见这话，何煦"扑哧"一下笑出了声，他以为她的小脑瓜里在担心什么，竟然是担心自己"照顾"不好外公郁有德。

眼见郝林林的反应出乎自己的意料，郁筱梦悬着的心也放下了大半。看来何建平说得很对，孩子的承受能力是超出成年人的想象的，只要你正确地诱导，激发她潜在的"正能量"，所有的孩子，都能变成小超人。

"现在是这样的，爸爸想要照顾林林。至于外公，他可以很好地照顾自己。"郁筱梦试探着问，"林林，你愿意跟爸爸一起生活一段时间，等妈妈回来吗？"

郝林林手托着腮，想了片刻："我可以考虑。不过，要看爸爸的态度。"

"你希望爸爸是什么态度呢？"何煦接上去问。

"嗯……他要像灰太狼对小灰灰那样！否则，我可不接受他！"郝林林提出要求。

郁筱梦又有些不舍，又有些担心："可是，妈妈真怕爸爸照顾不好你。"

郝林林眨眨眼："没关系的，妈妈，你放心好了。"

"我会监督爸爸好好照顾我的！"她煞有介事地说，自信满满。

54 谁都有条件

将郝林林托付给郝仁军，郁筱梦提出了三点条件。

第一，郝仁军要找个保姆，费用郁筱梦承担，但前提是，保姆必须称职踏实。保姆要照顾郝仁军和郝林林的饮食起居，还得懂一些育儿的知识，郝仁军毕竟要上班，家里总要有人照应。郁筱梦去家政公司看过，这样一个中高级保姆，一个月得四千左右。考虑到要照顾林林，也是不小的花费，郝仁军的工资负担吃力，所以，她主动承担了保姆的费用。

第二，郝仁军带着郝林林必须单独住。离婚时，那套房子给了郝仁军，郁筱梦没要。她提出这个条件，也是希望郝林林离余曼春远些，长辈的行为对孩子的影响是很大的，她不希望郝林林沾染上余曼春身上的那些势利和尖刻。

第三，每个周末，郝仁军要带郝林林去看外公郁有德。特殊情况除外。

对于这些条件，郝仁军都一一点头答应了。虽然郁筱梦说监护权的事等她从意大利回来再说，但目前能将郝林林托付给他，至少就是个好兆头。

谈妥这些条件的时候，郁筱梦始终没有同意余曼春想要见面的要求。她同郝仁军说得很清楚，她不想再见到余曼春，即便是以后，郝林林如果愿意跟郝仁军生活，她也不愿意再见到余曼春。

郝仁军尴尬一笑："你当初离婚的时候，都没这么多条件。"

"谁都有条件，不过要看情况。"郁筱梦正色道。她自认自己不是过于强势的人，但是在郝林林的问题上，她不得不强势。

至于郝仁娟，当郝仁军将林林接回家后，她发了条短信给郁筱梦，只有寥寥几个字：对不起。谢谢！

对不起什么，谢谢什么，大家心知肚明。

郝林林跟郝仁军先回去住了，毕竟还是要适应一个阶段。郁筱梦在家政公司挑了一个十分称心的保姆陈阿姨，评价很好，家务事做得很好，而且有过很长时间的育儿嫂经验，之前雇佣的主家对她的评价都很高。见了人，又聊了几句，郁筱梦十分满意。不过，考虑到是来照顾林林多些，她将郝林林也带了去。难得的是，郝林林同这位年近五十的陈阿姨也很投缘，她喊陈阿姨"陈奶奶"。

这一切事情都搞定，已是九月中旬。

签证早就下来了，机票也订了。郁筱梦一片安心，只等开学日期临近。

这段时间，算是她最逍遥自在的日子。

不用上班，不用想设计，没有工作的压力，有爱情的滋润，有大把空闲的时间。她悠闲地收拾东西，整理行李，每天可以躺着敷面膜、看书、上网、听音乐、泡澡、熏香，再喊于乐乐出来逛逛街，不亦乐乎。

这是个最放松的郁筱梦，也是个活得最轻松的郁筱梦。每天晚上，何煦只要有时间，都会陪她吃 H 市各式各样的饭店小馆。用何煦的话来说，就是过些天到了意大利，好多想吃的也吃不着了，国外的中餐馆都会比较贵，而且郁筱梦一个人在那里，估计也没什么心思出去吃。

"你说，我一年待下来，会不会变成一个胖子，被汉堡可乐给撑的？我又不爱吃意大利面，真要命。"郁筱梦忧心忡忡地问何煦。

何煦将拌好的石锅拌饭推到她面前："没事，你放心，你就可劲地吃吧。"

"你就变成胖乎乎的蕉太狼，我也照样喜欢你。"他夹起一块烤得焦黄的五花肉，晃了晃，冲郁筱梦眨了眨眼，"肉多，手感好！"

按照以往，郁筱梦肯定会又气又羞，但今天倒是出乎何煦的想象，她气定神闲："是，所以，你打算把你的小肚腩突出来展示一下了？"

何煦一下子挺直腰背，猛地吸气收腹，刚刚微微浮现的小肚腩也消失不见，他干笑道："最近太忙，松懈松懈！"

郁筱梦笑得满脸开花，喜滋滋地吃着何煦拌好的石锅拌饭。其实何煦的身材一直保持得很好，但最近，陪着郁筱梦成天海吃海喝的，也长了一些肉，虽然无伤大雅，但小肚子却不争气地先抛头露脸了。她想起有一次何建平说的话，何煦毕竟也三十出头了，不是二十多岁的毛头小子，也折腾不起了。

手机震动了一下，一条短信飘了过来。她拿一根指头滑着屏幕，嘴巴里含糊不清地说道："死于乐乐，终于给我回短信了。"

可是看着短信，郁筱梦表情略微讶异，她轻轻地咬着勺子，半天没吱声。

何煦奇怪，移过手机，想看了一眼短消息。

郁筱梦反应过来，一把抄起手机，嬉笑了一下："干什么？想偷窥我的隐私？你竟然有这个爱好？"

何煦白她一眼，夹起几片牛小排，放到烤炉上，生肉被烤得"嗞嗞"作响："你有什么隐私怕被我看？"

"多了去了，我偏不告诉你！"郁筱梦一边笑着，一边伸出筷子去夹那几片牛小排。

"哎，没熟呢！"何煦用手里的筷子敲她的手。

郁筱梦定睛："真的哎！"

何煦不放心地看看她，没说什么，显然，刚刚那条短消息，让郁筱梦有了心思，生肉熟肉都分不清了。

回到家，郁筱梦一个人闷在洗手间里，打开手机，翻出刚刚那条短消息。

是个陌生号码。

郁小姐,我是沈瑾。我丈夫说这几天要找你谈谈。我希望,你能遵守我们的约定!

郁筱梦看着短信,陷入沉思,竟然连郁有德在外面拍了几次门,都没有听见。

55 父亲的心愿

韩功远看着对面端坐着的郁筱梦,心生感慨。

如果何煦不是自己的儿子,他或许很乐于成全这个年轻人。郁筱梦虽然是个离过婚的女人,但站在一个男人的角度看,她还是很优秀的。

有自己的事业,有独到的眼光,脾气性格也不错,虽然不是很漂亮,但清秀端庄举止大方得体,从面相上看,倒是持家过日子的好长相。又能够人格经济双独立,在眼下这个社会环境中,倒是很难得。

他曾经不止一次地教训自己的儿子韩燊,找女朋友,一定要擦亮眼。尤其是以结婚为目交往的女朋友。他是不赞成儿子游戏感情的,人再年轻,也终将老去,时光毕竟有限。他尤其看不惯那些眼睛里只看到钱的女孩子,他韩家未来的儿媳妇,一定不能是这种女人。

如果不是离过婚,郁筱梦倒是勉强够格。

工作上很有能力,作为年轻而有前途的设计师,薪水不低,家庭平稳普通,谈不上多么优渥,但胜在家风良好。平日在公司,很少听到关于她的蜚短流长,可见,作风清白。

若非要挑不够格的地方,便是这个女人可能清冷了些。因为是高层,平日接触还算多,据说这个女人,外出应酬不喝酒,不管是谁来敬酒,用什么名目,她都是坚决不喝,难免有些不近人情。又听说交往狭窄,朋友圈子极小,由此可见,生活必定枯燥简单。

这样的个性,碰上居家过日子的男人,便是一对神仙眷侣,碰上花心浪子型的,便是悲剧。不是窝囊地过日子,便是对方变心出轨。

果然,他了解到,郁筱梦之所以离婚,便是前夫出轨。

韩功远盯着郁筱梦看的眼神,略有深意。郁筱梦被他看得有些发毛,她不是第一次离韩功远这样近,却是第一次一个人面对他。

如沈瑾所言,没隔两天,何煦刚出差,韩功远就直接打了电话给她,请她出来谈谈。

郁筱梦自嘲地想,莫非又是前来送礼金的?大概同沈瑾是截然相反的要求吧!她暗暗好笑,若韩功远知道自己的夫人曾经先一步找过郁筱梦,还预先附上了给他们结婚的礼金,会是怎样的一副表情。

不过,看着一张老去的何煦的脸,郁筱梦是真的不习惯。

何煦同韩功远很像,尤其眉眼那部分,俗话说"看人先看眼",正是这样的习惯,让郁筱梦很不适应,总觉得自己在同三十年后的何煦对话。

要命的是,这个"老版何煦"说起话来,倒是同郁筱梦最初印象里那个自大小气的何总监相当吻合。

最让郁筱梦震惊的是,韩功远七弯八绕的,说出了一个谁都不知道的真相。

他说,当年何煦同郝仁娟谈的时候,他是知道的。

他又说,后来韩燊也喜欢上了郝仁娟,他也是知道的。

他还说,韩燊一开始是故意追求郝仁娟的,但是,后来韩燊真的喜欢上了郝仁娟。

但是……他没同意。为了阻止儿子一意孤行地追求郝仁娟,他掐断了韩燊所有的经济来源。还在读书的韩燊没有能力为自己的高消费埋单,只得乖乖投降认输,放弃了郝仁娟。

郁筱梦吃惊地看着他,她真的想不到这些电视剧里的情节,竟然会真的在生活中上演。都说艺术来源于生活,但高于生活。这个话谁说的?明明是生活的捉弄强于艺术的编造。

"郁小姐,你应该明白,你的条件,其实不如郝小姐。你曾经是她的嫂子,应该很了解。"韩功远颇有深意地说。

郁筱梦没吱声,一脸平淡的她,其实内心翻江倒海。原来,真相竟然是这样!

难怪,韩燊那次送她们,同她讲自己和郝仁娟之间有误解。原来,他们之间最大的误会,竟然是韩功远一手促成的!

韩功远这个人，真可怕，何煦同韩燊的一举一动，都在他的掌控之中。他明知道韩燊追求郝仁娟，意在破坏仁娟同何煦的恋情，却仍然放任，发现韩燊的苗头不对，又掐住韩燊的经济死脉，生生扼断。

他这一手，伤了三个人，虽然郝仁娟一直忘不了何煦，韩燊一直爱着郝仁娟，却永无复合的机会。这一招，可谓一石三鸟，实在可怕！郁筱梦的身上，升起阵阵寒意。

“其实，我韩功远不是势利的人，但是，郁小姐，我不太能够接受你这样一个离婚女人的身份。”韩功远铺垫了那么多，开始切入正题。

“何煦……是个不错的孩子，我对他亏欠很多。我一直希望给他最好的，可是，他妈妈，一直不同意，也不接受。当时我们没有相认，我也确实不便干涉太多。但是，现在我跟他相认了，所以，我希望，尽我的能力，助他一臂之力，将这么多年亏欠的，慢慢补回来。”

郁筱梦一言不发，定定地看着他。

韩功远点燃烟斗，抽了一口，他眯起眼睛，似乎对郁筱梦不发一言的样子很满意。是的，他就是要这样，让郁筱梦自觉地离开。

“站在一个父亲的角度，我觉得，你跟何煦不是太合适……”他沉吟一下，终于点题。

“我知道，董事长。”郁筱梦突然发声，打断了他。她笑了笑：“我离过婚，还有孩子。论个人条件、家庭条件，我同何煦确实差了好大一截，您作为父亲，看不上我，也是正常的。仁娟的条件比我好很多，您都看不上，更何况我呢？”

韩功远哈哈一笑：“不不，郁小姐，你的条件也很不错，只是……”

“只是何煦是您的儿子，我是无论如何也高攀不上的。我若执意，便是一意孤行咎由自取自不量力。我懂！”郁筱梦一口气说完。韩功远微微一怔，脸上露出放松的表情。他只要她懂了，便行了，聪明如郁筱梦这样的女人，谈起话来，应该不用太费力气。

他低下头，从衣服里面的口袋，掏出一个印着“GR”LOGO 的信封，放在桌上，轻轻地推到郁筱梦的面前。郁筱梦曾经那样熟悉这个标示，此刻看着，却有些许的怔忡。

“郁小姐，小小心意，不成敬意。算是这段时间，对你在何煦身边的付出给予的一点点补偿！”韩功远不咸不淡地说。

里面会是多少呢？郁筱梦突然来了兴趣，她伸手接过，捻开信封。

呵！果然一个比一个大手笔。

看来何煦在韩功远夫妇的眼中，地位还是很高的。

五百万。

这是郁筱梦迄今为止，看到的金额最大的支票。

她微微一笑，将支票塞进信封：“韩董您真客气，这么多钱，叫人看了心颤手抖。”

韩功远大声笑了起来：“郁小姐夸张了，你也不是没有见过世面的人。钱，虽然不多，但是，够你在意大利学习用了。可以衣食无忧，从意大利学成归来，我相信，也能有足够的金额开一个工作室之类的。”他笑着说，言下之意，郁筱梦学成归来，不要再出现在他的视线之中。

郁筱梦合上信封，微笑着，推回他的面前。韩功远脸上的笑意未能褪去，已然变色。

“谢谢韩董的好意，筱梦心领了。”她不卑不亢地说，“但是……这件事，我不能做主。如您所言，我是配不上何总监，但是这是你情我愿的事情。作为父亲，你的想法我很能理解。但我是一个离过婚的女人，何总监这样条件的男人，对我来说，就是一块肥肉，很稀少也很难得，所以，我会尽一切力量攀在他身上，不会轻易放手。

我相信，您的儿子，是一只优秀的潜力股，这区区五百万，换我后半生的幸福，太少了！”郁筱梦说完，韩功远的脸色已经大变。

他没想到，郁筱梦竟然会直接拒绝。

他顿了顿，吸了两口烟，有些烦躁，但终究是老狐狸，很快，又笑开颜：“郁小姐说得是，何煦这样优秀的男人，过了这村，必然没了这店，错过实在可惜，不愿意放手，也情有可原。

这样吧，郁小姐也是个明白人，郁小姐开个价码，多少合适？”韩功远直截了当。他终于定下心来，他最怕的，倒不是郁筱梦不接受，而是郁筱梦不愿意谈，既然谈到钱了，一切就都好办了。

钱嘛！他韩功远不在乎这一点点。钱没了，可以再赚，可儿子……这笔账，他还是算得清的。

看着脸上浮现着得意之色的韩功远，郁筱梦暗自感叹，何煦幸亏一直生活在何建平的庇护下，没有沾染这样的世俗，可以说是相当幸运的事。

她缓缓伸出手，五个指头分得开开。

“五千万？”韩功远一愣，随即笑开，“郁小姐好胃口。”

“这么多现钱，不光是我 GR，随便哪家公司，都难以双手捧上啊！”嘴上虽然说得轻松，但韩功远的心却往下陡沉，这个郁筱梦，真是看不出，狮子大开口，他还真是低估了她的要求。

“不，五个亿！”郁筱梦将他的一举一动看在眼中，一字一句清晰地说。

韩功远一下子反应不过来，眼神变得奇怪：“郁小姐，你这样，就没有诚意了哟！”他将这个“哟”字拖得极长，很有点港派的作风，有些夸张，又含着隐隐怒意。

郁筱梦反而笑了：“您觉得您儿子不值这个价？”

韩功远从这句话里听出，郁筱梦根本没有打算轻易放手，不由几分恼火上身：“郁小姐，你不怕把路走绝了？”

“我知道，我不过是一个小设计师，您完全可以联合其他公司对我封杀。但我不怕。”郁筱梦很认真，“我能理解您为儿子所想所做的一切，但我不赞成，自然也不会配合。

我爱何煦，无关他是谁的儿子。我也相信，何煦不是韩燊，他没有依赖你的地方，所以，你掐不到他的死脉！”郁筱梦说着，站起身来，想要离开。

韩功远喊住她：“这么说，你不放手？”

“是的。”郁筱梦十分干脆。

韩功远长叹一声：“真让人羡慕啊！不过，不知道郁小姐是将自己的爱情看得重要，还是更看重何煦的将来呢？

我已打算将我名下的控股权全盘转给何煦，将占到公司总股份的百分之四十九，还有百分之五十一的股份，有我夫人一部分，还有韩燊一部分，其他的股东也占了一小部分。作为一个父亲，我希望他们兄弟俩能齐心协力，将 GR 推上高峰。我老了，很多事上力不从心。何煦有能力有潜力，我很看好他。韩燊还太嫩，阅历和心性都不成熟。我希望，将来何煦能够担起 GR 这副重担。"韩功远有些悲伤,"只是,郁小姐,我不想让他将来的婚姻被人闲话。你应该能够理解。如果……你们坚持在一起,我会考虑,什么都不给何煦。"

一瞬间,郁筱梦有些同情沈瑾,那个心机算尽的女人,千方百计地想留住属于自己、属于韩燊的财产,却没想到,韩功远的心里早已下了决心,将手里的股权统统给何煦。沈瑾忙了半生,却不过是竹篮打水一场空。

看来,沈瑾也是知道的,所以,才会那样慷慨地掏出三百万。

郁筱梦无心去算 GR 如今的市值多少,那些与她无关。她觉得韩功远真的可怜,身边的女人算计他的财产,韩燊又不够争气,钱再多,又如何?

郁筱梦起身离开座位,拿起自己的手包,却又回头,无限悲哀同情地看了他一眼:"韩董事长,您的心,我明白。"

"但是,你强行拆散我们,何煦就会快乐?"

"拿着大笔的钞票,却不能同爱的人在一起,你觉得,他能幸福地过一生?"郁筱梦说完,头也不回地离开。

56 胆小鬼

回家的路上,郁筱梦仿佛瘫了一般,手脚都不听自己的使唤了,有几次差点蹭到其他的车辆,好容易开到家,才发现已是浑身的冷汗。

韩功远的话,在她脑子里过了无数遍。

百分之四十九的股份是一笔多大的资产?郁筱梦不知道,她也没兴趣。但是说真心话,因为自己,让何煦放弃半个 GR,郁筱梦却做不到。

她自命不是那种见钱眼开的人,也不是那种不食烟火的世外高人,但她深知"君子爱财取之有道"的道理,不是自己的,不去觊觎,是自己的,也该去争取。

可是对何煦,她深知不同。何煦为了离韩功远近一点,付出了那么多,甚至舍弃了 BOA 高薪的工作,甘愿来到 GR,只为尽自己的力量,帮助韩功远。这半个 GR,理应是他的,光明正大没有争议的。

如果为了自己,就这样将一半的 GR 拱手让人,郁筱梦都替何煦可惜。

她知道何煦进 GR 的目的,不是为了钱,但是,该得的,为什么不要?韩功远说得很清楚,如果她同何煦分手,那么,他会给何煦百分之四十九的股份。如果郁筱梦同何煦不分手,何煦则一无所有,韩功远甚至会断绝刚刚联系起来的父子关系。

郁筱梦相信,韩功远不是危言耸听吓唬自己,但郁筱梦也相信,何煦不会为了百分之四十九的GR,轻易地放弃自己。

但……这也是她怕的。

为这段爱情,付出如此高额的代价,她不忍心。她更不忍心的是,他们父子,因自己而反目。在韩功远面前的强硬姿态,不代表,她真的是个无情的人。

可是,就这样放手,她真的不甘。

一时间,她有些恨,恨人的一生总要做这样或者那样的选择题,她讨厌这样的状态。

郁筱梦将自己闷在家里整整两天没有出门,手机也关了。郁有德见女儿这样,知道必定是韩家给了她压力,自己不便多说什么。女儿毕竟是成年人了,也早已经历婚姻做了母亲,过年也三十岁了,不能总像对待孩子那样事必躬亲,总要给她自己一点空间和时间。有些事,想想或许就通了。

他只是好声好气地让郁筱梦吃饭,好好睡觉,别的不再多说。他相信她,有些难关,一定能走过去。

这样闷了两天,直到于乐乐上门找她。

于乐乐将门拍得震天响,郁筱梦肿着一张脸开了门。于乐乐先是一愣,随即笑了起来。

"你倒好,我们到处找你,你窝在家里睡得开心。"她说着,走进昏暗的房间,一不小心,脚下踢到一只旅行箱,立马跳了起来。

"哎哟,你看你,也不开个灯什么的。大白天的,还拉这窗帘,遮得这么严实。"嘴里说着,于乐乐就凑到窗户前去拉窗帘。

郁筱梦颓然地坐到床边,拿手遮着眼:"别拉。"

于乐乐的手停住,悬在那,她回头看了蓬头垢面的郁筱梦一眼,没理睬,"刺啦"一声拉开了窗帘。

阳光,一下子透了进来,挤进刚刚还无比黑暗的房间,每一个角落都不轻易放过。

郁筱梦深吸一口气，将脸深深地埋进双手。

于乐乐又推开窗，“达维”台风刚过，空气清新干净，天空湛蓝湛蓝，连云都那么白，她做完这一切，长喘一口气：“嗯！好舒服！”

“外面好凉爽的。”她说，似是无心，“秋天要来了。”

“乐乐……你没事的话，先回去吧。我有些不舒服。”郁筱梦垂着脑袋，恹恹地说。

于乐乐“噔噔”几声走过来，半蹲下，伸出一只手摸她的脑袋：“发热了吗？还是大姨妈来了？”

郁筱梦抬起头，白了她一眼：“更年期提前，行不行？”

“哈哈，行。”于乐乐笑了起来，“那我去跟何总监打声招呼，让他提防点。”

“别提他，行吗？”郁筱梦无限痛苦。

于乐乐缓缓坐到床上，看着一旁的郁筱梦，仿佛是自言自语：“其实呢，好多事……我们都爱庸人自扰。

比如我跟蒋一澍。他老怕放不下过去，结果呢？还不是放下了！比如金蔷薇，她以为她不会碰到另一个何煦，结果呢，她碰到了。你不知道吧？筱梦。金蔷薇要结婚了！对方是个省政府机关的公务员，条件不错呢！”

郁筱梦的注意力被些许地转移，露出瞬间的错愕，却很快消失。金蔷薇要结婚了，关她什么事呢？她连自己的事情都解决不好，哪有心情去关心别人？

“一见钟情，决定闪婚，真需要勇气。”于乐乐没理会她，继续说，“你可能觉得，何煦很在乎 GR，或者不如说，是你很在乎 GR，你在这边痛苦得死去活来，何煦知道吗？你有问过何煦自己怎么想吗？

一个人在这边自怨自艾地做决定，却从不考虑顾及对方的想法。筱梦，你已经不是第一次犯这个错误了！我真是看错了你，我以为你是个敢爱敢恨的女人，原来不是，你不过就是个自私的胆小鬼，从来只顾着自己不受伤害，你想过何煦吗？既然是这样，你当初就不该给他一丁点的希望。”于乐乐收起闲闲的口吻，正色道。

她站起身子，拍拍裤子：“我走了。你继续窝着吧！何煦明天就回来了。”

走到门口，她伸手捻起空气中的一缕浮絮，感慨万千：“我跟你不一样，筱梦。我等一个合适的人，等得很辛苦，可是一旦等到，我敢去追去爱，不管成不成，至少我懂得坚持。可你呢？

何煦一次次地靠近你，你却一次次地躲开。追了跑，跑了追，你知道他心里多难受吗？郁筱梦，你真自私！我真替何煦不值！”于乐乐说完，甩着大波浪的马尾，三步两步出了门。

楼下，蒋一澍跟迎接英雄一样地欢迎于乐乐，一边拿手给她当扇子扇，一边八卦地问：“怎么样怎么样？有没有效果？”

于乐乐一吐舌头，无限后怕：“怕死了怕死了。老蒋，你要知道，在GR，都是她训我，哪有我训她的机会啊？今天我可算是一雪前耻了！”她窃笑，“想想还是很过瘾的，哈哈！”

“不过，你没看到她那个脸，跟女神似的。”于乐乐打了个哆嗦。

“情绪不好还这么美？”蒋一澍一脸神往，却被一旁的于乐乐猛踹一脚：“雪山女神啦！脸上都快结冰了！”

晚上，郁筱梦破天荒地主动吃饭，郁有德很是意外，却也很惊喜。看着连日来为自己操心的父亲，郁筱梦心生不忍，安慰了父亲几句。

吃晚饭，郁筱梦提出出去转一圈，郁有德有些不放心。郁筱梦安慰他，说为这点事还犯不着做傻事。郁有德关照她早点回来。

郁筱梦一个人，漫无目的地转着，先是只在小区里，然后慢慢地走出了小区，沿着街边闲逛着。晚上的H市，很繁华，霓虹闪烁光影重重，小区不远，就是最热闹的步行街，夹在人群中，郁筱梦傻傻地走着。

她脑子里想了很多很多。

于乐乐说得对，她是很自私。

从来只顾及自己，从来没有主动去问问何煦。她将这些事，当成了她自己的事，却忘了，还有另一个人，同自己一样，身在事中。得知何煦身世的时候，她想逃离。这一次，又是如此。这不是自私，是什么？

表面上看起来，自己将问题一个人扛，好像很伟大，其实，却是对对方最大的伤害。

可是，她很迷茫。

她不想将这道选择题，抛给何煦去做。

选择那百分之四十九的GR股份，还是选择她郁筱梦，对何煦来说，都是伤害，左右为难。如果可以，她宁可自己背负自私的罪名。

只是，她觉得自己背不动，肩头好重。

57 还要走多远

何煦如期归来。这几天，他跑遍了华东区所有的销售点，每天大部分的时间都在坐车、看销售点，很累。更重要的是，他联系不上郁筱梦了。一种不安侵袭遍了他的全身。

从于乐乐那里，他听说韩功远似乎找过郁筱梦，但说的什么，就不得而知了。也就从那时开始，郁筱梦开始关机，不接电话不回短信。

依照以往的情形来看，何煦心知肚明，郁筱梦又回到了上次那样的状态，她动摇了。一定是韩功远，给她出了难题。

从机场出来，何煦取了车，径直开向了郁筱梦的住处。当他风尘仆仆地出现在郁筱梦眼前时，郁筱梦着实吓了一跳。

两个人一前一后，走到楼下的绿地上，那里有一排社区健身器材。两人找了个位置坐了下来。

何煦从兜里掏出一枚打火机，点燃，又熄灭，又点燃，如此反复。那小小的火苗，不安地跳动着，然后瞬间熄灭，仿佛人心底的火，烧不着，却闷得难受。

临近中秋，天气凉了不少，尤其是傍晚，穿着长袖都会觉得有几分微薄的凉意。郁筱梦抱着胳臂，坐在健身器的小椅子上，蜷在那儿，不想说话。

把玩了一会儿打火机，何煦终于掏出烟盒，点燃了一支烟。烟雾散开，飘向郁筱梦，她微皱着眉头，轻咳了几声，何煦连忙掐掉。

看她缩在那里，何煦无声地叹了一口气，走过去，将自己搭在手臂上的外套给她披上。郁筱梦抖了一下。

“筱梦，告诉我怎么了？”他颇为无奈。

郁筱梦没吱声。

何煦看了她一眼：“我……爸，他找你了？”

郁筱梦还是没吱声，看她半天眼睛都不动一下，何煦有点着急：“郁筱梦，你别总是这样，不说能解决问题的话，那满世界都是哑巴了！有什么话，有什么事，你说出来，我们一起拿个主意。你以为闷在心里，它真的就会烂掉，然后消失得无影无踪？"每次看到郁筱梦这样，何煦的心里就特别崩溃特别没底。

终于，郁筱梦开口了。

"这趟出去，累吧？"她前言不搭后语。

何煦愣了一下，哭笑不得："还好。至少比你不理我来得轻松些，说吧，为什么关机？"

"你爸来找过我。"郁筱梦犹豫一下，终是哑着声音说了出来。

"他说什么了？"

"他说……"郁筱梦挤出一抹苦笑，"还能说什么？无非就是他不能够接受我罢了。"她将头埋进臂弯。

何煦看着她弓成一团的侧影，想走过去，终是忍住。

"所以呢……你又关机了？"他悻然道，"又想躲开我了？我们两个是猫和老鼠？"

郁筱梦抬起头来，眼神里尽是凄惶："不是的，何煦，不是这样的。"

"你记得我们为销售打过的那个赌吗？"她目不转睛地盯着何煦。

何煦一怔，点头："记得，你赢了。我还欠你一个赌注。你现在想用它吗？"他转过头，看着郁筱梦："如果你让我放弃一切，跟你去意大利，我愿意。"

郁筱梦如遭雷击，她猛眨了几下眼，终于逼退差点突破眼眶的泪水。缓了片刻，她才有勇气抬头看何煦："不是的。何煦，我想说，只要你快乐幸福，我就很知足了。"

"郁筱梦！"何煦几乎是吼了起来，他快要疯掉了，第一次被一个女人逼到如此抓狂的程度。他要跟她好好地谈如何解决问题，她却说祝他幸福快乐，这算什么？分手时候送上的温馨祝语？

郁筱梦被他一吼，身子一抖，又缩了回去，无限的懊恼顷刻间涌上她的心头。不是的，不是的，她不是这样想的，不想这样说的。她的心里在喊，何煦，你能不能跟我一起去意大利？你能不能等我回来？你会不会一直爱我？

可是，话到嘴边，变了味。她还是不敢，不敢让何煦去做那个选择题。GR还是她？

两人就这样僵着，片刻之后，何煦软下声音："好吧，如果这就是你想要的，我成全你。我幸福快乐，是吧？好。我保证，我一定做到！”他说着，丢下郁筱梦，朝自己的车走去。

当那辆辉腾从郁筱梦的面前绝尘而去，泪水终于从她的眼中汹涌漫下。她悲伤地哭成了一团，小声地说：“不是的……何煦，不是这样的……你别走……”

她有多久没哭了，郁筱梦自己都不记得了。巨大的挫败感仿佛将她推进了一个暴风眼，无力感筑成的风壁将她紧紧裹挟。她想逃脱，却无能为力。

楼上，郁有德站在窗前，看着蜷缩在健身器上的女儿，无奈地摇了摇头。

这一夜，失眠的人注定不是郁筱梦一个。

次日，何煦收到郁筱梦发来的信息。

何煦，我爱你。但我不想你为难。选择的权利，永远在你自己的手里。

58 逃

几日后，郁筱梦飞往意大利。

在机场，郝仁军带着郝林林、郁有德，还有于乐乐同蒋一澍，都来了。何煦没有来。郁筱梦自嘲地想，何煦大概带着自己的祝福，去寻找幸福和快乐去了吧！

看着她黯然的眼神，于乐乐心生不忍，将她拉到旁边去：“筱梦，你考虑好了，就这样走了？”

“是。他可能误解了我。但是……如果天意如此，就顺其自然吧。”郁筱梦无限感伤。

“你呀！”于乐乐长叹一声，不再多说。

很快，机场通知安检。郁筱梦拖着行李，慢慢走向安检处，她的眼睛始终看向机场的入口处方向，她在等何煦。

可是，他终归没来……

掐着时间，郁筱梦开始安检，郝林林被郝仁军抱着，一直送到禁止入内的标志前才停下。

“林林，要听爸爸话，妈妈很快就回来了！”她亲着女儿的小脸，依依不舍。

郝林林懂事地点头："我知道，妈妈，你也要好好照顾自己哦！我最不放心你了！"

郁筱梦心里又酸又涩，她原本很担心自己走的时候，郝林林会哭闹，她真怕女儿一哭，自己会心软。看来郝仁军工作做得很好，这些天，怕是也花了不少心血。郁筱梦注意到，郝林林从上到下衣服鞋子，都是比较贵的牌子货，全新的。

刚刚郝林林也很小声地在她耳朵边说爸爸给她买了好多新衣服和新玩具。郁筱梦都不免有些担心，这样下去，郝仁军会宠坏孩子。看郝仁军，脸上的气色好了很多，之前他告诉郁筱梦，说郝家已经按当初说的那样，准备将家产逐步过户到郝林林的名下，以示重视。

郁筱梦告诉他，只要真心对林林好，留给她多少家产，都是次要的。

依依不舍地告别之后，郁筱梦进了候机区。从这里，可以看到大大的停机坪，各式飞机迎来送往，忙着起飞降落，有托运货物的小电动车跟小蛇一样游来游去，满是漫不经心却又井然有序。

她对着停机坪发了好久的呆，她坐的是汉莎航空的飞机，从这里飞到米兰，大概要坐十来个小时的飞机。再过十来个小时，她将踏上那个神往已久却无比陌生的异国他乡，开始一段未知的生活。在H市发生的所有的过往，都将被抛去或者遗忘。只是还未登机，她的眼神已经开始空落落的，仿佛丢了什么东西。

这几天，何煦没有再给她打过一个电话，发过一个消息。她的心浮浮沉沉，直至这一刻，他都没有来。希望，越来越小。

她知道，何煦真的生气了。她的心已经没有了疼的感觉，仿佛是失去了知觉，是麻木的。

韩功远应该会兑现承诺吧？她成功地离开了何煦。或者说，她逃开了那段感情。她想起那张沈瑾给的三百万支票，她已经托付给于乐乐转交了。她没能达成沈瑾的心愿，同何煦坚持到底。这笔礼金，她终归要不起。

看来，何煦终于做出了自己的选择。那百分之四十九的股份，真的很天下无敌。

在地勤人员一遍一遍的广播催促下，郁筱梦登上了飞往意大利的航班。

她决定，选择沉沉睡去。

一觉醒来，将是个全新的世界。

听到飞往意大利的飞机已经起航，机场内的于乐乐和蒋一澍对视一眼，两人似有无限感慨。

“你真的不告诉她？”蒋一澍搂着于乐乐，下颌抵着她的额头。

于乐乐微仰着脸：“一切顺其自然吧。有些人，有些事，是躲不掉的。”

“再说了，这是何煦自己的选择。”她笑着说。

59 缠你一辈子

飞机稳稳地停在米兰 MALPENSA 机场。双脚触地的那一瞬间，郁筱梦有片刻的眩晕。这就是米兰？她几乎已经闻到了马兰欧尼的艺术气息。取回托运的东西，她朝出口走去。

来之前，她早已告知学校自己到达的时间，学校方也回复邮件，称会有人接机。郁筱梦吃力地拖着东西，朝出口走去，边走边焦急地四处张望。初来乍到，白皮肤、高鼻梁、黄头发的老外看得她直头晕。陌生的国度，陌生的环境，她焦急地想找到来接自己的人。

站在出口那里，她微微踮起脚，从众多前来接人的纸牌上，寻找自己的名字。

终于，她看见了自己的名字，还是中文的。

郁筱梦。三个字很大，很显眼。举着纸牌的人挡着脸，但看得出个子很高，身材很好，似乎是个模特。

原本心中的不安定消失弥散。郁筱梦欣喜地走过去，对着纸牌后的人打了个招呼：“Hi,I am YuXiaomeng.Are you from the Istituto Marangoni School?”

对方动了一下，却没吱声，还是举着牌子。

郁筱梦心想，虽然磕磕巴巴，但自己的英语没那么糟糕吧？她又试着说了一遍，对方还是没说话。

无奈，郁筱梦伸手去揭那张纸牌，却发现，纸牌下面还有一张。

上面是一个大大的“我”字。

她有些许错愕，又伸手，下面还有一张纸牌，是一个大大的“爱”字。

郁筱梦顿住。她微张着嘴，带着些许的不置信。许久，她才伸手，取下这个写着“爱”字的纸牌。

果然，纸牌下，还有一张纸牌，写着大大的一个字。

“你”。

连起来就是……

郁筱梦，我爱你。

那么，这个人是……

郁筱梦的手开始抖，微张的嘴唇也开始小小地哆嗦。她深吸一口气，慢慢伸出手，取下那张写着“你”字的纸牌。

何煦的脸，露了出来。

“你……怎么会在这里？”她怔怔地问道。

“我来找我的快乐和幸福。”何煦笑着说。

“嫁给我，郁筱梦！”何煦说着，朝她伸出双手。

MALPENSA机场的停车坪上，一对东方男女以奇怪的姿势往前走着。

“筱梦，筱梦……你慢点！”何煦跟在郁筱梦的身后，颇为无奈。

“我说你慢点，学校没有人过来接你。你跑那么快干什么？”他突然说。

郁筱梦一下子站定，扭头看他：“为什么？”

“嘿嘿，你停下来，我就告诉你。”何煦笑了起来。

郁筱梦白了他一眼，不理会他。

拖着一只拉杆箱的郁筱梦，走得七歪八扭横冲直撞，躲着前方张着胳膊像老鹰捉小鸡一样的何煦。有身材高大的老外走过来询问需要不需要帮忙。

何煦摆着手，大大咧咧：“No，No，Thank you. we are fine，she is my wife.”

老外打量了这对东方“夫妻”一眼，嘴里嘀咕着什么，转身走开。

郁筱梦顿住脚：“谁是你老婆？”

“你啊！”何煦挑了挑眉头，他说得理所当然，似乎很惊讶郁筱梦会这样问。

“切。”郁筱梦不理会他，拖着箱子往前跑，没两步，又回头不甘心地问道，“可是，你怎么会在这？”

“来接你啊。”何煦一笑，立马跟了上来。

郁筱梦小跑两步，何煦死死跟着，嘴里还喊着：“车在右边第二个门，你别跑错了！”

一咬牙，郁筱梦又一次停了下来，恨恨地看他：“我问你！你怎么过来的？”

出国签证是要提前办理的，郁筱梦打死都不信他何煦那么有备而来，早早地办了出国签证订机票，除非……他早有预谋。

“你放心，我还不至于傻到为了追你偷渡过来的地步。我有香港永久居留权，你不知道？”何煦伸出一根食指晃了晃，很有些小得意，“来意大利是免签的。”

郁筱梦气结。她想起何煦曾经说过，他大学和研究生都在香港读的，期间有两次半年的交流，一次去了英国，一次在内地。而毕业后，因为课题研究的问题，他又留在香港一年多时间，这样算下来，确实符合了七年可以申请香港永久居留权的规定。只是，她从来没听他说过，他已经有了香港永久居留权。

她恨得牙痒痒，这个家伙，看不出来，竟然还是一个“香港同胞”。

“好吧，你怎么知道我今天到？怎么是你来接机？为什么学校不会来接我了？”郁筱梦尽量心平气和，问出一串问题。

何煦果然上当。

他很自然地从郁筱梦的手里接过拉杆箱，带着她往车子那边走：“啊，这个很简单，哈哈，我登陆了你邮箱，看到你给学校发的邮件了。”

“什么？”跟在后面的郁筱梦发出一声惊呼，“你怎么能登陆我的邮箱？你知不知道什么叫做侵犯别人的隐私啊？”

何煦回过头，又无辜又无奈地看她：“乐乐告诉我，你给学校发邮件了。你辞职后，好多事都是乐乐帮忙打点的啊。再说了，谁让你用公司分配的公务邮箱发邮件给学校呢？”

“唉……”郁筱梦咬牙，气恨自己大意失荆州，又气恼于乐乐，吃里爬外。

“所以呢？”她问。

“所以我看到学校回复你说会接机的信件后，我就用你的口吻回了一封给学校，告诉他们不用了，有朋友过来接你了，你会很准时地去学校报到的，哈哈。”何煦说着，洋洋得意地眯起了眼，突然，觉得有些不对劲。

他转过身，看见郁筱梦火冒三丈的样子，凭着肉眼，他都能看到她浑身燃起的熊熊小宇宙，他察觉自己有点过火了，悻然道：“筱梦……”

声音很是可怜。

很奇怪，郁筱梦竟然没发火，站了一小会，倒是很平静地走了过来：“箱子给我。”

何煦死死地攥着拉杆：“不要！”语气就像一个十来岁的小孩对着妈妈撒娇耍赖一样。郁筱梦哭笑不得：“给我！”

“我拿双鞋子。”她无奈地说。

何煦低头一看，咧嘴乐了，郁筱梦为了舒服，穿了一双豆豆鞋，明显矮了好多，他嘲笑：“你还真矮！”

郁筱梦白了他一眼，从塞得满满的箱子最上面取出一双米色的高跟鞋，蹬了上去，立马拔高十公分。穿好鞋子，她直起腰，舒了一口长气，终于可以不用仰着脸看何煦看得那么辛苦了。她斜睨了一旁的何煦一眼：“何煦，你给我听好了！是你自己选择跟过来的，不是我逼你的，所以，产生的一切不良后果，你自负！还有，在这所有的费用，你来承担！你每天要给我泡好喝的奶茶，我不爱吃西餐，你没事要上街买菜烧饭，不会的话就去学。记住，我爱吃川菜！我做设计的时候你别来打扰我，我睡觉的时候你要安静些，不准随便骚扰我的个人空间。”她理直气壮地，顿了顿，又补上一句，“我的邮箱你禁止入内！”

何煦眨眨眼，笑了起来：“还有什么？”

“车呢？”郁筱梦问道。

“哦，右边。”何煦巴巴地说着，拖着行李箱，颠颠地在前面带路。

车上。

“咦，好奇怪，明明是往这边的啊！”何煦看着地图，满头雾水。

“何煦，你是不是故意的啊？”郁筱梦撑着额头，无奈地摇了摇，一把扯过地图，“你猪脑子？看看，往东边拐才对，好吧？”

过了一会儿。

“咦，好奇怪，刚刚这条路没走错啊！”何煦看着地图，满眼迷茫。

郁筱梦趴在车辆控制台上，张着嘴，长叹一声：“何煦，别跟我说你不会看地图？”

“这边，这边，往这边走！”她拿指头戳着地图，几乎将那张薄纸戳通。

又过了一会儿。

“咦，好奇怪……”何煦还没说完，仰在几乎放平的座椅上的郁筱梦打断了他，“再往前面两百米，左拐，然后走四百米，右拐，一个巷子进去。”开车太久，她刚刚已经迷迷糊糊地睡了一觉。眼一睁，竟然还没到学校。

何煦一推鼻梁上架着的蛤蟆镜，笑得比太阳还灿烂：“筱梦你真厉害！霸气得不得了。”

“路痴！”郁筱梦说完，悲哀地叹了口气，搁在扶手上的手无力地垂了下去。

何煦点点头：“嗯，还是很漂亮的。”

“筱梦你的手指虽然短了点，但戴这个戒指还是很漂亮的。”他由衷地赞叹。

“什么戒指？”郁筱梦满头雾水地举起手，发现自己靠近驾驶座的左手无名指上，赫然有一枚纤细的戒指套在上面，仔细一看，还是卡地亚的。

何煦得意地扬了扬自己的右手，一枚同款的男戒衬得他的手指越发修长。

郁筱梦惊讶地张大了嘴：“你什么时候戴上去的？”

“刚刚啊！”何煦不以为然，“你睡着的时候！”

“你……”郁筱梦指着他，那枚戒指显眼得不得了。

“我什么时候答应你戴戒指了？”她银牙直咬，开始往下褪戒指，可那枚细细的指环，仿佛在她的手指上生了根，竟然褪不下来，不知道当时何煦是怎么戴上去的。

“就是刚刚啊。我问你的时候，你还流口水了！”何煦笑了笑。

郁筱梦握起拳头，“何煦”两字刚刚出口，就看见何煦一拍巴掌，十分欣喜地指着前方：“筱梦！看，到了！”

随着他的声音看去，郁筱梦终于看到了自己梦想中的那座殿堂……她刚露出一个笑脸，突然又回头，将脑袋伸进车内，无限遗憾：“可惜了，你爸爸的老婆的那张礼金被我退回去了。”

何煦从口袋里掏出一个信封，从里面抽出那张支票，很是得意：“于乐乐又给我了。”

“呀呼！”郁筱梦一声欢呼。

看着郁筱梦奔出车外欣喜的模样，车里的何煦伸了个懒腰，双手反撑在脑后，看着那个娇小的身影，他的嘴角扯出一抹微笑。

郁筱梦，你别想逃，你就算跑到意大利，我也不会放过你！你放心，我会缠着你一辈子！

番外

幸福在哪里

握着手里的邀请函，郝仁娟陷入犹疑。

去还是不去？她走到窗前坐下，伸手拿过一本日记本。一张微微褪色的大头贴，夹在中间。

上面有两个人：一个是她；另一个是何煦。这张照片拍了几年了？她微微眯起眼睛，看向窗外。

曾经的过往如同大海的潮汐，来来去去，留下的痕迹转眼又被浪花拍碎，只余下意犹未尽的白色泡沫，看起来是那样的脆弱和可怜。那些美好的感觉，在她的心里翻涌过后，留下的是残余的悲哀，就好比那些残留在沙滩上的破碎的贝壳。

如果说郝仁娟二十七年的人生里，做过最后悔的事，便是轻易地放开了何煦。如今，他终于幸福，而她，却只余黯然神伤。这滋味，只能她一人体会。

叹口气，她将大头贴重新夹进日记本，起身到衣柜前，挑选衣服。

站在郁筱梦的个人定制工作室门口，郝仁娟犹豫了一会儿，终于是迟疑着踏进。

这个设在H市新建不久的最高楼——银厦的第九层的工作室，近两百个平方。前厅是七八十个平方的客户接待区，宽敞明亮；后面主要是布料展示和加工区，工作室的装潢简洁大气，很浓的现代欧式风格。一进门就让人感觉很安心，空间里有淡淡的奶茶香味，让人精神振奋。

这幢高达五十层的高楼，如一把定心锥，牢牢地扎在H市最繁华的地段，纵使周围高楼林立，它也那样的令人瞩目而不突兀。

工作室所在的九层A区，更是H市抢手的炙热写字楼层，H市几家较有名气的公司及新生企业，都在这一层定了办公间。是何煦选的楼层和办公间号，九层 A 区六至九号，好记又吉利。

今天刚开业，鉴于郁筱梦的名气，来了不少的业界人士，但客户不多，毕竟走的是高端定制的路线，客户群体相对稳定也比较狭窄。H 市里这样的工作室并不多，郁筱梦虽然不是第一个，但也算是吃螃蟹的前几人。

郝仁娟进门的时候，看见郁筱梦正接受着几家媒体的采访，记者们长枪短炮地端着相机，倒也颇有气势。郝仁娟也是报社的记者，但跑的是楼市这条线，虽然与他们不是太熟悉，但一眼看去，都是熟人。

她四处看了一下，一眼看见前厅的一边有一处成衣的展示，便走了过去。不过四件衣服，很见功底，衣服的设计很大气沉稳，细节上秉承了郁筱梦一贯的小小别致，很见用心。展台下搁了一块小牌子——“样衣，不外售”。看得出，郁筱梦对自己的设计很有自信，而且工作室的定位也很明确。旁边还有几位女客，围着衣服小声地讨论着。

有一位四十岁左右的女士可惜地说道：“我真喜欢这件，可她竟然不外售。”

“可以定制吧？”旁边的女士赞了一声，“料子可真不错，不知道同款可不可以定制？”

郝仁娟微微一笑，转过身去仔细地看着工作室各处的细节，肩膀却被人轻轻一拍。她愕然回头，看见了于乐乐。

于乐乐冲她笑了起来：“来了？”

“嗯，嫂……筱梦给我发了邀请函。正好没事，顺路过来看看。”郝仁娟说了一半，还是将那个“嫂子”给生生咽了下去，改口为“筱梦”。

“是吗？她邀请的人不多，我们都是过来捧场的。”于乐乐说着，将缩在后面的蒋一澍拖了过来，推到郝仁娟面前，“喏，我男朋友。”

“你好！”蒋一澍点着头，很客气。

郝仁娟礼貌地回应。于乐乐翻了翻眼珠子：“你俩见过的，忘了？”

“是吗？”郝仁娟诧异。

“有一次，我们三个去酒吧，他过去跟筱梦搭话的呢！你忘了？”

“哦！那他不是……那个初恋！哦！我记起来了！”郝仁娟惊讶极了，眼睛瞪得老大，她隐约记得“这个初恋”分明是郁筱梦的初恋，怎么这会儿又跟于乐乐在一起了呢？她用探寻的目光看着于乐乐，又看看蒋一澍。

于乐乐倒是无所谓，蒋一澍反而浑身不自在，最主要的原因，当初在酒吧里，眼前的这位美女曾经狠狠地掐过他的脸一把，说直接点，就是他被眼前的这位美女吃过豆腐。

郝仁娟也回想起这一切，不好意思地笑了起来。

“你们都来了？”一个好听的男中音响了起来。

郝仁娟身子一震，是他！

她可以忘记很多人的声音，但不会忘记这个声音。这个声音，曾经在她的耳畔呢喃过那么多动听的话语，她怎能轻易忘记？

僵着身子，她随着于乐乐和蒋一澍转过头来。何煦看见她，没有一点的吃惊：“娟子也来了？”

她反而轻松了，笑得也自然了些：“是。”

“你嫂子特意关照我，一定要请你来。”何煦笑笑，转向蒋一澍，“蒋总监，上班时间你也溜出来？”

蒋一澍哈哈一笑，酸溜溜地说道：“你们都创业干自己的了，我抽空过来看看，还有没有空地给我占个窝！”

何煦略微为难：“这个……我怕付不起你高额的薪水啊！”

这个马屁，蒋一澍很是受用，满脸乐开了花。GR 已经明确上市了，他的薪水翻高了不少，比当初在 BOA 的时候还要高出一截，自然心满意足。

于乐乐鄙视地说道：“瞧你这德性，上天了都！”

他们之间的插科打诨，郝仁娟插不进去，只是在旁边微笑地看着。直到何煦又离开去照顾客户，她整个人才放松下来。

蒋一澍被一家时尚杂志的记者发现，拖了过去做采访，一时间，只剩下于乐乐同郝仁娟两人。

于乐乐先开口：“娟子，最近好吧？”

“嗯，还不错，你呢？”

“老样子。在准备结婚的事。”

“是吗？那提前恭喜了！”郝仁娟倒是诚心诚意。

“谢谢谢谢！你呢？你怎么打算的？”

“我？”郝仁娟一迟疑，“还没。”

于乐乐意味深长地看她一眼：“该放开就放开吧，要不，自己会很辛苦。”

郝仁娟知道她意有所指，以于乐乐同郁筱梦的关系，于乐乐不会不知道当初自己同何煦的那段情，后来所发生的，必然也是了如指掌。

前年，何煦跟着郁筱梦，放弃了所有的一切，去了意大利，去了那个遥远的城市。从得知何煦远赴意大利的那一刻起，她就知道，自己输得很彻底。

她不知道郁筱梦到底哪里比自己好，但她知道，何煦是真的爱上了郁筱梦，所以才会决然地舍弃一切。她仿佛看到了当初何煦从香港回去找自己的情形，这是一个一旦爱了，就很执著的男人。

错过他的人，是她。接到郁筱梦发的请柬，她是有些错愕的。她以为，经历过一年多以前发生的事，郁筱梦同自己已经情分淡去，但这一纸请柬告诉她，郁筱梦还是把自己当作姐妹。光这一点，她就自叹不如，自己远没有郁筱梦那么豁达开朗。

昔日的男友，竟然成了前任嫂子的现任男友，好纠结而尴尬的关系。

但是，她心里明白，自己的确该放开那一切了。

郝仁娟一个人坐在角落的小桌子上喝奶茶，郁筱梦端给她的，说是何煦最拿手的。还没聊几句，又有人来，是个个子高挑的女子，挺着大肚子，满脸的闲适淡然，是个很美的孕妇。郁筱梦看见了，亲昵地唤她：“蔷薇，你来了？”

对方也亲昵地回应她。郝仁娟说：“那，筱梦，你去忙吧！”郁筱梦只得抱歉地冲她笑笑，起身去招呼客人。看着她忙碌的身影，郝仁娟握着手中的玻璃杯，无声感慨。

一年不见，郁筱梦越发成熟，大概米兰的水土滋润，她的皮肤倒是越来越好，有了三十岁女人该有的丰润。

郝仁娟想起自己第一次看到的郁筱梦，素着一张脸，一把马尾，浑身的学生气。如今，那种稚嫩早已荡然无存。

“小姐，我可以坐下来吗？”很有礼貌的声音在身边响起。

她不禁抬起头来，却怔住。

韩桑！

“你？”她一下子站了起来，脸上的神情变幻莫测。

韩桑皱了皱眉，显然对她这样的反应有诸多不满，不等她的回答，便自顾自地坐下：“是我，怎么了？你能来，我就不能来？”他仰起脸看郝仁娟，似笑非笑。

郝仁娟不予理睬，一把抓起桌上的手包抬腿就走，却被韩桑一把拉住胳臂。他的手很有力道，郝仁娟被他一扯，“哎哟”轻呼一声坐了下来。

她恼怒地看他：“你想干什么？”

“谈谈！”

“没什么好谈的。”郝仁娟别过脸去。

韩桑看着她犹如刺猬一般的模样，苦笑了起来。

“娟子……”

“你没资格这样喊我。”郝仁娟冷着脸。

“行，郝仁娟，行吧？”他无奈。

看郝仁娟不作声，韩桑一时也不知道如何开口，只是定定地看着她，许久，才挤出一句：“我找你很久了。”

郝仁娟对这句话产生了反应，扭过头来看他：“你找我干什么？赔礼？道歉？您堂堂GR未来的继承人，时间太多闲得慌？找我干什么？”

韩桑对她的讽刺毫不在意，只是盯着她的脸看了一会儿：“你比以前瘦了。”

郝仁娟一下子愣在那里，半天不说话。

她记得，第一次看到韩桑的时候，自己正蹲在网球场哭。

那时候，她还在同何煦热恋，可是何煦因为学业不得不返港，她原本满满的心，一下子空了。她知道何煦的学业很重，压力很大，她也很自觉地不去多打扰他。可是，她真的想他，看着身边的室友，有男朋友帮着打水，陪着逛街，一起上课，一起下课，都是那样的幸福。可是她没有，何煦学业繁重，连打电话给她的时间都少得可怜，这边没说两句，就直喊“Sorry”，因为那边导师催着去研究课题。

她突然觉得，原本是她的何煦，成了别人的。

她是那样高傲的一个公主，如今，却眼巴巴地等着远在香港的何煦想起来时，施舍给她幸福。她真的委屈。

终于那天，在网球场打球的她，捡球的时候，控制不住地蹲在地上，抱腿痛哭。

然后，韩燊来了。

韩燊蹲在她的面前，强行地捧起她的脸，呵呵一笑，然后说："别哭了，你哭起来真不好看。"

她一下子怔住。

眼前的这个男生，有一双和何煦相似的眼睛。可她知道，他不是何煦。他跟何煦不一样，何煦人如其名，很温暖，很贴心，可眼前的这个男生，分明有种危险的侵略感。看似一样的眼睛，却没有何煦的那份淡然，多了野心。

再然后，在韩燊强大的追求攻势前，她举手投降。

其实，他对她很好，那种好，是一种宠溺。她很沉迷。她知道这样不道德，众所周知，她的男朋友是何煦，可是她却喜欢上了身边这个叫做韩燊的男生。然后，何煦回来，她同何煦分手，她说她真的有点爱上韩燊了。

可是，她没有想到的是，同何煦分手不久，韩燊也向她提出了分手。

他当时说的话很无情，他说他只不过是在骗她利用她。因为，何煦是他的哥哥。她第一次知道了何煦同韩燊的关系，很震惊，却也很麻木。

她知道，自己真的错了。

一切，都回不去了。

一直追到停车场，韩燊才成功地拦下快步疾行的郝仁娟，果然，"网球公主"的名声不是盖的。

"娟子，我就说一句，"他急切地说，"当时我跟你分手，有不得已的原因。你要不要听？"

"若是你想道歉，"郝仁娟冷冷地看他，"你说。"

"当时，是因为我父亲的原因，如果我不和你分手，他就掐断我的学费和生活费用。而且……"韩燊定了一定，看着她，软下声来，"娟子，你小姨夫妻，当时都在 GR 工作吧？"

"什么意思？"

"我爸爸那个人……他的手段。"韩燊咽下下半句。他不想多去评论自己的父亲,毕竟,那是他最深爱和敬佩的人。

沉默片刻,郝仁娟淡淡地说:“你现在告诉我这些干什么?这么长时间了。你应该知道,我一直恨你。也恨自己。”她眼中泪光隐隐。

韩桑动容:“娟子……”

郝仁娟摆摆手,示意他不要再说,然后深吸一口气:“韩桑,我们之间已经过去了。”这句话,一年前,曾有个人同她说过,如今,她分毫不差地还给了另一个人。“而且,你终归姓韩,终归,还是你父亲的儿子,不是吗?你当年会受你父亲的牵制,今天也一样。”赫仁娟冷笑道。

她见韩桑愣在那里,转而笑了。“我承认,当初我的确爱上了你。可这也是我最后悔的事。”她又淡淡地说道,仿佛那过去的一切,早已化成了烟云,不复存在。

韩桑定定地看她,过了很久,才道:“娟子,听我说,我现在和我哥一样,跟GR没有一丝关系了。”

“什么?”郝仁娟惊诧。

“我哥为了郁筱梦,宁可放弃GR百分之四十九的股份,跟他一比,我觉得我太窝囊,也太自私。他比我多那么多的股份,他都舍得放弃,我为什么不能?”韩桑笑了起来,“我可不想被他看扁了!”

郝仁娟看着他,眼神复杂:“你舍得,就这样放弃了?”

“是,因为我打算无牵无挂地做一件事。”

“什么事?”

“我打算重新追求你。”韩桑坚定地说。

“我……我?”郝仁娟有些难以相信。

“对,你!”韩桑目不转睛地看着郝仁娟,似乎要将她看到自己的心里去,却又苦涩地说,“娟子,我知道你恨我。但是,我如果不这么做,我会后悔一辈子,自责一辈子。当初是我伤了你,所以,我有责任还你失去的幸福。

“我知道,或许,你不会那么轻易地再次接受我,但是……我不想以后恨自己现在太轻易地放手。

“给我一个机会,好吗?娟子。”

他们,会有幸福吗?